나 속의 '너', 너 속의 '나', 타자 찾기

이덕화 문학평론집

나 속의 '너', 너 속의 '나',
타자 찾기

나 속의 '너', 너 속의 '나',

글누림

글쓰기를 통한 삶의 성찰

이번 책에 수록된 글은 대부분이 <문학사상> 등의 잡지사 혹은 <여성문학인회>, <한국문인협회>, <박화성 기념 사업회>, <박경리 기념 사업회> 등의 청탁으로 이루어진 글들이다. 청탁을 받을 당시는 전혀 그 분야에 문외한이었던 필자가 청탁을 받아 글을 완성해 나가는 과정 중에 작품을 통하여 한 사람의 삶을 이해하게 되고 그분의 심미적 세계를 알게 되었다.

그것은 전혀 알지 못했던 한 사람과의 새로운 교섭이었고, 그분이 살았던 시대를 다시 추체험함으로써 알지 못했던 세계를 새롭게 경험하게 되었다. 연구 대상이 된 대부분의 원로 작고 여성문인, 특히 수필가 조경희, 전숙희 선생의 연구를 부탁받을 때는 난감하기까지 했다. 그러나 그들이 진솔한 글을 통해 보여준 화려한 무대 뒤의 쓸쓸함은 여성으로서의 비애를 체험하게 했다. 대부분의 여성 작가들은 보편적 여성들의 길이 아닌 사회적 활동이라는 평범하지 않은 삶을 살았고, 그 평범하지 않음으로 인해 지독한 곤혹을 겪은 인물들이었다. 그러나 그들은 글쓰기를 통해 고통을 극복하고 삶에 승리할 수 있었다. 여성들에게 글쓰기는 자신의 삶의 성찰을 통한 자신 바로 세우기이다. 여성들에게 자신 바로 세우기는 자신과 객관적 세계에 대한 인식을 통하여 무소의 뿔처럼 세상을 향하여 뚜벅뚜벅 걸어 나갈 힘을 제공한다. 한 사람의 작품들을 읽는다는 것은 그 사람의 인생을 추체험하는 소중한 것이기 때문에 작가 한 사람 한 사람이 나에게는 다 소중하다. 그래서 원고 청탁을 받을 때마다 대체로 응하는 편이다.

글을 통해 만난 작가들은 모두 나의 스승이었으며 또 나의 또 다른 자아였다. 그들 한 사람 한 사람은 그들의 글을 통해 삶을 공유한다는 점에서 나의 동료이기도 하다. 그들의 글을 통해 나의 수많은 자아를 만나 새로운 희열을 느끼기도 하고 외로움과 쓸쓸한 고뇌 속에서 방황하기도 했다. 그러다 그들이 무수한 방황을 거쳐 자신 속으로 되돌아 와 자신의 거울 앞에 섰을 때의 기쁨이란 이루 말할 수 없다. 글을 통해 진솔한 자신을 드러낸다는 것은 자신을 바로 볼 수 있는 힘을 기르는 것이다.

여성들의 글쓰기가 자기 주변을 머무른다는 것은 그만큼 가부장적 세계 속에서 여성들이 자신을 지켜 나갈 수가 없기 때문에 글쓰기는 세계와의 투쟁이 될 수밖에 없다! 그러기에 여성들에게 글쓰기는 그만큼 중요하다. 여성 대통령이 국가의 수반이 되고, 여성의 권력이 신장되었다고 해서 세상이 바뀔 것이라고 기대하는 사람은 없을 것이다. 수천 년 동안 내려온 가부장적 가족주의가 여성들의 신체를 구성하고 있는 한 쉽게 그 굴레에서 벗어나기 힘들 것이다. 실제 사회 조직 내에서 남성이 휘두르는 가부장적 방망이를 진리인양 휘두르는 여성 괴물이 속출하고 있다. 여성들도 남성이 휘두르는 권력의 단맛을 이미 알아버렸기 때문일까. 자신의 우스꽝스런 권력을 지키겠다고 조직에서 파벌을 형성하고 특정인을 왕따 시켜가며 남성들과 똑같은 힘을 행세하려는 여성들이 속출하고 있다. 그런 괴물들이 속출하는 사회에서 좀 더 진솔하고 바른 삶을 살겠다고 생각하는 여성들은 언제나 상처뿐인 순간이 지속될 뿐이다. 그런 여성들이 이 세상을 견디는 길은 글쓰기이다. 그러기에 여성들의 문학은 자기 주변을 맴돌 뿐이다. 그러나 그것이 어쨌단 말인가? 한 개인의 삶의 반영이 바로 그 사회의 바로미터가 되고 시대의 반영물이 아닌가. 역사는 반복되고 개인의 삶만이 그 시대를 반영할 뿐이다.

2013. 6.

이덕화

chapter 3 테마 기획 – 여성의 역사는 시작되었는가

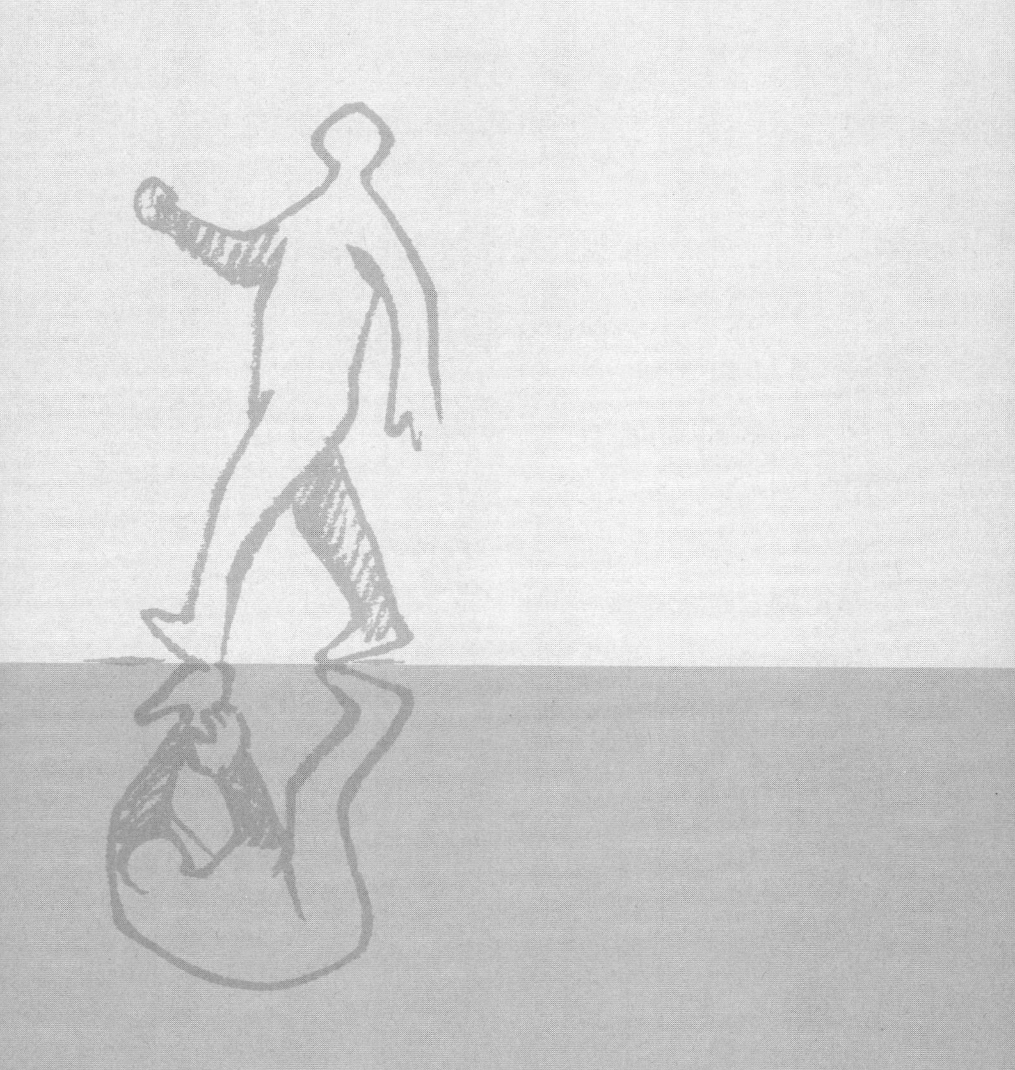

Chapter 1

나 속의 '너' 찾기

01

박화성 작품에 나타난 타자윤리학

1. 인물의 관계망을 통한 운명의 극복

박화성 작품, 해방 전 작품에서부터 해방 후 작품까지 반복되어 나타나는 핵심적인 요소는 인간들의 관계학이다. 물론 소설이라는 서사 자체가 현실의 반영태로서 인간들의 삶을 재현하는 것이지만, 대부분의 다른 작가, 이광수, 채만식, 염상섭, 강경애 등의 작품의 서사 진행은 주로 주인공 인물을 중심으로 운명의 부침(浮沈)을 그려내고 있다. 즉 다른 인물들은 어디까지나 주인공을 받쳐주는 부차적 인물일 뿐이다. 이광수의 『무정』에서 이형식의 자유연애 서사는 봉건적 여성의 전형으로서 영채와 신여성의 전형으로서 선영과의 삼각구도로서 제시된다. 채만식의 『태평천하』가 윤직원을 중심으로

하는 서사라고 하면, 『탁류』는 고태수, 초봉이, 꼽추 형보를 중심으로 운명의 파노라마가 펼쳐진다. 염상섭 작품 『만세전』 역시 이인화를 중심으로, 『삼대』 역시 조덕기를 중심으로, 강경애 「소금」, 「지하촌」 작품에서 역시 한 인물들을 중심으로 운명의 부침을 그리고 있다. 그 운명이라는 것은 외부 바깥 환경에 의해서 좌우된다.

　박화성의 작품에서는 인물들의 관계망이 바로 그들의 운명을 좌우한다. 주인공을 중심으로 맺어지는 이중 삼중의 관계망은 주인공이 현실적인 시련 속에서도 그 시련을 버틸 수 있는 울타리가 된다. 「벼랑에 피는 꽃」에서 석란이 남편 임성운의 여성 편력에 절망, 가출한 뒤 육영 사업에 뛰어 들어 여러 가지 시련을 겪지만 그 시련은 자신의 죄를 참회하고 오직 석란이가 돌아오기만을 기다리는 임성운의 경제적 도움이나, 젊었을 때 석란을 좋아하다 결합의 꿈을 이루지 못했던 실업가이며 재산가인 최재우의 튼튼한 조력으로 아무런 어려움 없이 육영사업의 기초를 다진다. 「벼랑에 피는 꽃」[1]에서 보여주는 이런 인물들의 관계망은 박화성 작품에서 변조를 이루며 반복되어 나타난다. 박화성의 작품에서 반복되는 ‘인물의 관계망을 통한 운명의 극복’은 들뢰즈가 말한 반복의 행위가 작품들의 주인공들, 즉 존재자 혹은 행위의 주체로부터 나오는 것이기 때문에 단순히 특정한 양식, 소설을 모사하는 것을 넘어서 박화성 작품이 다

---

1) 박화성, 「벼랑에 피는 꽃」, 연합신문 연재, 1957.10-1958.5. 이 글의 텍스트는 서정자 교수가 푸른사상사에서 펴낸 전집을 참고로 한다.

른 작가로부터의 차이를 생성하고 작품들마다의 '인물의 관계망을 통한 운명의 극복'이라는 새로운 강도를 만들 수 있다.[2]

박화성의 전체 작품에서 반복되는 서사 구조, '인물의 관계망을 통한 운명의 극복'은 박화성이라는 작가의 선한 의지와 선한 본성을 전제한 타인에 대한 친근성으로 오는 것이다. 박화성의 작품 전체에서 보여주는 다양한 인물들의 관계망은 감수성이 약한 여성으로서의 연약한 주체의 타자적인 관심에서 비롯되는 것이다. 레비나스는 존재한다는 것은 타자를 의식하고 존재하는 것이라고 했다.[3] 타자는 나와 구분된 또 다른 인간이 아니라 바로 나에게 생명을 가져다 준 인간이고 그리고 신이다. 따라서 존재 실현은 그들과의 만남이 있을 때 가능하다. 이런 타자에 대한 박화성의 관심은 연약한 것에 대한 무한한 친근함을 가지는 여성으로서의 감수성과 일치하는 일제하 사회주의 운동과 어머니의 충실한 기독교적 영향에서 비롯되었다고 할 수 있다. 박화성의 작품 전체는 이 두 가지, 사회주의 운동에 의한 소외된 자들에 대한 사랑과 기독교적인 헌신적인 사랑이 변주되어 다양한 스펙트럼을 형성하면서 박화성 문학의 특징을 드러낸다.

---

2) 질 들뢰즈, 「차이와 반복」, 민음사, 2004, 75면.
3) 윤대선, 「레비나스의 타자철학」, 문예출판사, 2004, 206면.

2. 기독교 의식의 반복적인 교란 : 해방 전 작품

레비나스의 타자철학은 사람 대하기를 마치 하늘 바라보듯 하면서 타인에 대한 경외의 마음을 가져야 한다는 보편적인 윤리를 전한다. 보편적인 인간의 가치로서 사랑의 윤리를 나 자신과 이웃한 타인에게 실천하라는 윤리 목적을 제시한다. 즉 레비나스는 타인에 대한 사랑과 희생이 그 어떤 철학적 사유보다도 앞선 인간의 가치라는 것을 주장한다.4) 레비나스가 주창한 타인에 대한 사랑과 희생은 박화성 문단 데뷔 이후 문학 전 생애를 통해 작품 속에 형상화된다. 전체 작품을 통하여 나타나는 박화성의 작가 의식은 어릴 때의 어머니로부터 받은 기독교적 영향에 의한 것이다. 박화성 자신이 회고한 '생리적으로 타고 난 正義感'5)은 바로 어릴 때부터 무의식적으로 습득된 기독교 의식에 의한 것이다.

해방 전 작품 중 단편 「한귀」6)는 독실한 기독교 신자인 주인공을 소재로 서사화한 작품이다. 그러나 이 작품은 착실한 신앙생활을 하던 주인공이 가뭄으로 인한 자연재해로 더 궁핍해지자 신실한 믿음 자체에 회의를 보여주는 작품이다. 이 작품은 초창기 기독교의 습화 과정 중에 무속적 기복신앙을 기독교에 그대로 전이, 마치 믿음의 강도에 따라 복을 준다는 잘못된 신앙에 바탕을 둔 작품이다. 또 해

---

4) 윤대선, 「레비나스의 타자철학」, 위의 책, 27면.
5) 박화성, '문학산책', 한국일보, 1975.10.10.
6) 박화성, 「한귀」, 조광, 1935.11.

방 후 작품인 장편 『사랑』7)은 기독교의 사랑과 헌신을 바탕으로, 작품 형상화, 작품 속의 무수한 인물들, 타자들의 얼굴을 통해서 인간들 속에 편재한 신의 무한성을 보여주는 훌륭한 작품이다.

그러나 박화성이 특정한 기독교 의식을 작품으로 형상화한 작품은 많지 않지만, 박화성의 작품에는 전반적으로 기독교의 사랑과 헌신 등의 이념이 형상화 되어 있다. 우선 박화성은 그 당시 비슷한 시기에 등단하고 활동해 온 최정희(1904), 강경애(1907), 백신애(1908), 지하련(1912), 이선희(1912) 등의 여성 작가들 중에서 지독한 궁핍 속에서 자랐던 강경애를 제외한 다른 작가들과는 비슷한 환경과 가족 구조, 아버지가 첩을 얻었다든가, 사회주의 운동을 하는 오빠 혹은 남편을 둔 비슷한 경험을 한 작가이다.8) 강경애는 워낙 자랄 때부

---

7) 박화성, 「사랑」, 한국일보. 1955.8.-1956.4.
8) 박화성과의 가족 구조가 비슷한 최정희 역시, 어린 시절 한의사인 아버지의 사랑을 받고 자랐으나 아버지가 살림을 얻어 가정을 돌보지 않아 생활고를 겪었으며, 그 이후 먼 친척의 골방에서 얹혀 지냈다. 파인 김동환을 만나기 전 남편인 김유영이 계급사상을 지닌 영화인이었고, 최정희는 실제 자신이 1935년 약 8개월간 신건설사(전주사건)으로 8개월간 감옥살이를 했다. 그런데도 최정희는 처음에 계급사상을 띈 경향소설을 쓰기도 했지만, 주로 여성심리탐구, 여성의 모성의 문제를 다룬 소재로 작품을 써왔다.
　백신애 역시 그녀의 환경은 유복한 편이었으나 완고한 부친에 의해 보수적 환경에서 자랐다. 오빠로부터 사상적 영향을 받았으며, 본인 역시 사회주의 단체인 「여성동우회」, 「여자청년동맹」 등에서 벌이는 여성계몽운동에 참가해 전국을 순화하기도 했다. 백신애는 사회주의 사상의 영향을 받은 작품을 쓰기도 했지만, 대부분의 작품은 여성의식에 한정되어 있었다.
　이선희 역시 일곱 살에 어머니를 여의었는데, 폐를 앓던 어머니와 세 살적부터 떨어져 어머니의 얼굴을 모르고 지냈다. 아버지는 대한의원 3년을 수료했고, 한문과 역사에 능했으며 글씨도 일가를 이루었다. 이선희는 이화여전을 문과에서 3년간 수학했다. 1933년 개벽사에 입사, 월간 「신여성」지에 기자로서 일했다. 부군 박영호는 연극인으로서 1930년대 프로 작가로 등단, 1940년대에 신체제극에도 참여, 해방 후에

터의 궁핍한 환경으로 인한 가난의 체험이 육화된 작가로 자신의 경험 안에서의 작품 소재의 선택이 바로 궁핍 문학으로 자리 잡은 작가였다. 강경애 역시 사회주의 운동을 하는 남편의 영향 또한 무시할 수 없다. 그러나 강경애와는 달리 어릴 때 유복하게 자랐고, 다른 여성들과 마찬가지로 가부장적 가족 구조로 인한 억압적 상황을 경험한 박화성이 해방 전까지 동반자 작가로 견지한 이면에는 분명 어릴 때의 기독교적 윤리가 체화되어 있었기 때문에 가능한 것이다. 박화성은 동시대의 여성작가들이 가부장적 사회 속에서 고달픈 여성들의 삶을 기반으로 한 여성의식을 형상화해 온 것과는 달리 실제 사회주의 활동을 하지는 않더라도 이념에 동조하는 동반작가의 길을 걸었다. 이런 동반작가의 길 역시 기독교 의식의 바탕인 타자에 대한 사랑과 헌신의 정신이 없었다면 불가능한 것이다. 박화성의 차별성은 여기에 있다. 동시대의 비슷한 집안, 교육 환경에서 자란 박화성은 소외된 타자들에 대한 헌신과 사랑을 바탕으로 한 사회주의 이념을 받아들이고 작품으로 형상화하려는 것은 다른 여성과는 달리 이런 기독교 의식에 바탕이 되었기 때문이다.

1925년 「추석전야」로 작가 생활을 시작한 박화성은 카프에는 가

도 좌경작가로 활동하였다. 이선희의 작품 역시 남녀의 삼각구조가 주를 이룬 작품을 썼다.

　지하련 역시, 오빠 이북만과 남편 임화의 사상적 영향 아래 「無産者社」 일을 거들어 주었다. 지하련 역시 작품에서 치열한 현실인식을 보여주었지만, 작품의 소재는 삼각관계에 있는 여성의 내면 심리를 세밀하게 그린 작가였다. 이 부분은 서정자의 「일제강점기 여류소설연구」(숙명여자대학교 박사학위논문, 1987.12)를 참고하였음.

담하지 않았으나 해방 이전에 발표한 대부분의 작품이 사회주의 이념을 바탕으로 한 계급문학적 면모를 보인다. 위에서 언급한 대로 타자에 대한 헌신적인 사랑은 그 당대의 가장 큰 이슈가 되었던 사회의 궁핍의 문제에 관심을 가지게 되고 타자에 대한 관심으로 드러난다. 「추석 전야」가 그 당시 식민지 정책의 일환의 하나로 시작한 근대산업화의 정책으로 인한 빈궁의 문제를 다룬 작품이다. 부녀자들까지 산업현장 공장에서 일해야 하는 절박한 상황을 작품으로 형상화, 여성 작가로는 처음으로 프로 문학계의 환영을 받는다.[9] 일본 유학 등으로 작품 활동이 중단되다 그 이후 다시 「하수도 공사」를 1932년 발표, 노동 쟁의를 다룬 계급문학의 면모를 뚜렷이 보이는 작품을 발표했다. 이 작품은 1930년대 당시의 노동현장과 그들의 투쟁과정을 주인공인 서동권을 중심으로 일본 제국주의하의 식민정책과 그 기만성을 폭로하고 있다. 또 박화성은 노동자의 현실뿐 아니라 농민문제에도 관심을 가져 1935년 카프가 해산되기 이전까지 「논 갈 때」, 「홍수전후」 등의 작품을 발표했다.

자전적 작품이라고 알려진 「북국의 여명」[10]에 박화성의 기독교적 의식은 미미하게 서술되어 있지만 부정적으로 그려져 있다. 박화성의 경험적 자아로 나오는 효순은 부모가 모두 기독교인인 가정에

---

9) 박화성도 김기진의 '「秋夕全夜」는 그 의도의 건전함이나 着想의 묵직함으로나 필치의 유려함으로 보아 稚氣만 제하면 다 찬양할 만하다'는 말에 동의했다. 박화성, '약자의 편에 서서' 현대문학, 1964.8.14.
10) 박화성, 「북국의 여명」, 조선중앙일보, 1934.4-12. 박화성전집 2권.

서 자랐다. 그러나 아버지가 첩과 새로운 살림을 차린 이후 효순은 기독교에 회의를 가지고 교회 생활을 멀리했다.

> "너는 인제 영 주일은 잊어버렸구나. 주일날 빨래를 아니 하나. 무엇을 사지를 않나 그 최가라는 사람도 예수 안 믿는다니?"
> "그럼은요, 새 청년이 제법 사람다운 사람이면 무엇을 하겠다고 예배…"
> 하다가 효순이는 입을 다물며 그 어머니의 눈치를 힐끗 보았다.
> "못써 못써. 네가 예수 안에서 자라나 가지고도 예수를 배반하면 될 거냐?"[11]

위의 인용문에서 보여주는 것처럼 효순의 어머니는 안식일을 지킬 만큼 독실한 신앙인임에 비해, 효순은 '사람다운 사람이면 무엇을 하겠다고 예배'를 보겠냐는 기독교 예배에 대한 부정적 의식을 보여준다. 효순의 이러한 의식은 박화성이 가장 가치 있는 이념으로 선택한 사회주의 이념이 종교를 억압하기 때문이라 생각된다. 그러나 효순의 무의식 속에는 신에 대한 욕망이 그녀를 지배하고 있음을 작품 전체를 통해서 드러난다.

> 허, 그것 참 썩 맛나 보이는데. 구주를 생각만 해도 내 맘이 좋거든. 구주를 뵈올 때에야 더 좋지 않으랴 하는 찬송가가 있지요. 왜?

---

11) 박화성, 「북국의 여명」, 위의 책, 254면.

　"네 그런 찬송가가 있어요."①

　창우가 S절에 온지 사흘째 되는 동안에 효순은 성경을 읽으면
서 몇 번이나 자기 마음을 시험해 보고 결코 마음 약한 말은 입
밖에 내지 않기로 결심하였었건만
　"대답 좀 해 줍시오 그려."
　창우는 효순에게로 조금 가까이 다가앉았다.②[12]

　위의 인용문 ①, ②에서 보는 것처럼, 먹는 것을 보고도 찬송가의
구절을 떠올리고, 효순이 자신의 약한 마음을 다스리기 위해서 성경
을 읽는 모습을 보인다. 효순이의 마음 한구석에는 성경이 가지고
있는 메시지에 대한 동경이 자리 잡고 있음을 보여준다. 기독교에
대한 이중 의식은 박화성의 해방 전 대부분의 작품에서 나타난다.

　해방 전의 작품에서 보여준 박화성에게 표면화 되지 않는 기독교
의식은 박화성이 신봉했던 사회주의 이념과 의식이 전면화할 수 없
는 문학의 형식에 의해서 억압되어 있다고 할 수 있다. 프로이트는
정신분석학에서 상충하는 힘들의 결과로 드러나는 것은 진리가 아
니라 거짓에 가깝다고 했다. 그것은 보편적인 준거에서 진리라고 할
수 없고, 역사적인 우연에 의해서 진리라고 여겨지는 것이라는 것이
다.[13] 억압을 통하여 기독교 의식 대신 현실주의적이고 교조주의적
인 이념이 대체된 것이다.

---

12) 인용문 ①은 「북국의 여명」, 위의 책, 81면 ②는 191면.
13) 질 들뢰즈, 「차이와 반복」, 위의 책, 63면.

「북국의 여명」에서 보여준 효순 자신의 행동 강령이 된 이념의 실행을 위해서 약혼자 최진과의 파혼과 김준호와의 이혼은 효순의 마음속에 인간은 사라지고, 이념이 효순을 대신한 결과이다. 그리고 마지막 부분에서 교수가 될 채용식과의 결합을 암시한 것은 효순의 이념을 배반한 것이다. 이는 바로 기독교적 의식, 타자의 아픔에 사로잡히는 사랑에 의해서 교조주의적 이념이 흔들린 것이다.

마르크스에 의한 사회주의 이념이 바로 그것이다. 그렇지만 박화성의 무의식 속에 억압된 기독교 의식은 전 작품을 통하여 사회주의 이념의 거짓 진리를 교란한다. 박화성 전 작품에서 사회주의 이념이란 가면을 쓰고 작가 의식으로 반복되어 나타난다. 작품 속의 기독교 의식은 위의 인용문에서 보여주는 것처럼 반복해서 나타나 작가의 사회주의 의식을 교란시키고 있다.

이런 반복이 성립 가능한 것은 기독교 의식이 본성상 유한한 내포를 지니고 있기 때문이다. 두 번째는 기독교 의식이 기억을 결여하고 소외되어 있으며 의식 바깥에 있기 때문이다. 세 번째는 기독교 의식이라는 자유의 개념이 무의식 상태에 놓여 있고 기억 내용과 표상이 억압되어 있기 때문이다. 위의 세 가지 경우, 반복하는 것은 오로지 박화성이 기독교 의식을 포괄하지 못하거나 이해하지 못하는 경우 반복할 수밖에 없다. 또 내어 놓고 회상하지 못하고 알지 못하고 의식하지 못하므로 반복을 행하는 것이다.14)

---

14) 질 들뢰즈, 「차이와 반복」, 위의 책, 57면.

3. 관계의 확장, 무한성과의 만남 : 해방 후 작품

박화성의 해방 전 작품 속에 억압의 형식으로 드러나 작품의 서사를 교란시키는 것과는 달리 해방 후 작품에서는 기독교적 의식을 작품의 주제로 서사화한다. 무수히 많은 타자적인 존재의 관계로 형상화된다. 레비나스는 '나는 나의 아이를 갖지 않는다. 나는 어떤 방식에서 나의 아이다. 여기에서 내가 아이를 갖지 않는다는 것은 육체나 핏줄에 의한 소유가 아니다. 내가 존재한다는 것은 사실은 실제적인 또는 물질적인 관계를 통해 초월적으로 존재할 수 있다.' 고 했다.15) 여기서 초월적으로 존재한다는 것은 이전의 관계를 해체하고 새로운 관계로 들어간다는 의미이다. 이런 레비나스의 윤리학은 박화성의 해방 후 작품에서 작품의 연약한 주체인 화자가 타자와의 관계를 통해서 초월적인 구조를 보여준다. 즉 감성이 가진 화자가 타자 또는 외부에 대해 좀 더 친밀하게 스스로를 개방시키는 존재로 거듭나게 된다.

해방 후 대표적인 작품 「고개를 넘으면」,16) 「사랑」17) 「거리에는 바람이」18)에서 보여주는 타자적 윤리는 화자의 욕망이 늘 자신을 떠나서 타자로 향하면서 초월적인 사건들로서 타자적인 관계를 구

---

15) 윤대선, 「레비나스의 타자철학」, 위의 책, 130-131면.
16) 박화성, 「고개를 넘으면」, 한국일보 1955.8-1956.4., 전집 3.
17) 박화성, 「사랑」, 한국일보 1956.11.-1957.9., 전집 4.
18) 박화성, 「거리에는 바람이」, 전남일보, 1963.6-1964.2., 전집 13.

성한다는 것이다. 존재는 본질적으로 세계에 대해 열려 있으며 '나' 주체의 고유성은 무수히 많은 타자적인 관계에서 정의를 내릴 수 있는 존재이다. 존재는 이런 타자적인 세계 속에서 자신의 욕망을 실현하는데 이런 욕망의 본질은 존재 자신을 떠나 자신과는 다른 것들로 표현된다.

「고개를 넘으면」은 물질문명을 이룩한 서구문명의 정신, 과학에 근거한 근대를 배우고 합리적인 정신을 배워 새로운 국가 건설을 하자는 서사를 바탕으로 한 작품이다. 6명의 남녀 대학생은 봐인클럽(vine club)을 만들어 주기적으로 만나 의견을 교환하면서 시대적 과제를 해결하자는 건설적인 남녀 관계로 형성되어 있다. 그러나 정작 서사의 방향은 설희라는 존재의 비밀을 통해서 서사의 갈등이 드러난다. 설희와 애인 관계에 있는 철규의 아버지가 설희의 친아버지임이 드러나면서 작품의 긴장이 일어난다. 설희가 지금껏 알지 못했던 아버지 박장훈의 존재가 드러나면서 서사는 설희를 길러 준 엄마 유금지와 박장훈의 과거, 설희와 철규의 미래까지 뒤얽혀서 블랙홀처럼 빠져든다. 전혀 해결할 기미를 보이지 않던 사건은 부녀관계, 혹은 애인관계를 대립이 아닌 화해를 통해서 새로운 관계 확장에 의해서 타자성이 확보된다.

"그러기 때문에 혈연을 초월한 새로운 형태의 모자애를 창조해 내어야하는 데는 이 애정의 분열을 이겨내는 하나의 의지가 필요

합니다. 그것은 각각 부분에서 창조적 생활을 영위하려는 젊은 세대는 부모나 형제보다도 정의와 민족이 더 귀중하다는 것을 인식하기 때문에 정의와 민족을 위해서는 부모나 형제, 즉 혈연에 구애되지 않는 행동을 요구하고 있은 것입니다."19).

위 인용문에서의 설희에게 설파한 철규의 설득은 혈연관계를 초월해서 더 큰 대의, 새로운 건설국가를 만들기 위해선 즉 정의와 민족에 바탕한 새로운 관계의 확장을 통해서 건설국가의 창조로 나아가야 한다는 것이다. 레비나스에게 향유의 삶은 물질적인 또는 타자의 실존을 지향하면서 무한성과의 만남을 가능케 한다. 철규의 정의와 민족에 바탕한 초월의 관념은 즉자적인 존재, 혈연을 초월해 외부 또는 큰 대의를 지향한 무한성과의 관계로 확장되고 있다.

「사랑」 역시 무수히 많은 타자와의 관계 속에서 사랑의 초월성을 통해 새로운 관계 확장을 보여주는 작품이다. 「사랑」은 1950년 후반 작품으로 그 당시의 친일, 반민족 세력과 민족 세력의 갈등이 첨예하게 대립되는 상황에서, 민족이라는 대의의 관계 속에서 화해와 용서의 윤리를 보여주려는 의도의 작품이다. 그 당시의 현안 문제인 친일 청산은 범국가적인 질서를 위해서 공신력을 잃게 되고 친일인사들이 사회 질서의 회복 차원에서 전면에 등장한다. 이 작품의 민우 아버지 역시 일제시대의 친일 인사였으나, 복권되어 경찰청장으

---

19) 박화성, 「고개를 넘으면」, 위의 책, 215면.

로 임명장을 받자 민족주의자들의 편에 의해 살해되었다. 민우의 어머니는 평생 민우가 아버지의 원수 갚을 것을 기다리며 살고 있다. 그러나 결국 민우가 내내 은공을 입었던 홍 과장의 아들이 살해했음을 알고 은혜와 원수라는 이중 관계 속에서 고민하는 이야기이다.

레비나스의 타자론은 본질주의에 대립한다. 즉 존재와 진리에 관한 그의 사유는 지향성에 근거한 현상학적인 환원주의와 본질주의를 부정한다. 이것은 본질과 실존의 분류에 앞서서 존재하는 일체의 선입견이 전제되기 때문이다.[20] 진리의 사유는 인간적인 사유 바깥에 존재한다. 본질에 대한 사유는 타자에 대한 낯선 사유들에 의해 가능할 뿐이다. 전통적인 사유주의는 인간의 사유 속에서 되풀이 되었던 동일자에 대한 사유다. 해방 직후의 현실 문제에서 친일 청산이나 민족의 새로운 정의 실현도 타자들과의 관계를 통해서 확립되어야 한다. 단지 논리를 위한 논리를 위해서 선입견이 전제된 해결 방법은 결국 더욱더 혼란만 자초할 뿐이다.

그런 관점으로 볼 때 박화성의 해방 직후의 타자를 향한 낯섦에의 도전은 새로운 관계 확장을 위해 무한자를 발견하려는 위대성이다. 이 당시 박화성은 해방 전의 사회주의의 이념을 신봉한 자의 사유 체계를 완전히 탈피한다. 해방 직후의 현실, 타자들과의 관계 속에서 사회주의 이념과는 전혀 다른 낯선 사유를 나름 확장한다. 민우의 어머니는 교회에서 원수를 사랑하라는 설교를 듣자 교회에 나

---

20) 윤대선, 「레비나스의 타자철학」, 위의 책, 214면.

가지 않을 만큼, 오직 남편의 원수 갚기 일념에만 사로잡힌 인물이
다. 남편을 죽인 사람이 은행의 홍 과장의 아들인 것을 알고 고민에
빠진다. 민우의 어머니는 왜 홍 과장의 아들, 홍태식이 왜 남편을
죽였는지 어떻게 죽였는지는 관심이 없다. 오직 원수 갚는 일에만
집중되어 있다. 홍 과장이 자신의 아들 민우의 학업을 계속할 수 있
게 도왔고, 가족에게 베푼 은혜에 감읍하지만, 자신의 남편을 죽인
원수의 아버지라는 것 때문에 고민에 빠진다. 그러나 민우가 어더팝
의 논리를 빌려 살인은 공공생활의 평화를 파괴하기 때문에 죄악
(「사랑」, 141면)이라는 논리에 의해 아버지의 원수 갚기는 더 이상
의미가 없다고 하자 나름대로 자기 생각을 확장한다. 즉 과거의 죽
은 남편을 바라보는 것이 아니라 아들과 딸을 사랑하기 때문에 아
들과 딸과 더불어 살아가기로 한다는 논리다. 이런 의식 과정을 통
해 자아는 다시 자신에게 '타자'로 다가오는 또 다른 '나'를 경험한
다. 이런 균열된 체험은 시간에서 비롯된다. 과거와 현재와 미래의
통합된 시간의 순수한 체험, 텅 빈 시간적 체험을 통해서 새로운 세
계를 예고한다.

타자성은 고유한 나 자신 즉 민우의 어머니를 구성하는 것으로
아들과 딸이라는 친근성에 의해 열리게 된다. 즉 연약한 주체인 민
우 어머니가 외부에 대해 좀 더 친밀하게 스스로를 개방하기 때문
에 가능한 것이다. 인간적으로 약한 어머니의 감성으로서 있는 그대
로의 원수 갚기라는 실존적인 고통을 강하게 느끼지만 타자로부터

낯선 상황을 부지불식간에 받아들이게 되었다.

이 작품에서 이혁을 통해서 나타나는 타자에 대한 사랑의 확장은 바로 레비나스가 주장한 자신의 동일성을 부정하면서 타자화하는 초월성을 의미하는데 타자가 된다는 것은 곧 무한성의 교섭을 나타낸다. 이혁은 고학생으로서 같은 처지의 타자들과 '공동체'를 구성하면서 스스로를 확장할 뿐만 아니라, 자본에 대한 주체적 의식이 뚜렷한 청년이다. 자신의 이모부 황 사장 같은 돈을 눈덩이 같이 굴리는 고금리 돈놀이에 반발하며 스스로 독립하여 자립 경영의 실천가로 경제력을 키운다. 또 불우한 이웃들을 가족을 초월한 사랑으로 관계를 확장하며 무한성에 도전한다.

「거리에는 바람이」에서는 이북에서 혈혈단신으로 자유의 품을 찾아 남한으로 온 윤주가 자신의 삶의 궤도를 찾기까지의 무수한 낯선 사람들 속에서 자신을 확장하는 서사이다. 윤주는 피난지 부산이라는 낯선 세계 속에서 자신이 만나는 타자들, 동향의 이신옥 아주머니, 이모 가족들, 장사를 시작하면서 만나는 사람들, 송인달과의 만남을 통하여 자신을 떠나며 타자 가운데 또 다른 세계를 만나는 것이다. 혈혈단신의 윤주는 자신의 일체를 털어 타자에게 헌신하는 삶을 통해 자신을 개방한다. 윤주는 혈혈단신이라는 조건으로 타자들에게 전적으로 귀속되어 있다. 윤주는 자신을 버리고 스스로 타자가 되어 타자를 위해 타자 앞에 서게 되는 것이다. 즉 송인달과의 만남은 윤주가 타자에 의해 볼모로 잡혀있는 상태와 같다. 서사의 초반부터 끝이 날 때까지 송인달과의 관계가 지속되는 것은 그에 대한 친밀감으로 윤미의 주체성을 소환하는 방식이며 윤주가 존재한다는 것의 존재방식이다. 그에 대한 친밀성은 생명의 힘과 같이 윤주에게 생명력을 주는 것이다. 송인달과의 결혼 약속과 약속 파기는 그에게 사로잡힌 윤주의 책임감에 의해서 지연될 뿐이다. 윤주의 송인달에 대한 책임감은 윤주의 의지에 따른 선택이 아니라 윤주의 근본적인 본성에 의해서 자신을 개방한 것이다. 송인달에게 자신 외에 깊은 관계를 맺은 또 다른 여인이 있었다는 사실을 알고, 인간관계를 끊고 신께 헌신하려고 하나, 그 후 그의 불행으로 인해 다시 본의 아니게 사로잡히는 것, 아픔에 의해서 다시 송인달에게 되돌아간다. 윤주는 송인달에게 사로잡힘에 의해서, 자신의 자리 또는 자신의 은신처를 상실한다는 것이며 정신적 디아스포라가 된다.

"주여 내게 길을 보이소서. 어디로 가오리까? 주의 명령대로 하오리다."
종교인가? 사랑인가? 전도 사업인가? 가정생활인가?[21]

부단한 기도를 통해서 윤주는 신에게 되돌아가고자 한다. 이런 윤주의 자세는 주체 자신이 되어 자신의 위치를 갖는 것이 아니라 주체를 떠나서 존재의 본래적인 이타성을 실현하기 위한 것이다.[22]

---

21) 박화성, 「거리에는 바람이」, 위의 책, 484면.

윤주는 송인달에게 상처 받은 영혼의 구혼자이며 초월적 세계로 향하는 길이다.

4. 반복과 차이

박화성 작품에서 사회주의적 이념과 기독교적 의식은 해방 전에서부터 해방 후까지 반복적으로 나타나지만, 해방 전에는 좀 더 그 당대의 사회주의적 이념이 민족주의적 당위성을 가지고 있었기 때문에, 강도를 가지고 나타난다. 반면 해방 직후에는 기독교적 의식이 민족, 국가, 이웃에 대해 포괄적으로 범위를 확대하며 작품 전체의 주요 의식으로 반복된다. 그렇다고 사회주의 이념이 사라진 것은 아니다. 부르주아적 물질주의를 경계하며, 신성한 노동에 의한 자기 성장을 건강한 삶의 원칙으로 추천한다. 해방 전에는 인간보다는 이념 우위의 문학에 고착, 실제 현실이 도외시되었다.

「북국의 여명」에서 약혼자 최진의 충고, '실제운동에 대한 그 정열을 나 역시 존경하는 바입니다. 그러나 현재 정세로는 극히 불리한 점이 있기에 여러 번 그 뜻을 말하는 것입니다.'고 관립학교의 교사로서 효순의 학비를 담당하고 있는 약혼자로서 입장의 난처함에 간곡히 효순이에게 호소했지만, 강력투쟁을 호소하는 김준호에 감동되어 좀 더 투쟁에 나갈 것을 결심하고 약혼을 파기한다. 그 뒤

---

22) 윤대선, 「레비나스의 타자철학」, 위의 책, 224면.

에는 분명 새로운 남자 김준호에 대한 열정적 끌림과 맞닿아 있다
는 점을 간과해서는 안 된다. 이런 강력한 투쟁을 호소했던 김준호
역시 고향에 돌아와 운동하다 농민조합조직의 계획이 미리 발각되
어 옥살이를 하게 된다. 옥살이 도중 건강상에 문제가 생겨 전략적
후퇴를 하고 방향전환을 하게 된다. 이때도 효순은 김준호와 이혼하
고 북국으로 떠난다. 이 후에도 채용식의 기다림이 전제되어 있다.

이 작품은 박화성의 자전작품이라고는 하지만 위의 부분은 박화
성의 현실과는 정반대로 서사화하고 있다. 그것은 바로 박화성의 남
편 김국진은 한 가정의 가장으로 가정을 등한시하고 둘이나 되는
아이들의 아버지로서 생계마저 내팽개치고 흔들리지 않는 투쟁정신
으로 일관하자, 아이 둘의 양육을 맡아야하는 박화성의 입장에서는
이혼을 할 수밖에 없었다. 이때도 천독근이 일 년 전부터 결혼을 독
촉하고 있었다. 그러나 그다지 이념에 충실하고자 했던 박화성으로
서는 아쉬움이 컸을 것이다. 그렇기에 작품 속에는 현실과는 정반대
로 서사화했을 것이다.

해방이 되자 사정은 달라졌다. 재혼한 남편인 천독근 씨는 직물
회사 사장 및 도의회 의원, 섬유조합 이사장 등을 운영했다.23) 해방
전의 투쟁 일변도로 나갈 수 없게 되었다. 이럴 때 약자의 편에 서
서 작품을 형상화할 수 있는 가장 포괄적인 의식이 기독교 의식이

---

23) 이 부분은 김복순의 논문을 참조 「1950년대 박화성 소설에서의 대중성의 재편과
  젠더」, 대중서사학회, 2012 봄, 240면.

다. 해방 전에는 사회주의 이념을 표면적으로 표출시킬 수 없었지만, 해방 후 미군정을 지배하는 나라, 미국은 기독교 국가가 아닌가. 그러나 기독교 의식을 전면에 내세웠다가는 계몽소설로 전락하기 쉽다. 그러기에 기독교 의식을 전면에 내세우지 않으면서 기독교의 헌신과 사랑을 해방 후 모든 작품에서 다양하게 변주되어 나타난다.

그러나 해방 후 기독교 의식은 다양한 낯선 타자와의 만남을 통해, 주체가 새로운 세계로 확장되고 깨어져 새로운 인간으로 변형된다. 「고개를 넘으면」에서 보여준 혈족을 넘은 인간관계를 통해, 민족, 국가라는 더 큰 범위의 확대는 타자의 타자성이 이룩해 놓은 성과라고 할 수 있다. 「사랑」에서는 남편의 원수를 갚기 위해 평생을 노심초사하던 신 여사가 그 원수 갚겠다는 마음을 돌려, 남아 있는 아들과 딸을 더욱더 사랑하겠다는 결심은 한층 더 우리 삶을 풍요롭게 한다. 「거리에는 바람이」에서 윤주가 송인달을 다시 받아들이는 것은 자신도 모르게 남에게 사로잡힘을 통해 그 타자의 아픔을 공유하기 때문에 가능한 것이다.

이 작품들에서 낯선 타자를 통해 새로운 초월적 가능성의 열린 세계로 확장됨은 화자가 끊임없이 자아로 향하는 징후로 나르키소스적 자아가 수동적으로 체험하는 것으로 이런 체험 과정을 통해 자아는 다시 자신에게 '타자'로 다가오는 또 다른 '나'를 경험한다. 이런 균열된 체험은 시간에서 비롯된다. 과거와 현재와 미래의 통합된 시간의 순수한 체험, 들뢰즈가 이야기하는 텅 빈 시간적 체험을 통해서 새로운 세계로 열린다. 들뢰즈는 참된 반복은 상상에서 나온다고 했다. 즉자의 상태에서 끊임없이 와해되는 반복과 재현의 공간 안에서 주체가 펼쳐지고 보존되는 반복 사이에 차이가 있다고 했다. 해방 후 작품들에서 작품의 즉자적 인물들이 부딪치는 낯선 타자를 통해 반복해서 깨어지고 다시 일어서는 경험을 통해 새로운 텅 빈 시간을 통해 주체로 거듭남은 바로 주체의 차이를 보여주는 것이다.

박화성의 작품에서는 인물들의 관계망이 바로 그들의 운명을 좌우한다. 주인공을 중심으로 맺어지는 이중 삼중의 관계망은 주인공이 현실적인 시련 속에서도 그 시련을 버틸 수 있는 울타리가 된다. 그러나 이러한 이중 삼중의 관계망은 작품의 주인공들이 완전히 깨어져 새로운 창조의 시간으로 이끌지는 못한다. 과거의 현재, 미래의 통합된 시간, 텅 빈 시간을 통해서 새로운 주체로 거듭나긴 하지만, 현실을 새롭게 개척하는 힘으로까지 나아가지는 못한다. 박화성 자신이 김국진에서 천독근으로 이어지듯, 작품 속의 인물들 역시 관계의 안전망 속에서 반복과 차이를 형성할 뿐이다. 현실의 두꺼운 벽을 뚫고 나오는 깨어지는 경험, 새로운 세계를 창조하는 경험까지는 이르지 못한다. 이것은 박화성이 왜 여성의식에 관한 글을 쓸 수 없는 이유이기도 하다. 박화성 자신과 마찬가지로 작품 속의 주인공들도 자기 주도형의 인물형으로 자신의 선택을 통하여 현실을 주도하기 때문에 현실의 가부장적 울타리는 아무 것도 아닌 것이다.

02

새로운 여성의 윤리 '포용과 화해'

― 조경희 수필

1. 들어가기

2005년 조경희가 영면한 이후 그해부터 <한국수필>에서는 매년 조경희 추모 특집을 게재하고 있다. 추모 특집에 원고를 게재한 몇몇 원고를 제외하고는 대부분 원고에서는 조경희 수필의 특징을 지적하는 글보다는 글쓴이와 조경희의 특별한 관계 혹은 그녀의 인간적인 면모와 왕성한 활동력, 수필문학계에 끼친 공로, 정무 장관을 비롯한 두루두루 거친 문화 단체의 장으로서의 탁월한 지도력을 격찬하는데 지면을 할애하고 있다. 이것은 조경희의 수필보다는 적극적인 활동력과 탁월한 지도력에 감동을 받았기 때문이었을 것이다.

대략 2005년도 특집을 요약해보면 그들이 지적한 조경희는 카리스마적 지도력(이철호), 남을 위한 배려심과 예리한 판단력과 적극적인 행동 양태(김병권), 깔끔한 여자 중의 여자, 윤활유 같은 유머(정명숙), 넓은 안목과 통찰력을 지닌 냉철함(유혜자), 남성을 압도하는 장부다운 모습(변해명), 한국 문화계의 큰어머니요, 특유의 유머로 주위에 웃음을 선사했던 여걸(김석희) 등이다. 위의 특징 중 조경희의 여성다운 면보다는 남성 세계에서 남성에 맞추어 살아온 조경희의 특징적인 삶을 조명해주는 글들이다.

그중 윤명로만이 조경희의 수필의 특징을 나름대로 정리하고 있다. 윤명로는 '조경희의 수필은 인간애를 불러일으키는 휴머니티에 바탕을 두고 그로부터 생활인들의 아름다운 마음을 형상화하는데 그 특징이 있다는 평가를 받아왔다'고 서술하고 있다. 윤명로는 조경희의 수필은 수필의 본 자태를 살펴 볼 수 있는 글이라며, '현란한 수사학을 동반하지 않는 평범한 언어로 빚은 야산의 불꽃같은 소박한 향내'가 보일 뿐이라고 했다. 이런 조경희의 수필의 특징은 글을 쓰는 직업인 문화부 신문 기자로서 활동하다 이런저런 글을 쓰게 되었고, 그것이 바로 수필가라는 칭호를 받게 되었다는 조경희의 「글을 쓰는 어려움」을 인용해 밝히고 있다. 이것은 조경희의 글쓰기의 동기를 보여주는 부분이다.

한 가지 나는 붓을 들면서 이런 생각을 가졌다. 나의 신변을 정

리하고 밝은 내일을 갖기 위해 생활의 반성을 글로 써보자는 것이
었다.

— 「글을 쓰는 어려움」 중에서

글쓰기라는 것의 대부분이 삶을 되돌아보는 행위이지만, 인용문
에서 조경희는 글쓰기를 통해 자신의 삶의 지표를 찾고 자신의 새
로운 미래, 삶의 새로운 윤리를 찾아보겠다는 각오를 밝히고 있다.
그러나 조경희의 초기 수필집에는 지극히 평범한 소재, 「얼굴」, 「목
물」, 「순수건의 미덕」, 「수세미」, 「언양 미나리」, 「좁은 채마전」, 「붕
어조림」, 「선물」, 「분갈이」 등으로 자신의 내밀한 부분을 잘 드러내
지 않고 현모양처로서의 자태를 드러내고 싶어 한다. 그러다 가끔은
자신의 속내를 드러낸다. 자신의 파란만장한 삶에 대한 고충과 자신
의 우울한 고독을 서슴없이 드러내기도 한다. 1990년도 이전의 수
필에서는 그런 내밀한 속내를 통해서 조경희의 당시 심리적 풍경이
가끔 드러난다. 이것은 여성들이 남성적 가부장적 세계에 적응하기
위해 어쩔 수 없이 혼자서 겪어내어야만 하는 고독이고 우울일 것
이다. 이것은 여성이 여성 자체의 욕망으로 살지 못하고 남성의 욕
망에 맞춰 살아가야하기 때문이다. 위의 조경희의 인간 자체를 평가
한 특질을 이루는 것의 대부분이 남성들이 원하고 남성들의 은유로
부터 나온 특질들이다.
　1990년대 이후에는 조경희의 심리적 풍경은 조금씩 달라진다. 적

극적인 행동과 긍정적인 사고로 사회 활동의 열매를 맺기 시작한 이후 조경희는 자신에 대한 자신감과 어려움을 극복한 승리자로서의 패기만만함을 바탕으로 한 새로운 여유, 새로운 여성의 윤리학을 획득하고 있다.

2. 남성의 은유 '인내'와 '헌신'

여성의 글은 가부장적 질서를 비웃는 혁명적 시나 비천한 언어가 될 수 없다고 한다. 여성이 현실에 도전하기 위해서는 아주 신중하게 현실의 가부장적 질서를 받아들일 수밖에 없다. 또 여성은 글쓰기와 관련해 남성다움으로 가장하거나, 아니면 침묵의 물에 잠긴 육체를 쓸 수밖에 없다고[1] 했다. 이 말은 여성을 법과 타협케 하여 남성적 입장과의 동일화를 이루게 하거나 아니면 여성을 무법자로 만들어 정치와 역사 바깥쪽에 있어야 한다는 것이다. 이것은 여성 누구에게나 해당되는 말이다. 대부분의 여성작가들은 법과 타협하는 남성적 입장에 있지 않다하더라도, 작품을 내밀히 들여다보면 무의식적으로 드러나는 가부장적 의식을 찾기는 어렵지 않다.

조경희 수필에서 나타나는 것은 여성이면서 남성들이 가부장적 세계를 유지하기 위해 만들어 놓은 여성의 법, 인내, 희생, 현모양처

---

1) 켈리 올리버, 『침묵으로 나타나는 혁명적 언어』, 「크리스테바 읽기」, 시와 반시, 1997. 이는 크리스테바의 용어로 본문에서 자세히 설명이 될 것이다. 여기서 윤리는 대상과의 관계 맺기이다.

의식 등을 자연스런 것으로 받아들인다. 이것은 물론 오랫동안 기독교 영향에 의해서 희생과 인내를 자신의 삶의 지표로 삼은 것이기 때문이다. 또 동덕여고의 현모양처 교육과 어릴 때부터 받아 온 가정교육에 의해서 자연히 몸에 붙은 것이리라 생각된다. 조경희는 사회생활을 하면서 좌우명을 '참자'로 할 정도로 철저한 자기 관리를 통해 긴장된 삶을 유지하였다.

> 그래도 나에게 좌우명이 있다면, 하루라도 마음에서 글씨를 쓰는 일이 있다면, 「참자, 참아」 하는 지극히 단순하고도 그러나 내 생활에서는 없지 못할 그 말이다. 때로는, 말을 안 하고 왜 가만히 있느냐, 그 속을 알 수 없다고 한다. 그때 나는 말보다도 「참자」라는 말을 속에서 하지 않을 수 없다. 왜냐하면 그 순간 나는 그 사람들과 헤어져야 하는 것이다. 그날로 곧장 끝나야 하기 때문이다.
> — 「믿음」 중에서

인용문에서 본 이러한 조경희의 속내와는 달리, 조경희를 만나는 대부분의 사람들은 조경희를 일컬어 '치마만 둘렀지 남자'라는 말을 한다. 조경희처럼 여성은 수세기 동안 익숙해 온 남성의 은유로부터 벗어나기 힘들다. 남성의 은유로 해방되기 위해서도 자신에 관해 글을 써야 한다. 그러나 조경희의 수필은 자신의 속내를 드러내 보이는 글은 극히 일부분일 뿐 대부분의 글의 소재는 객관적 일상적 소재, 「맥주」, 「목물」, 「차지꽃」, 「진달래」, 「고목」, 여행담, 명화와 관련된 화가 등을 다루고 있다. 대부분의 여성들의 글쓰기는 자신의 개인사로 시작된다. 그러나 조경희는 개인사에 관해 글쓰기에서는 물론 일상생활조차 대화 소재로 삼기를 꺼려한다.

> 나의 처소를 알리기 싫어하는 것과 마찬가지로 남에게 내 생활 이야기를 하기 싫어한다. 만일 내 생활에 대한 이야기가 화제에 오르게 되면 나는 어물어물 화제를 돌려 버린다. 굳이 가난하다느니 못 산다느니 하는 말을 내세우는 친구도 많지만 나는 내 심정과 같지 않을 내 친구들에게 구차한 생활의 이야기를 늘어놓고 싶지 않다.
>
> — 「처소」 중에서

일상생활에서조차 자신의 속내를 드러내 보이고 싶지 않은 자신의 은밀한 욕망은 무의식을 통해 조금씩 삐져나올 뿐이다. 그러니까 조경희의 경우, 일상적 소재라고 해도 소재에 대한 객관적 서술로 일관하다 제일 마지막 한두 줄 정도만 자기 속내를 드러내 보인다. 이런 글쓰기는 자신의 욕망, 여성 그 자체의 욕망을 드러낼 수 없기 때문에 여성이 사회생활을 하면서 쌓인 스트레스를 풀 수 없는 것이다. 그러기 때문에 가슴속 응어리, 한은 그대로 남아있다. 그러기에 고독할 수밖에 없다.

여자들은 주어진 고독한 삶을 참는 것으로 일생을 보낸다. 오랜

> 인습에 얽매어 사는 여자의 일생이란 문자 그대로 고독한 생애를
> 살아가고 있는 것이다. 고독하다는 말을 구사하는 자체가 사치스
> 런 표현이다.
>
> — 「고독」 중에서

여성은 자신이 누구인지 모른다. 여성은 더 이상 남성에 의해 정의되는 자신의 이미지가 아닌 스스로의 몸과 일체가 되는 자기 이미지를 글쓰기를 통해 이루어내야 한다. 이를 위해서는 우선 식수스와 이리가레이가 말하는 남성과 여성의 차이를 부정하지 않는 양성을 인정해야 한다는 것이다. 이리가레이에 있어서 양성은 차이를 지니고 담론에 참여하는 다른 두 성을 의미한다. 식수스에 있어서 양성은 한 사람 내부에 존재하는 차이와 두 성의 처소를 의미한다. 양립해야 하는 양성은 남근 중심적 문화로 왜곡당해 왔다는 것이다.[2] 즉 정신 분석학의 대상이 되는 조경희의 「처소」, 「고독」, 「믿음」에서 드러나는 '결핍'이나 '거세'의 결과가 아닌 욕망, 여성 그 자체의 욕망, 그 욕망에 대해 이야기하고 글을 쓸 때 그것이 바로 여성적 글쓰기라는 것이다. 그런 의미에서 크리스테바는 여성적 글쓰기는 바로 변화하는 다양한 차이를 포용할 수 있는 '과정 중의 윤리'가 되어야 한다는 것이다.[3]

---

2) 엘렌느 식수스, 「글쓰기로 나아가기」, 「프랑스 소설 속의 여인들을 찾아서」, 여성신문사, 1997, 233면.
3) 켈리 올리브, 「무법의 논리」, 위의 책, 289면.

조경희는 이화여전을 다니던 1938년 잡지 「한글」에 수필 「측간단상」이 당선된 이후 수필가로서 활동을 해왔다. 이화여전을 졸업한 이후 조선일보사 학예부 기자로서 활동을 시작한 이후 계속적인 언론 활동과 함께 수필을 써왔다. 그뿐 아니라 「혜성」의 창간뿐 아니라 1956년 「여성계」 주간을 맡았다. 조경희는 1971년에는 「한국수필가협회」를 창립하였고, 잡지 「수필문예」를 통권 27호까지 발행하다 1981년 「한국수필」로 제호를 바꿔 지금까지 수필 문학의 발전에 지대한 공헌을 한 명실상부 수필계의 대모이다. 한국예술문화단체총연합회 회장, 정무 제1장관, 예총회장, 이화문인회장, 예술의 전당 이사장 등 문화계의 굵직한 직위는 두루두루 거친 신분이다. 그래서 원로 남자 문인들은 조경희를 일컬어 흔히들 '치마만 둘렀지 남자다'라는 말을 곧잘 하곤 한다(차범석). 그러함에도 초기 조경희 수필에는 이유를 알 수 없는 우울이 많이 드러난다. 이것은 바로 여성 그 자체의 욕망이 아닌 남성의 은유로 말을 하기 때문이다.

나만의 생활의 정신적인 지주란 삶에 대한 저항적인 면과 체념적인 면이 얽히고설켜 있는 모순의 덩어리며 물질적인 면에서는 집도 없고 수입도 적다. 그런 것들이 어울려서 나타나는 존재가 물거품처럼 지속되고 유지되고 있을 뿐이다. 우울의 뿌리가 깊이 파고들 때 남몰래 잠깐 비쳤다 사라질 뿐 90%의 명랑이 활개 친다. 저항 끝에 우울이 남는 것이고 체념 끝에 명랑이 남는다. 아무도 내 깊은 곳에 도사리고 있는 우울의 비밀을 들여다보거나 눈치

채지는 못한다. 우울의 비밀은 나만의 것이고 내가 살아가는 한
나는 나의 비밀을 버리지 못할 듯하다.

— 「우울의 비밀」 중에서

위의 인용문에서 보이는 조경희의 우울은 어디서 오는가, 이것은
바로 여러 가지 요인, 일테면 시대적인 혹은 인용문에서 나타난 경
제적인 것 등이 있을 것이다. 그러나 무엇보다도 조경희가 여성 그
자체의 욕망으로 살지 못했던 '결핍', '거세'로 인한 것이다. 그것이
바로 '우울'로 나타난 것이다. 인용문의 마지막 문장 '우물의 비밀
은 나만의 것이고 내가 살아가는 한 나는 나의 비밀을 버리지 못할
것이다'에 시대적이고 경제적인 일시적인 요인보다는 여성으로서의
생래적인 우울을 시사하고 있는 것이다. 이 생래적인 것은 바로 여
성이 여성의 욕망을 드러내 놓고 살아갈 수 없는 가부장적 세계에
서 오는 우울이다.

3. 과정 중의 윤리 '포용과 화해'

여성의 정체성이나 동등권과 여성의 차이를 어떻게 실현해 낼 것
인가는 페미니스트에게 핵심적인 문제가 되어왔다. 인간과 여성, 이
중 정체성의 덫에 걸리지 않기 위해, 여성은 자신의 차이를 어느 부
분도 포기하지 않고 자신의 욕망을 현실 속에서 실현해야 한다. 여

성으로서의 '우리들'의 정체성은 다시 생각해야한다. 모든 개인은 그 혹은 그녀 자신의 독특한 색상을 가진다. 여성 운동 혹은 여성적 글쓰기는 개인차에 대한 관심이 되어야 한다. '우리들' 혹은 '인간' 일반적 개념과 마찬가지로 개인차를 덮어버리면 결국 남성의 은유에서 벗어나려는 여성들의 노력이 결국 또 다른 왜곡된 문화를 탄생시키게 된다. 그래서 좀 더 면밀한 윤리가 요구된다.

여성이 인간과 여성이라는 정체성의 이중 묶음을 화해하는 가능한 방법은 크리스테바는 '과정 중에 있는 주체에 대한 윤리'의 확립이라는 것이다. 여성은 현실에서 주변적인 관계 밖에 가지지 않기 때문에 윤리에 대해서 더 많이 자각해야한다. 이 윤리는 타인에 대한 자신의 의무를 자아에 대한 의무와 종에 대한 의무로 설정해야 한다. 이 윤리는 법이 아니라 사랑을 통해 주체를 '타자'[4]에게 묶어두는 것이다. 이 윤리적 모델은 어머니의 아이에 대한 사랑인데, 이 사랑은 어머니 자신에 대한 사랑이요 어머니의 어머니에 대한 사랑이다. 어머니의 사랑은 또한 어머니 내부의 이방인을 포용하기 위해 기꺼이 자신을 포기하려는 마음이기도 하다.[5] 조경희는 이미 그런

---

4) 잃어버린 유아기의 어머니를 결코 잊지 못하는 인간은 그 결핍을 메우기 위해 대상을 향해 간다. 상실한 어머니처럼 보이는 대상, 이것이 '대타자'이다. 그러나 그 어머니는 다시는 찾을 수 없기에 대상을 잡으면 대상은 소타자가 되어 미끄러지고, 미끄러지는 순간, 인간은 살기 위해서 또 다른 대상을 환상의 눈으로 바라본다. 이 끝없는 환유의 고리 속에서 '대타자'는 '소타자'로 바뀐다. '타자'란 억압된 무의식이 의식 속에 위장된 모습으로 나타난다. 권택영, 「타자란 무엇인가」, 「타자비평」 창간호, 2001, 24-25면.
5) 켈리 올리버, 「무법의 논리」, 위의 책, 284면.

윤리를 스스로 확립하고 있다.

> 남성은 그들의 털 속에 감춰 두었던 포악이란 발톱을 꺼내기
> 시작할 것이다. 심지어 잔인이란 꼬리를 드러내어 여성에게 도전
> 해 올지도 모른다. 그러므로 여성은 끊임없이 여성으로서의 따뜻
> 한 마음과 열성적인 노력으로서 쉴 새 없이 남성의 머리를 쓰다듬
> 어 주는 어진 주인이 되어야 한다.
>
> — 「남성 사육법」 중에서

이런 여성의 윤리 의식은 조경희의 1990년대 이후 작품에서 그대로 드러난다. 그동안 기자로서 언론생활을 하다 스스로 창조적인 작업을 하게 된 것은 1971년 수필가협회의 창립으로 시작되었다. 수필가협회를 창립하고 잡지를 창간하고 공적인 여러 대표직을 맡으면서 조경희는 자신에 대한, 자신의 능력에 대한 자신감을 가지게 된다. 그러면서 1990년도 이전의 글쓰기에서 드러난 '결핍', '거세' 등의 우울이 사라진다. 또 소재도 달라진다. 1990년대 이전의 소재는 극히 객관적인 소재인데 비해 극히 개인적인 것으로 변화된다. '인내'와 '헌신'의 자세에서 모든 것을 포용하고 껴안은 어머니의 자세가 된다. 이것은 다년간 직장생활과 사회생활에서 여성으로서의 몸소 체험한 여성의 윤리인 것이다.

나의 관심법은 사랑의 결점과 의심스런 행위를 알게 된다고 해

서 그것을 탓할 것이 아니라 그 사람이 가지고 있는 잘못을 덮어
줌으로써 서로에게 힘이 되는 것으로 활용하려고 노력하고 있다.
— 「관심법」 중에서

위의 인용문에서 나타난 것은 바로 모성의 미학이다. 모성은 바
로 타자성의 구현이다. 즉 모성은 주체가 타자를 포용하는 윤리이
다. 모성은 분열하여, 고립된 채, 다른 신분으로 바뀌지 않고 변화하
는 정체성이다.

　내가 이렇듯 마주치는 걸인들에게 그냥 지나치지 않는 것은 섣
달그믐에 만난 청년 때문이 아니다. 또한 내 앞에 닥친 캄캄하고
답답한 현실에서 구제를 통해서 조금이라도 보상받으리라는 생각
은 더더욱 아니다. 한 푼 달라는 걸인에게 눈을 감거나 회피하는
사람들의 마음가짐, 그것에 나도 끼여 있었다는 사실이 정말 한심
하고 부끄러웠던 것이다. (중략)

　이번 새해에는 많은 다짐을 하기보다는 냉정한 사람이 되지 말
아야겠다. 그리고 어려운 이웃에게 무관심으로 일관했던 그것이
자기방어의 수단이었다 하더라도 있어서는 안 될 일이라고 마음
먹어 본다.
— 「광채 나는 해여」 중에서, 1998

　고마워 할 줄 모르는 생활, 신선한 공기, 깨끗한 물 한 모금의

기쁨을 느낄 줄 아는 생활이 바람직하다. 자기를 길러 주신 부모
님, 따뜻한 우정, 보살펴 주시는 인간애를, 우리 생활을 감싸고 있
는 소중한 것들을 잊어버려서는 안 되지 않겠는가.

— 「망각」 중에서

1998년 새해맞이를 위한 글인 위의 두 인용문을 쓴 시기는 남편
어거스틴이 쓰러진 이후이다. 하루하루가 힘든 고통의 나날이었음
에도 불구하고 글은 밝고 힘차다. 조경희의 이런 모성의 미학은 오
랜 고통을 이겨 낸 자의 자신감과 고통을 통해서 드러나는 고결함
에서 오는 것이다. 세상에서 가장 견디기 어려운 최악의 상태가 사
실은 가장 고결하고 아름다운 몸으로 태어나는 모태는 자궁의 어두
운 공간, 어둠을 통해서 나타나는 것이다.

조경희는 6·25 전쟁 당시, 서울 수복 후 체포, 사형선고까지 받
은 최악의 상황 속에서 살아남았고, 경제적 곤란으로 가구 등 살림
살이를 차압당하는 고통, 남편이 고혈압으로 쓰러진 후 간병인으로
고통을 혼자 감당해야 하는 어려움 등 많은 심적, 육체적 어려움을
겪었다. 이런 고통의 미학을 통해서만이 대타자를 포용, 타자를 자
신과 똑같이 사랑할 수 있는 모성의 미학을 확립할 수 있다는 것이
다. 이것은 동일성의 논리에 의해서 그동안 타자를 억압함으로써만
이 현실을 질서화 했던 남성적 윤리와는 상반되는 여성의 윤리인
즉 대상과의 올바른 관계 맺기는 모성적 사랑을 통해서만이 나타날

수 있다는 것이다.[6]

결국 사랑은 완성된 인격을 목표로 하고 있다. 그러나 완성된 인격은 저절로 이루어지는 것이 아니다. 완성된 인격을 위해서 달리는 열차 앞에는 온갖 장애물이 있게 마련이다. 끊임없는 시련을 겪게 마련이다. 지푸라기라도 잡으려고 허우적거리는 모습이란 바로 인간 고해를 참고 이기려는 모습이다.

― 「지푸라기의 철학」 중에서

4. 나가기

조경희의 1990년 이전의 수필에서 드러나는 정서와 지인들 사이에서 조경희를 평가하는 인간적인 관점 사이에는 간극이 있다. 그것은 일상생활에서 드러낼 수 없는 내밀한 심리적 풍경이 글쓰기에는 자신과 무관하게 드러나기 때문이다. 1990년대 이전의 수필을 읽으면, 자신의 삶을 드러내고 있지만 감추고 말해지지 않은 것 때문에 답답한 심정이 된다. 다만 그 당시의 심정을 토로한 한두 줄의 글 속에서 조경희의 심리적 풍경을 읽을 수 있다. 그것은 말할 수 없는, 말해지면 안 되는 어떤 요인으로 인해 감추고 숨겼지만 조경희 자

---

6) 여기에서 이야기하는 모성적 사랑은 기존에 이야기하는 자신을 무조건적으로 억압하고 희생하는 모성적 사랑과는 달리 남성적 가부장적 사회에서 받은 고통과 좌절에 의한 새로운 질서를 창출하고 그 속에서 개인의 차이를 인정하고, 일 대 일 관계에서 올바른 관계 맺기를 통한 타자 껴안기이다.

신도 모르게 비집고 나온 것이다.

무대는 외등 하나 달려 있지 않은 캄캄한 거리, 발짐작으로 찾
아가는 낯익을 길, 들어주는 상대도 없이 오는 독백의 시간, 이때
가 내가 가질 수 있는 가장 즐거운 시간이기도 하다. 그런데 가사
는 창으로 변하고 창은 드디어 흐느낌으로 변하는 것은 웬일일까.
정말 가식도 구김새도 없는 내 원시의 모습을 보는 순간이 가슴이
아파도 괴로워도 노여움이 가슴속을 치밀어 올라와도 심해의 물
줄기가 흘러 간 해면처럼 모든 것을 꿀꺽 참고 살아온 나의 표정
이 무너져 나가는 순간이 있다면, 아무도 보지 않는 밤길을 콧노
래로 부르고 걸어가고 있는 이런 시간이다.
— 「음치의 자장가」 중에서

위의 인용문에서 보여주는 것처럼 조경희의 심리적 풍경은 여성
그 자체의 욕망을 죽이고 남성의 은유, 인내와 헌신으로서만 살아온
삶이 얼마나 힘든 것인가를 보여준다. 이러한 심리적 고독감과 우울
감은 조경희 나름대로의 대처(수차례의 외국 여행)로 많이 해소된다.

타의에 의해서 세 차례의 사무실 이사, 한 달 남짓 기간에 치러
야 했던 장부, 감사 등은 옥고를 치르는 듯한 아픔을 감수해야했
다. 사람은 죽을 때 진과 같은 땀을 흘리고 죽는다고 한다. 그 진
은 아픔의 표적이리라. 그런 진은 온몸에 흘리면서 견디어 냈다.
어머니의 위독으로 병원에 입원, 어머니의 퇴원을 보고 남미 여

행을 떠났다. 서울에 있으면 더위에 싸우느라 허송세월을 했을 기
간에 엄청난 경험을 하게 된 것이다. 이런 생생한 추억은 나를 행
복하게 해주었다.

— 「건강한 뿌리를 내리기 위해서」 중에서

죽을 것 같은 고통 속에서 벗어나는 길은 또 다른 열정을 불러일
으키는 새로운 체험이다. 조경희는 여행을 통해서 새로운 환희와 만
남으로써 죽을 것 같은 고통에서 벗어 날 수 있었던 것이다. 고통을
치유하는 방법과 그 고통을 다스리는 법을 알았기에 남성 사회에서
성공할 수 있었고 살아남았다. 또 1971년 수필가협회 창립으로부터
주체적인 자신의 활동 영역을 넓혀가면서 여성이기 때문에 당해야
했던 편견과 독단이 차츰 사라진다. 덕분에 조경희 스스로도 자신의
자존감을 찾으면서 수필 속에 1990년 이전의 글쓰기에서 보여주었
던 그런 고독감과 우울감은 사라진다. 그것은 자존감을 통해 얻은
자신감이 가져다 준 승리이다. 조경희는 승리자의 삶 속에서 여성의
새로운 윤리, 남성과 여성의 생리적 차이에서 화해와 포용을 끌어내
었다. 1990년 이후 글쓰기에서는 타자를 모두 끌어 앉는 포용의 미
학, '어머니의 자세', 새로운 여성의 윤리를 보여주고 있다.

03

전숙희 수필에 나타난 확신에 찬 비전

1. 들어가는 말

김광섭은 수필은 생활주변에 있는 것들이나 회고나 추억들이 인격화된 작가의 달관이나 예리한 통찰을 통해 얻은 것들을 스스로 붓을 잡음으로써 만들어진 형식이라고 하였다. 이 말은 진솔한 체험을 거치는 동안 깨끗하고 진실한 삶은 무엇이며, 가치 있는 것인지 아름답게 분석되어져야 한다는 의미가 담겨있다.

전숙희 수필은 간결한 문체와 절제된 미학으로 삶에 대해서 많은 생각을 하게 한다. 이것은 바로 김광섭이 이야기한 글 자체가 가지고 있는 인격화된 작가의 달관과 삶에 대한 예리한 통찰이 드러나기 때문이다. 전숙희 수필에서는 흔히 수필의 특징으로 꼽는 위트나 유머는 발견할 수 없으나, 다양한 삶의 체험을 통해서 나타나는 삶의 철학이 진솔하게 드러난다. 전숙희는 삶의 철학을 포착하기 위해 삶을 관조하고 통찰해내는 프리즘, 다양한 체험, 여행, 글쓰기를 통해서 얻어낸다. 프리즘 같은 분석의 혜안이 없으면 좋은 수필을 만들어 낼 수 없다. 그래서 전숙희의 수필은 그녀의 치열한 삶을 통해서 얻어낸 전 인격체이다.

이번 전숙희 연구에서 대상으로 한 책은 1998년에 출간된 『전숙희 문학전집』(7권, 동서문학사, 1999)과 『전숙희 소련 기행 에세이』(삼성출판사, 1990), 『문학, 그 영원한 기쁨』(혜화당, 1995), 『사랑이 그녀를 쏘았다』(정우사, 2006), 1968년부터 2004년까지의 일기를 모은 일기집인 『가족과 문우들 속에서 나의 삶은 따뜻했네』(2007)이다. 전숙희의 그동안의 수필집을 모아 만든 전집을 대상으로 한다는 것은 시간적 분류가 되어 있지 않고 소재별로 묶어져 있어, 의식의 궤적을 훑어 내는 데는 어려움이 있었지만, 그것 자체를 전숙희 수필의 특징으로 잡고 전체적으로 읽어나가면서 새로운 특징을 발견하게 되었다. 그것이 바로 전숙희가 가지고 있는 시간 개념과 연결된다는 것을, 또 전숙희 수필에 드러나는 많은 문인을 비롯한 다양한 인물들과의 만남 또한 수필이 담을 수밖에 없는 전숙희 전 인격체의 한 부분으로 잡고, 수필의 특성과 연관시켜보았다. 한국 펜클럽 본부장을 하면서 다양한 여행 체험이나 글쓰기 자체가 가지고 있는 의미 분석도 전숙희 수필에서 필수적으로 분석되어져야 할 것으로 인식, 수필과 연관시켜 고찰해보려 한다.

2. 미래를 향한 오늘, 영원 속으로

전숙희 문학전집 7권 속에는 4백편이 넘는 수필이 실려 있다. 그
것은 전숙희 스스로가 서술한대로, 시간적 순서를 무시하고 테마별
로 엮어져 있다. 그래서인지, 전숙희의 수필은 시간이 과거, 현재,
미래로 확대되는 것이 아니라, 과거도, 현재도, 미래도 하나의 구심
점을 향해 맴을 돌고 있다. 구심점은 영원성 혹은 삶의 본원적 진리
를 따라가는 역사의 순환 구조의 성격을 띈다.

> 모든 성취는 극히 작은 일에서부터 시작된다. 시작이 반이란 말
> 은 이처럼 모든 사업의 시작이나 출발이 전체에서 큰 비중을 차지
> 함을 뜻하는 것이리라. 오늘의 씨 뿌림은 내일의 수확을 위함이요.
> 내일 한 송이의 꽃을 피우기 위해 오늘 우리는 물을 주고 가꾸어
> 야 한다. 이처럼 오늘은 내일을 위해서 있고 내일은 오늘을 위해
> 서 있다.[1]

전숙희에게 오늘은 내일을 위한 오늘이다. 이런 시간관념으로 인
해 전숙희의 대부분의 글에서는 위의 인용문에서와 같이 미래적 비
전이 제시된다. 이런 점은 일제강점기에 태어나 험난한 세월을 겪은

---

1) 전숙희, 「내 마음의 소우주」, 『전숙희 문학전집』 3권, 동서문학사, 1999, 65면.

고난과 인고에서 오는 대범함과 외국 여행을 통해 얻은 역사적 안목과 신앙에서 얻은 종교적 비전,『동서문학』창간, 계원예고, 계원조형예술대학 설립, 4대에 걸친 세계 펜클럽 한국 본부장, 세계 펜클럽 종신부회장 등 다양한 경험을 통해 얻은 자기 확신, 글쓰기를 통해서 얻은 자기 성찰 등이 통합해 이루어낸 큰 결과라고 할 수 있다. 대부분의 여성 작가들은 독서를 통한 간접 체험과 사색을 통한 자기 성찰을 통해 글을 쓰기 때문에 차분하고 정서적이고 자기 고립적인 글쓰기가 대부분이다. 그러나 전숙희의 경우, 다른 여성작가들과는 달리 다양하고 폭넓은 경험과 사회적 성취를 통해 얻은 자기 비전을 제시한 확신 있는 글쓰기가 동반된다.

이런 전숙희의 통시적이고 삶에 대한 미래적 비전 제시는 2002년에 출판한 여간첩 김수임을 소설로 형상화한『사랑이 그녀를 쏘았다』나 여행 에세이『전숙희의 소련 기행 에세이』에서 탁월한 성과로 나타난다. 소설은 이강국과 김수임의 사랑을 소재로 한 작품이지만, 사회주의자였던 이강국이 활동했던 그 당대의 통시적인 역사적 안목이 없으면 평범한 두 사람의 사랑타령으로 끝냈을 수 있다. 그러나 전숙희의 치밀한 자료 조사와 역사적 통찰은 우리 현대사의 사회주의와 자본주의 체제의 질곡에서 희생양으로 죽음을 맞을 수밖에 없는 두 사람의 비극을 탁월하게 형상화하고 있다. 이 책에서 김수임은 애인 이강국을 월북시켰다는 이유로 간첩으로 몰려 사형을 받는다. 죽기 바로 직전 김수임은 이강국을 처음 만났던 그 장소와 동일한 곳이라는 기분 속으로 빠져든다.

> 이상한 일이다. 김수임은 이강국과 사랑을 나눈 첫 만남의 장소
> 가 생의 마지막 장소가 되기를 기원했다. 그러나 어떻게 저 붉은
> 노을까지도 그날과 똑같이 온 천지를 물들이고 강물 위에까지 번
> 지고 있을까! 그녀는 자연의 기적 같은 현상에 스스로 감탄하며
> 흐려진 정신을 가다듬어 자세를 바로 잡고 노을진 하늘을 바라본
> 다.[2]

위의 인용문은 김수임이 비참하게 사형으로 죽음에 이르렀지만 사랑하는 사람, 이강국에 대한 헌신으로 맞은 죽음을 아름답게 형상화하기 위해 전략적으로 작가가 구성한 것이다. 이것은 김수임의 사랑이 이강국을 사랑하기 시작한 순간부터 죽음을 맞은 마지막 순간까지 변함없음을 보여주기 위해 상징적으로 처리한 것이다. 이 사랑을 통해 이강국의 신념은 바로 자신의 신념이며 민족적 대의를 위해 선택한 신념이라는 것으로 보여준 것이다. 전숙희의 다른 수필에도 이런 똑같은 순환적 구조를 보이는 시간관념을 많이 찾아 볼 수 있다. 이것은 앞에서도 서술한대로 전숙희가 몸으로 체험한 역사에 대한 통찰력, 신앙이나 글쓰기를 통해서 얻은 자기 성찰, 그런 것들을 통해서 얻은 자기 비전을 제시하기 위한 것이다.

---

2) 전숙희, 「강가에서 아름다운 죽음」, 『사랑이 그녀를 쏘았다』, 정우사, 2006, 278면.

시간의 기적, 이것을 이야기하자면 끝이 없다. 인간 생활처럼 영고성쇠(榮枯盛衰)는 말할 것도 없고, 한 국가와 사회마저도 세월을 따라 변한다. 그러기에 살다보면 인간의 예상을 뒤엎는 일이 한두 가지가 아니다.[3]

이것은 전숙희가 일제강점기에 태어나 어려운 역경 속에서 살다 기대하지 않던 뜻밖의 해방을 맞고, 예상치 못했던 6·25 전쟁, 4·19 혁명과 5·16 혁명 등 그야말로 영고성쇠를 겪으면서, 시간이 가지고 있는 마력의 힘을 체득하게 된 것이라 생각한다. 그래서 시간은 기다림의 미덕을 통해서 기적을 낳는다고 결론을 내린다.

소련 기행 에세이는 짧은 에세이가 지역에 따라 편집되어 모아진 글인데, 모스크바, 레닌그라드 등의 지역을 여행하면서 만났던 소련 작가들의 이야기가 핵심줄기이지만, 중간 중간 그 도시의 특징과 역사의 질곡에서의 변화 과정과 전통을 서술하면서, 전체적인 근대 형성기의 소련의 역사가 큰 줄기를 이루는 에세이다. 소련의 격동기의 역사를 통시적이면서 공시적인 측면에서 균형적인 감각으로 형상화하고 있다. 통시적이고 공시적인 역사의 흐름 속에서 삶의 진리를 새롭게 성찰하는 기회를 갖기도 한다.

극도의 통제가 국민 전체를 벙어리와 귀머거리로 만들고, 포커

---

3) 전숙희, 「시간의 기적」, 『전숙희 문학전집』 1권, 동서문학사, 1999, 153면.

페이스로 만들고, 가난과 인내를 생활신조로 알아 화석처럼 굳어
버린 소련인의 삶이나, 우리들의 사치 과소비 풍조, 허영심, 체면
치레, 게다가 끝없는 욕망은 고삐 풀린 말들처럼 어디를 향해 가
고 있는 건지.4)

역사에 대한 깊은 이해와 통찰력은 삶의 진리를 터득하는 지름길
이다. 전숙희의 에세이에서 나타나는 삶의 진리에 대한 터득은 다양
한 경험과 여행을 통한 깊은 성찰에서 비롯된 역사적 인식으로 인
한 것이다. 그러기에 시간에 대한 관념은 선적인 관념이 아니라 순
환적일 수밖에 없다. 자주 과거로 돌아가기도 하지만, 전숙희의 시
간 개념은 미래를 지향하는 현재에 머무르고 있다. 그것은 다시 돌
이킬 수 없는 세월의 의미를 현재 속에 각인시키고자 하는 의도가
깔려있다. 즉 오늘이라는 영원 속으로 우리를 끌어들이고 인간 존재
의 허망함을 보이기까지 한다. 자본주의 사회에서 보이는 맹목적 경
쟁은 끝없는 욕망으로 치닫는다. 자기애를 완성시키고 남의 눈에 비
치는 자기를 허망하게 사랑하다가 자기 파멸을 불러 온다. 전숙희는
역사적 통찰을 통해 삶에서 얻은 진리, 매일의 삶 속에서의 영원의
갈망, 충일한 삶만이 허망함을 극복하는 길이라 생각하다. 그러기에
전숙희의 수필은 영혼의 순례자의 기록 같다.

---

4) 전숙희, 「상품이 없는 대형 백화점」, 『전숙희의 소련 기행 에세이』, 삼성출판사, 1990,
   88-89면.

3. 일을 통한 미래적 비전 제시

독일 출신의 여성 철학자 아렌트에 의하면 삶이란 '사람들 사이에서 살아감'을 의미한다. 전숙희 수필의 대부분은 수많은 사람들과의 만남과 떠남에 관한 이야기이다. 수필의 글쓰기에서 필요한 자신의 뿌리를 더듬어가기 위한 부모님 이야기, 형제들 이야기, 자녀들 이야기 등의 가족 이야기를 비롯한, 펜클럽 대표로 펜 대회에 참석하면서 외국에서 만났던 외국 작가들, 국제 펜클럽 한국 본부장을 하면서 만났던 수많은 한국 작가들, 『동서문학』 잡지를 운영하기 위해서 만나야 했던 많은 문인들, 계원예고, 계원예술조형대학의 경영을 위해서 필요한 재원을 만났던 사람들의 이야기 등 사람에 관한 이야기가 대부분이다. 그 많은 사람들의 이야기를 정확하게, 상황에 맞게 기술하고 있다. 전숙희 문학과 삶의 결집체라고 할 수 있는 2007년에 출판된 『가족과 문우들 속에서 나의 삶은 따뜻했네』에서 보여준 것은 바로 전숙희의 문학의 핵심이 인간과 인간의 만남이라는 것이다.

> 그녀를 만나게 되면 이미 먼 곳으로 가버린 많은 문인들의 얼굴까지 떠오르게 된다. 그녀 곁에는 늘 그런 문인들이 있었기 때문이다. 그뿐만 아니라 전 여사의 수필을 읽을 때에는 그런 만남과 그들에 대한 그리움이 짙게 서정적 분위기를 형성해나가고 있기 때문이다.[5]

전숙희의 1968년부터 2004년까지의 일기를 모은 일기집인 『가족과 문우들 속에서 나의 삶은 따뜻했네』(2007)를 보면, 어쩌면 그렇게 많은 사람들을 만날 수 있냐고 생각할 정도로 수많은 사람들과의 다양한 만남이 이루어지고 있는 것을 살펴볼 수 있다. 그 만남의 대부분은 개인적인 만남보다는 일이나 행사와 관련된 만남이다. 전숙희의 이력을 살피면 어떻게 한 사람이 그렇게 많은 일을 할 수 있나할 정도로 다양한 일을 기획하고 경영하고 결정하고 있다. 전숙희의 전 삶을 꿰뚫는 이 인간의 다양한 만남을 통한 일은 전숙희의 글쓰기 특징을 관통하고 있다.

> 결국, 인간을 구원할 수 있는 것은 일이라고 생각한다. 무엇이나 자기의 능력과 적성에 맞는 일, 자기에게 주어진 일에 몰두하고 도취할 때, 인간의 숙명인 고독에서 구원을 얻고 번뇌에서 해방될 수 있을 것이다.[6]

전숙희의 사람과 사람의 만남은 일을 하기 위한 만남이다. 위의 인용문에서 보여주듯이 그 일은 전숙희의 구원의 길이기 때문이다. 또 전숙희는 자신에게 희망을 포기치 않음은 '일'에 대해 아직도 남은 갈증과 배고픔이 있기 때문이라고 말한다. 전숙희는 일을 기획하고 실행하기 위해 많은 사람을 만나고 그들과 대화한다. 실제 많은

---

5) 김우종, 「늘 푸르른 정자나무」, 『내가 본 전숙희』, 동서문학사, 1999, 83면.
6) 전숙희, 「펜 한 자루의 긍지」, 『전숙희 문학전집』 1권, 동서문화사, 76면.

사람과의 관계를 통해 또 혼자 감당하기 힘든 일을 성취하기도 했다. 물론 그 일을 성취한 배경에는 동생 전락원의 재력이 전제되었기에 가능한 일이었다. 전숙희가 일을 성취하기 위해 뛰어 다닌 당시에는 어떤 일을 성취하기 위해서는 많은 사람들과의 관계를 통해서 이루어졌다.

실제 「가족과 문우들 속에 나의 삶은 따뜻했네」 속에 전숙희가 만난 사람들 중에는 문인은 물론 정치가, 기업가, 장관급 공무원, 학자, 심지어 대통령, 영부인 등 각계각층의 사람들과의 친교가 이루어지고 있음을 보여주고 있다. 많은 사람들을 만나기 위해서는 그만큼 돈이 필요하고, 더욱이 학교 설립이나, 인허가 문제가 걸려있는 문제를 해결하기 위해서는 더더욱 그럴 것이다. 아무튼 자본주의 사회에서에서 일을 성취하기 위해서는 자금은 필수적인 것이다. 그런 의미에서 전숙희의 일을 통해, 사람을 적극적으로 만나고 일을 성취시킬 수 있는 배경에는 동생 전락원을 빼고 생각할 수는 없을 것이다. 막강한 재력과 진취적인 전숙희의 안목이 결국 1998년 국제 펜 대회를 성공적으로 성취시키고, 계원예술고등학교, 계원조형예술대학, 『동서문학』을 창간하고 30여 년 지속할 수 있었을 것이다. 전숙희의 이런 일의 성취는, 의롭고, 비현실적인 아버지로 인해 궁핍함 속에 살았던 어린 시절, 해방과 전쟁의 혼란, 학창 시절의 폐병, 남편과의 갈등 등으로 인해 외롭고 힘들었던 삶의 여정을 삶에 대한 자신감으로 바꾸어 놓았다.[7]

전숙희는 이런 일을 통한 성취와 각계각층의 다양한 만남을 통해, 자신의 힘들고 어려웠던 기억을 자신만의 개인적인 불행이나 고난으로 생각하지 않고 보편적인 인간사의 일로 바꾸어 버린다. 그래서 전숙희는 자신의 슬픔도, 외로움도, 고난도 힘들지 않았다. 전숙희의 글의 대부분이 자신만이 겪는 독특한 경험을 객관적이고 보편적인 다른 누구의 일로 치환되어 서술될 뿐이다.

> 나는 여자로 태어났기 때문에 숱한 아픔과 눈물을 겪어야 했지만 나는 후회하지 않는다. 나의 넘치는 기쁨과 슬픔의 지난날들을.8)

위의 인용문에서도 보여주듯이 자신의 개인적 슬픔과 아픔이 보편적인 여성의 것으로 치환되어 버린다. 그럴 때 슬픔이나 고난은 인간이 겪어야할 과정일 뿐, 슬픔이나 아픔은 아닌 것이다. 전숙희의 대부분의 글 속에 나타난 희망적인 메시지 역시 여기에 연유된다. 역사의 수레바퀴에서 한번 지나갈 경험일 뿐 누구에게 특별히 있는 고난이나 아픔은 아닌 것이다.

그런 것은 역시 역사적 체험과 그 체험에서 비롯된 성찰인 것이

---

7) 남편과의 갈등은 수필 속에 구체적으로 서술되어 있지 않다. 남편에 대한 수필은 부모에 대한 글이 10편 이상인 것에 비하면 소략하다. 「무산 시절의 행복」, 「안강에 살림을 풀고」, 「안강에서 맞은 해방」 정도이다. 이 세 편의 수필은 모두 신혼 초기의 행복했던 시절에 관한 이야기이다. 그 이후 남편에 관한 글은 거의 찾아 볼 수 없다.
8) 전숙희, 「다시 태어나도」, 『전숙희 문학전집』 4권, 동서문학사, 1999, 256면.

다. 성찰이란 단순한 반성이 아니다. 길이 없음을 인정하고 새 길을 내기 위해 혼란의 여정으로 기꺼이 들어가는 것, 단절과는 거리두기를 하면서, 자신의 몸과 마음조차도 남의 것인 양 바라볼 수 있어야 성찰이 가능하다. 전숙희가 자신의 슬픔이나 아픔이라는 개인적 체험을 여자의 것으로 객관적으로 바로 볼 수 있는 그 힘이 성찰의 힘인 것이다.

> 결국 내 고향은 우주이며, 저 하늘 저 바다 저 땅이다. 나를 먹여주고 길러주고 생각하게 하는 내 고향은 바로 대자연이라고 대답하겠다.[9]

고향조차 보편적인 우주 혹은 이 땅으로 치환되는 전숙희의 삶의 통찰은 이 땅에서 우주로 연결된다. 이는 역사적 통찰에서 오는 삶에 대한 집착에서 벗어난 해방감에서나 올 수 있는 것이다. 이런 것은 역사적 통찰뿐만 아니라 여행을 통한 일상의 균열을 통해서도 가능한 것이다.

4. 여행을 통한 일상의 균열

> 모스크바 공항에 도착하면서부터 내 힘이 아니면 아무 것도 할 수 없고 바라지도 않아야 한다는 교훈을 배우게 되었다. 오늘 아

---

9) 전숙희, 「누군들 고향이 없으랴」, 위의 전집 1, 99면.

침까지도 나는 서울에서 밥도 가정부가 지어주고 청소도 남이 해
주고 차도 기사가 운전해 주며, 짐이 있으면 심부름꾼들이 실어
주고 내려주고 옮겨다 주던 편안한 생활을 했다. 그러나 소련 땅
에 내리니 내가 땀을 흘리지 않으면 아무 것도 할 수 없고 내가
가진 것만이 내 것이고 없으면 없는 대로의 체념과 인내가 오히려
마음의 평화를 가져온다는 사실을 배우게 되었다.[10]

전숙희의 여행은 떠나온 곳과 머무르는 곳에 있어왔던 존재방식
과 일상의 틈새 사이에서 균열로 나타난다. 전숙희는 국경을 넘으면
서 만나온 문화와 자연은 모두 그녀 자신의 내면을 발견하게 하는
성장의 계기로서 작용한다.

완전히 체념해 버린 무소유의 행복, 무욕의 얼굴들은 차라리 맑
고 깨끗했다. 예수가 말한 가난한 자에게 복이 있듯, 그 청정한 생
활은 평화스럽고 아름다웠다.
소련 거리나 식당이나 지하철, 대학교, 박물관, 미술관 등에서
만나는 소련 사람들의 얼굴은 모두 다 맑고 담담했다. 그들은 욕
심이 없으므로 그 마음이 거울과 같이 맑았다.[11]

위의 인용문에 보는 바와 같이, 여행을 통해 체제가 다른 사회로
부터 새로운 삶의 철학을 끌어내고 있다. 이 여행 에세이가 출판된

---

10) 전숙희, 「눈보라 치는 모스크바 비행장」, 『전숙희의 소련 기행 에세이』, 위의 책,
   62-63면.
11) 전숙희, 「무욕, 무소유의 아름다움」, 『전숙희의 소련 기행 에세이』, 위의 책, 297면.

1990년 때만 해도 우리 사회에는 이데올로기에 의한 긴장이 여전히 대중을 지배하고 있던 시대였다. 전숙희의 이런 고백은 그 당대의 사람들에게 충격을 주는 발언이었다. 그때까지만 해도 남한의 많은 사람들은 북한 사회와 닮은 철의 장막으로 상징되는 소련 사회에 대해 부자유스럽고 억압 체제라는 부정적 인식을 가지고 있었다. 자본주의가 가지고 있는 자유와 물질적 여유만이 최고의 가치라고 여겨왔던 그 당시 사람들에게 '무소유의 행복' 메시지는 전숙희 본인뿐만 아니라 많은 사람들의 의식에 균열을 가하는 발언이었다.

전숙희는 또 여행을 통하여 시간적 격차로 경험되는 모더니티, 근대를 형성하는 가능한 공간들을 새롭게 만나게 된다. 그리하여 전숙희는 전근대적 공간인 조국과 근대의 공간인 유럽 및 서구 사회에서 끼인 존재로 이방인의 시선을 가지게 된다. 서구 여행을 통하여 확장된 시야는 서구에 대한 경이를 객관화 할 수 있는 균형감각을 마련하게 된다. 즉 전근대화된 조국의 시선으로 서구의 모순을 들여다보고 틈새를 볼 수 있는 이방인으로서의 시야를 확보하게 된다. 전숙희는 근대의 발전사를 민족 국가의 경계선을 넘나드는 여행을 통해 이중의 시야를 확보할 수 있는 존재로 거듭난다.

전숙희는 그런 과정을 거쳐 결국에는 철저하게 민족이라는 틀 속에서 복원된다. 여행을 통해 고국의 경계를 넘는 순간 민족의 대표가 되고 '문화의 전도사'가 된다. 전숙희는 이방인으로서 어정쩡한 위치를 문화의 선도자로 자신을 위치 지운다. 대한민국의 문화를 전

세계에 알리고 서구의 문물을 고국에 전달하는 방식으로 자신을 정체화함으로써 자신의 현실을 극복하고자 했다. 민족의 대표이자 문화의 전도자로서 가정에의 소홀도 상쇄시킬 명분으로 충분한 것이다.

> 과거에는 상상할 수 없었던 일들이 너무나 많이 벌어지고 있는 오늘, 무엇보다도 우리가 바라는 점은 이제부터라도 남북이 한민족임을 깨닫고, 전통과 풍습과 사랑을 지닌 한민족임을 날로 마음에 새기는 것이다. 그렇다면 언젠가 우리는 다시 하나의 민족으로 통일을 되찾게 되리라고 본다. 그래서 나는 새해를 맞으며 이러한 소망과 간절한 기원을 사랑하는 우리 동포들의 마음에 되새기고 싶다.[12]

전숙희의 역사적 통찰을 근본으로 한 확신은 민족의 문화 전도사로 자신을 정체화하고, 4번의 연이은 국제펜클럽 한국 본부장으로의 활동을 통해 충분히 발휘된다. 전숙희의 활동은 문화전도사로 그치지 않는다. 1955년 아세아재단 파견으로 미국문화계 시찰로 일년간 체류하는 동안 미국 각 지방의 초청과 UN한국본부 주선으로 「내가 겪은 6·25 전쟁」을 수차례 강연을 통해서 전쟁을 겪을 당시의 한국적 상황을 전 세계에 알리는 역할을 한다. 또 그 당시 미국에서의 체험을 바탕으로 「이국의 정서」라는 수필집과 60년대 초에는 「여수상, 인디라 간디」라는 제목으로 출판, 여성들에게 새로운

---

12) 전숙희, 「알 수 없는 하늘의 섭리」, 전집 5, 146면.

비전을 제시하는 데에도 게을리 하지 않았다. 1970년에는 외롭게 조국을 떠나 여러 나라에 거주하는 동포들을 위해, 『동서문학』의 전신인 『동서문화』를 창간, 세계 각국에 흩어진 교포들에게 한국의 소식과 한국의 문화를 알렸다.

5. 글쓰기를 통한 자기 성찰

전숙희 수필의 특징은 다른 여성적 글쓰기와 다르게 문체가 간결하다는 점이다. 일체의 미사여구를 허용하지 않는다. 그래서 냉철하고 객관적이다. 어릴 적부터 가지고 있던 종교적 성향과 외국 여행을 통해 쌓은 많은 경험을 통해 어떤 문제에 대해서건 냉정함과 객관성을 지닌 글쓰기를 유지한다. 여성들의 글의 특징인 낭만성과 서정적 색채를 찾을 수 없다. 글의 소재가 극히 낭만적이고 주관적일 수밖에 없는 글감, 일테면 '사랑'이라든가 '다시 사랑하고 싶어질 때', '애정' 등의 소재에서 조차 객관적인 시선을 그대로 유지한다. 이것은 전숙희의 글쓰기의 시작이 단편소설[13]로부터 시작한 데 연유된 것이기도 하다. 소설은 수필과는 달리, 소설의 구성 요소인 인물과 사건, 배경의 구상을 거치는 동안 수필과는 달리 객관적 글쓰기의 형태를 지니게 된다. 처음 소설로 시작된 글쓰기 때문에, 구성

---

13) 전숙희는 1939년에 단편소설을 『여성』, 『신태양』, 『사상계』 등의 잡지에 발표하면서 작가 생활을 시작하였다.

역시 흐트러짐이 없다. 감정적 절제 속에서 글이 씌어지기 때문에, 글을 읽는 사람조차 그런 자세에 감염될 정도이다. 어머니에 관한 글 「탕자의 변」 등의 글에서나 어머니에 대한 회환이나 그리움이 정조를 이루어야 하는 글에서조차 감정의 배설을 절제하고 있다.

이런 절제된 글쓰기는 앞에서 서술한대로 다양한 체험을 통한 역사적 통찰과 종교적 신앙에서 오는 비전, 글쓰기를 통한 자기 성찰에서 비롯된 자기 객관화의 결과라고 할 수 있다.

> 나의 하루의 생활 중 내가 가장 즐기는 한때는 이른 새벽과 늦은 밤이다. 나 혼자만의 생활과 사색을 즐길 수 있는, 아무에게도 구애받지 않는 이 시간을 나는 진정 사랑한다.[14]

위의 인용문에서 알 수 있는 것은 많은 일을 기획하고, 경영하는 활동가임에도 사색의 끈을 놓지 않고 있다는 것이다. 일을 통한 많은 경험은 자신감을 주지만 자신과 대화할 시간이 없기 때문에 차츰 자신과 멀어진다. 그럴 때 과연 자신은 누구인가라는 회의에 빠지고 자신의 정체성에 혼란을 가져온다. 자신과 마주하는 시간이 적기 때문에 자신을 성찰할 수 있는 시간이 적으면 적을수록 자신과 분리된다. 그렇게 되면 삶에 대한 회의가 생기기 마련이다. 전숙희는 활동가적 면모와 글쓰기라는 양 바퀴를 굴리면서 자기 조절이

---

14) 전숙희, 「인생은 고해라지만」, 『문학, 그 영원한 기쁨』, 혜화당, 1995, 223면.

잘된 작가라고 할 수 있다. 전숙희의 작품에서 보여주는 확실한 비전적 신념이 이를 증명하고, 이것은 초창기 글쓰기부터, 나중 죽음의 직전까지 여전히 지속된다는 데서 더욱더 의의를 가진다.

> 좌절하지 않는 삶, 나는 그 길을 가고 싶다. 이 잡지 일은 계속하면서 그래도 나는 꾸준히 무언가를 쓰려고 노력하고 있다. 하루에 한두 장의 글을 쓰고 난 다음에야 내가 비로소 오늘 살아 있다는 실존을 느끼게 된다. 숱한 회의와 혼돈의 사념 속에서 나는 그래도 항상 펜을 들고 있다.[15]

위의 인용문에서 '한두 장의 글을 쓰고 난 다음에야 내가 비로소 오늘 살아있다는 실존을 느끼게 된다.'고 고백한 것처럼 기획하고 활동하는 일상의 혼돈 속에서 발견하지 못했던 자신을 다시 되찾음으로써 삶의 충일감을 느끼고 그 속에서 오는 뿌듯함으로 실존감을 가진다는 것이다. 전숙희에게 있어 글쓰기는 외부 활동으로 비어진 공허함과 허망함에 대해 자기 성찰을 가하는 시간이다. 자기 성찰을 통하여 비어있던 자신과의 합일 과정을 거쳐 자신감을 다시 채우는 과정이기도 하다. 그렇기에 그 많은 활동과 많은 만남 속에서도 여일하게 자신과 분리되지 않는 자기 비전을 제시할 수 있었던 것이다.

---

15) 전숙희, 「『동서문학』, 25년을 돌아보며」, 『문학, 그 영원한 기쁨』, 위의 책, 123면.

04

『시장과 전장』 속에 나타난 아웃사이더의 꿈

1. 들어가기

박경리는 1955년 「計算」, 1956년 「黑黑百百」 이후로 15편의 장편과 50편의 단편, 대하소설 『토지』를 발표하여 주목을 받은 작가이다. 1950년대 초기 단편 작품들은 개인과 가족을 대상으로 한 사소설적 주관적 색채가 강한 작품들이었다. 그러나 1960년대 『김약국의 딸들』과 『시장과 전장』에 이르러서는 개인의 주관적 세계를 벗어난 객관적 세계를 형상화하여 독창적인 새로운 문학 세계를 보여주었다.

그중 『시장과 전장』은 1960년대에 와서야 가능했던 냉전 이데올로기에 함몰되지 않고 6 · 25 전쟁의 객관화를 시도한 작품이다.

『시장과 전장』이 발표되자 바로 『신동아』에 기고한 백낙청의 「피
상적 기록에 그친 6·25 수난」[1]을 비롯하여 많은 연구자들의 관심
의 대상이 되어 왔다.

정명환, 김우종, 임헌영, 조남현[2] 등이 기훈의 인물의 독창성을
들어 전쟁의 의미를 객관적으로 포착하려는 노력을 보여준 작품이
라는 평을, 권영민[3]은 생활인의 시각과 이데올로기의 시각 두 관점
에서 본 역사성을, 김복순[4]은 구원의 관점에서, 구재진은 1960년대
소설을 다루며 『시장과 전장』을 이데올로기와 생활 양 측면을 분석
하면서도 결국 생활의 세계를 지향하고 있는 소설로 분석하고 있다.
이나영[5]은 개인의식에 초점을 두고, 한점돌[6]은 아나키즘의 관점에
서 분석하고 있다.

『시장과 전장』은 이렇듯 다양한 관점에서 연구가 진행되어 왔고,
전쟁 소설에서 다루어질 수 있는 이데올로기 관점에서는 충분히 연
구가 이루어졌고, 1950년대 전쟁 소설과 1960년대 전쟁 소설의 차

---

1) 백낙청, 「피상적 기록에 그친 6·25 수난」, 신동아, 1964.4.
2) 정명환 「폐쇄된 사회의 문학」, 『한국 작가의 지성』, 문학과 지성사, 1966.
   김우종, 『한국 현대 소설사』, 성문각, 1987.
   임헌영, 「전후 문학에 나타난 한국전쟁 인식의 변모」, 『한국전쟁연구』, 태임, 1990.
   조남현, 「『시장과 전장』의 이념 검증」, 『한국의 전후문학』, 태학사, 1981.
3) 권영민, 『한국현대문학사』, 민음사. 1993.
4) 김복순, 「『시장과 전장』에 나타난 사랑과 이념 두 구원」, 『『토지』와 박경리 문학』,
   한국문학연구회, 1996.
5) 이나영, 「박경리의 『시장과 전장』에 나타난 '개인의식' 연구」, 한국문학언어학회,
   2003.
6) 한점돌, 「박경리 문학사상연구 – 『시장과 전장』과 아나키즘」, 현대소설연구, 2009.

별성에 대해서도 충분히 논의가 이루어졌다.[7]

그런데 『시장과 전장』은 두 서사 의도를 가지고 있다. 첫 번째는 작가가 전쟁을 나름대로 객관적으로 조명하고자하는 의도와 또 하나는 그 전쟁이라는 대사건을 통하여 작가의 경험적 자아인 지영이 어떻게 현실을 받아들이고 변화하였는가를 보여주기 위한 의도이다. 두 번째 의도를 명백하게 보여주는 것은 지영이 연백으로 갔을 때 남편에게 보낸 편지를 매개로 이루어진다. 그러나 지금까지 연구자들은 『시장과 전장』의 첫 번째 의도를 해석하는데 집중해 왔다. 그래서 이 글에서는 두 번째 의도를 분석하는데 더 큰 의의를 두려고 한다. 이것은 박경리 문학의 전체의 맥을 형성하는데 중요한 획을 이루는 사건이기 때문이다. 앞에서 서술한대로 박경리가 처음 자신의 주관적 경험 안에서 머물던 작품 세계가 이를 계기로 객관적인 세계로 나아가는 변화의 기폭제가 되기 때문이다.

가장 중요한 작가의 경험적 자아인 지영과 관념적 자아인 기훈의 아웃사이더적인 정체성에 관해서는 논의가 전혀 이루어지지 않았다. 물론 『시장과 전장』이 전쟁을 다루는 소설이다 보니 이념이 가장 중요한 관건으로 다루어지고 있음은 어쩔 수 없다. 그러나 이 작품의 전개의 추동력은 지영과 기훈의 아웃사이더적인 정체성에 의해서 이루어진다. 그 예의 하나로 지영은 연백으로 가족을 떠나 홀로 교사로 갔을 때 남편에게 보내는 장문의 편지는 이 작품의 가장

---

7) 민족문학사연구소 현대문학분과, 『1960년대 문학연구』, 깊은샘, 2001.

중요한 부분을 이루고 있다. 이 편지로 인해 지영이 전쟁 전과 전쟁 후의 행동의 고리를 이해할 수 있기 때문이다. 그리고 왜 인간의 본래의 모습, 인간의 존엄을 찾기 위해 상실한 고향의 회복을 염원하는가를 이 편지를 통해서야 이해 가능하다. 그래서 이 글은 지영과 기훈 두 사람의 아웃사이더적인 정체성에 초점을 두고 서사과정을 분석하겠다.

『시장과 전장』이 1960년대 작품으로서 6·25 전쟁을 객관화할 수 있었던 것은 작가가 10년이라는 시간의 흐름을 통하여 나름대로 전쟁에 대한 객관적인 해석이 가능했기 때문이다. 지영을 통한 전장에서의 민중들의 애환을, 이념 전쟁의 성격을 띠는 6·25 전쟁의 이념의 허망함을 기훈을 통하여 잘 보여주고 있다. 이 글에서는 지영의 아웃사이더적인 자의식이 어떻게 형성되었으며, 아웃사이더적인 자의식과의 연관 속에서 전장과 시장의 의미를 훑어볼 것이다. 관념론자인 기훈을 통해서 단독자로서의 자유로운 영혼의 순례를 살펴 볼 것이며, 인간 본래의 모습, 인간의 존엄을 지키기 위한 미래적 전망으로써 원초적 세계를 살펴볼 것이다.

2. 추방당한 난민

6·25 전쟁은 제2차 세계 대전이 야기한 부르주아 이념과 프롤레타리아 이념의 대립에 따른 근대적 이념의 충돌이었다. 6·25 전쟁

은 근대화 패러다임으로서 제국주의적 근대화를 둘러싼 세계 냉전 체제의 투쟁이었다. 6·25 전쟁 직후는 물론 1950년 후반까지만 해도 한국은 냉전 체제의 비극적인 전쟁의 후유증에서 벗어나지 못했다. 한국 전쟁은 개인의 한계를 넘어 선 재난이었으며 그 타격은 의외로 큰 후유증을 남겼다. 그것은 현실의 저주로 나타났으며, 패배주의와 허무주의를 낳았다.

그로 인해 문학은 현실 속에 처한 인간 개개인의 구체적 존재와 그 의미에 집착하게 되었다. 그러다보니 인간 개체의 실존적 모습인 불안 의식과 허무주의가 상대적으로 과장되게 드러났다. 전쟁이 가져온 단절은 전쟁 이전의 소박했던 삶의 불가능을 의미했고, 전쟁 이전의 신뢰와 신조를 의심했으며, 방향 감각을 상실하게 했다. 삶은 비극적인 것으로 인식되면서 다양한 측면의 소외 행태가 대두된 것이다. 전후의 문학이란 과거의 모든 것이 파괴된 현실에서 삶의 실존적인 문제를 질문하는 자의식의 산물이다.

이러한 허무 의식과 불안 의식이 팽배했던 50년대의 문학을 60년대 문학이 극복할 수 있었던 것은 4·19 혁명에 의해서이다[8]. 전쟁으로 인한 패배의식과 인간에 대한 불신이 허무주의나 불안을 야기했던 것은 미래에 대한 전망의 부재에 의한 것이었다. 그러나 4·19 혁명을 통해서 사람들은 그 빛을 본 것이다. 사람들은 비참한 현실에서 서서히 빠져나와 다시 꿈을 꾸기 시작한 것이다. 문학 역시 현

---

8) 민족문학사연구소 현대문학분과, 『1960년대 문학연구』, 깊은샘, 2001.

실에 매몰된 추상적 관념주의에서 벗어나 현실을 객관화하기 시작했고, 현실을 직시, 나름대로의 전망을 제시하려는 노력들이 가시화되었다. 이 시기에 나온 작품이 『시장과 전장』이었고, 이 작품은 1950년대 작품들이 보여주는 감정의 과잉, 혹은 관념적 추상주의로 흐르는 작품들과 구분되는 작품 중의 하나이다. 1960년대의 작품들이 보여주는 특징, 6·25 전쟁이 가지는 허구성, 전쟁을 통하여 냉전 이데올로기가 가지고 있는 이념적 허구성을 객관적으로 바라보려는 시도를 한 작품이 바로 『시장과 전장』이다.

『시장과 전장』은 1960년대에 출판된 작품이지만, 6·25 전쟁이 시작되기 바로 전부터 인천 수복 시까지의 시간대를 배경으로 한 작품이다. 작품의 대부분이 초점화자의 전쟁 중 실제 체험을 서사로 엮고 있다. 그러니까 『시장과 전장』은 6·25 전쟁 소설이다. 그러나 6·25 전쟁의 전투의 현장보다는 전쟁으로 인한 인민군과 국군 사이에서 우왕좌왕하다 내몰리는 민중들의 공포와 불안을 서사화한 작품이다.

전쟁 중에 자신의 삶의 터전을 떠나야 했던 피난민은 피난민대로, 피난을 떠나지 못하고 남을 수밖에 없었던 사람들은 그 사람들대로 공포와 불안 속에 겨우 목숨을 연명하는 상황이었다. 전쟁이 시작된 순간, 민중들은 일상적 질서로부터 추방당한 자들이다. 즉 그들은 폭압적 상황으로 인해 추방당한 난민들이다. 전쟁 이전의 소박했던 일상은 해체되었다. 전쟁이 가져온 단절은 전쟁 이전의 소박했던 삶을 불가능하게 했고, 전쟁 이전의 신념과 신뢰를 무너뜨렸다. 그들은 삶의 방향을 상실했고, 모든 것으로부터의 단절은 소외를 낳았다. 통일된 객관적 세계에 대한 신뢰상실에서 비롯된 불안한 감정이 소외를 불러일으켰고, 소외는 비극 감정을 극대화했다. 또 전쟁으로 인한 파괴와 폭력적 상황은 모든 것을 낯설게 했고 주변화시켰다. 이런 낯설음은 전쟁이라는 폭력적 상황이 만든 타자 의식이다. 낯선 세계에 내던져진 존재는 소외되고 고립된, 고독한 단독자로서 세계로부터 추방당한 난민이다. 자기 영토 안에 있지만, 정착할 곳 없는 난민이며, 국가 체제나 권력 역시 무국적 상태이다. 그 어떤 것도 대신할 수 없는 소중한 고향과 익숙한 자연, 다함께 비비고 의지했던 가족들, 과거에서 미래로 계속되어 왔던 전통이 훼손된 세계로 인해, 자기가 속한 세계를 거슬러 자기 정체성에 새로운 의문이 제기된다.

추방당한 난민, 아웃사이더의 시선으로 세상을 바라보기, 이것이 바로 『시장과 전장』을 통해서 보여준 자유로운 영혼의 고백이다. 그 소외로 인해 국가, 민족뿐 아니라 일체의 기존의 관습과 윤리는 부정되고 개인의식만이 유일한 탈출구였다. 개인의식은 수많은 추방당한 자들이 자신이 운명의 주인이 되려는 것, 또한 이러한 소외된 상황까지도 책임을 지고자하는 용기에 의해 생성된 것이다.

이 작품에서 지영과 기훈, 가화는 모두 작가의 분신으로, 지영이 작가의 체험적 자아라고 한다면, 기훈은 관념적 자아, 가화는 초현실적 자아이다. 세 사람은 모두 태생적으로 아웃사이더적인 자의식을 가지고 있는 인물들이다. 『시장과 전장』의 지영이나 기훈, 가화가 보여준 개인의식은 전쟁이라고 하는 극한상황에서 탈출구로 모색된 현실을 뛰어 넘는 돌파구이다. 새로운 세계로의 지향은 현실의 제한된 의식을 넘어선 무의식의 세계, 해방의 공간을 향해 있다. 그것은 정신의 순수성, 원시성으로의 지향이다. 전쟁의 폭력적 상황 속에서 잃어버린 꿈의 회복을 염원하는 세계이다. 즉 전쟁이 야기하는 전체성에 대한 혐오, 추방, 고통, 저항의 심리가 개인의 자유를 염원하는 초현실의 세계를 꿈꾸게 했다고 할 수 있다.

3. 일상적 파시즘과 아웃사이더적인 자의식

이 작품의 시작은 초점인물 중의 한 사람인 남지영이 가족을 떠나 최전방에 있는 연백이라는 곳으로 교사로 발령받아 떠나는 장면이다. 초점인물 남지영의 서울을 떠나 연백행은 가족 등 일체의 타인의 감옥으로부터 벗어나기 위한 도주, 혹은 절대 자유를 위한 경주였다고 할 수 있다. 결혼이라는 제도, 아내를 자신의 부속물처럼 생각한 남편의 허영, 자식의 결혼생활까지도 자신의 영향력 안에 두려는 가부장적 어머니로부터, 그런 갈등 속에서의 일상의 감옥으로부터 탈출하기 위한 경주였다.

지영의 남편이나 지영의 어머니는 그 당시 흔히 발견할 수 있는 평범한 남편과 어머니 상이다. 문제는 자존심이 강하고 자의식이 강한 지영이 일상을 지배하고 있는 보이지 않은 일상적 파시즘을 견디지 못하는 것이다. 일상적 파시즘은 일상의 배후에서 생각하고 느끼는 방식, 전통이라는 문화적 타성들이 설명하기 힘든 본능과 충동들 속에 천연덕스럽게 자리 잡고 있다.[9] 지영은 일상에서 부딪치는 이 보이지 않은 지옥을 예리하게 간파하고 있다. 그러기에 지영의 일상은 낯설음과 공포의 연속이었다. 그 일상을 벗어났을 때는 해방을 느끼는 것이다. 지영은 연백에 도착한 첫날 '이제는 나 혼자, 나 혼자여. 이렇게 혼자 될 수 있는 걸'[10] 하며 혼자가 된 자신의 상황을 극히 만족해한다.

작가 박경리의 분신인 남지영[11]은 어릴 때 아버지로부터 버림 받았던 열등감으로 인해 인간에 대한 공포와 낯설음을 느끼는 아웃사이더적인 자의식을 가지고 있는 인물이다. 이런 아웃사이더적인 자의식은 가족 로망스의 기준, 양친 부모와 토끼 같은 자녀로 구성된 완벽한 가족의 기준에 못 미치거나 모자라는 비정상적인 가족의 일원이라는 어릴 때의 열등감으로부터 온다. 이 열등감을 느끼는 지영의식 역시 가부장적 혈통주의에 벗어나지 못하고 있음을 보여준다.

---

9) 임지현 외, 「일상적 파시즘의 코드 읽기」, 『우리 안의 파시즘』 삼인, 2000, 30면.
10) 여기 『시장과 전장』의 텍스트는 <나남출판사> 1993년판으로 한다. 42면.
11) 박경리 스스로가 자신의 경험적 자아로 남지영을 형상화했다고 고백했으며, 『시장과 전장』에서 실제와 다른 것은 어머니의 죽음뿐이라고 했다. 『시장과 전장』의 연백을 떠나 전쟁으로 서울까지 피난하는 과정은 수필 「고마운 그분」이라는 수필 속에도 그대로 쓰여 있다. 「고마운 그분」, 『Q씨에게』, 지식산업사, 1981, 274-278면.

즉 우리의 일상 속에 깊이 뿌리박고 있는 가부장적 혈통주의로 인해 열등감을 지닌 지영이 가부장적 혈통주의에 의해 자행되는 파시즘을 못 견디는 모순적 인물이라는 것이다.

> 유치한 얘기입니다만 늘 설움에 가득 차서, 어린 시절을 하나하나 돌이켜보면 사람을 피하여 혼자 울었던 일밖에 기억나는 게 별로 없군요. 항상 누군가를 좋아하면서 멀리 겉돌며 두려워하던 일, 전학해 갔을 때 낯이 설어서 그만 울음을 터뜨리고, 운다는 것이 부끄러워서 더욱 크게 울어버렸던 일, 어른이 된 지금에도 낯설음과 두려움에서 놓여나지 못하거나 어디로 가야 저의 마음에 평화가 있을지 모르겠습니다.[12]

위의 인용문은 연백에 혼자 교사 생활을 하던 중 남편 기석에게 보낸 편지의 일부분이다. 위의 인용문에서 보듯이 남지영을 어릴 때부터 지배했던 정서는 낯설음과 두려움이다. 어릴 때 느끼는 이 설움은 아버지가 없기 때문에 가부장적 혈통주의에 더 집착할 수밖에 없는 지영의 단면을 보여준다. 아버지로부터 버림 받은 상처, 모멸스러운 자신의 비극적 탄생[13]은 또 다시 누구에게 버림 받을 수 있다는 공포감으로 나타난다. 또 그 공포감은 그 당시 일상에서 느끼

---

12) 『시장과 전장』, 146-146면.
13) 박경리는 자신의 출생은 불합리했다고 토로하며, 아버지는 죽는 날까지 자신의 어머니를 증오했으며 그 몸에서 태어난 자신으로, 어머니에 대한 연민과 경멸, 아버지에 대한 증오로 극단적인 감정 속에서 고독을 키웠으며 공상 속에서 살았다고 고백했다. 「반항정신의 소산」, 『창작실기론』, 어문각, 1962, 369면.

는 가부장적 전통주의로부터 오는 일상적 파시즘에 의해서 입게 되는 상처이다. 가족 그리고 학교나 마을 등의 소단위 공동체에서의 체험은 그녀의 실존에 좀 더 근원적이고 뿌리 깊은 상흔으로 각인된다. 지영은 자신의 불행한 생의 기원을 탐색하기도 전에 가장 기본적인 삶의 조건인 가족과 학교라는 사회집단에서 내몰림을 경험해야 했던 것이다.

그런 것은 다른 사람과의 관계를 어렵게 하고, 사람과의 관계 자체를 기피하는 원인이 된다. 이로 인해 타인과의 만남은 언제나 두려움과 낯설음을 동반한다. 남지영의 낯설음과 공포로 인해 오는 불편함은 단지 가족 외의 타인과의 관계에서만 오는 것이 아니다. 남편과 어머님과의 관계에서도 온다. 바로 연백행이 이런 불편함을 탈출하기 위한 방편이다.

지영은 남편이 될 사람과 선을 보고 결혼을 썩 내켜하지 않다, 자신의 집안보다 좋은 집안의 자신이 잘 아는 처녀와 결혼할 것이라는 풍문을 듣고 서둘러 결혼을 결정한다. 아버지에게 버림 받은 홀어머니의 딸이라는 열등감을 가진 지영은 자신의 집안보다 월등 좋은 가문의 처녀와 결혼한다는 소문에 자존심을 상한다. 그런 열등감이 없는 인물이면 자신이 그렇게 내켜하지 않는 남자와 다른 누가 결혼을 하든 상관없어야 한다. 그러나 지영의 열등감은 지영을 자극하고 결국 마음에 들어 하지도 않은 남자와 결혼하게 된다. 여기에서 지영이 얼마나 가부장적 혈통주의에 뿌리박혀 있는가를 보여주고 있다.

결혼 후에도 남편이 자신에게 '지영 씨'가 아닌 '지영이'라는 호칭을 그것도 일본어로 부르는 남편을 염오한다. 또 남편이 서점에서 세 권의 책을 사고도 두 권의 책값을 치르고, 남의 감자 밭에서 감자를 스스럼없이 캐는 행위에서도 혐오를 느낀다. 또 허영심 때문에 지영을 대학을 다니게 하고, 여교사가 되기를 원하는 남편은 결국 경멸의 대상이 된다. 지영 자신이 깊이 가부장적 혈통주의에 뿌리박혀 있으면서, 남편의 가부장적 혈통주의에 의한 횡포 또한 견딜 수 없어 하는 것은 지영 역시 자의식을 가지고 있지만, 남성 위주의 규정된 방식의 생활 속에서 지영은 하나의 타자로서 경험하게 되고, 자신의 정체성을 아웃사이더로서 정체화한다.

지영은 남편이 지영의 안부를 알기 위해 잠시 연백을 방문했을 때 '초상집에 찾아온 거지처럼'[14] 취급했다고 남편한테 고백한다. 이것은 남편뿐만 아니다. 어머니에게도 마찬가지다. 남편과의 이질적인 결합을 메워 줄 '생활'을 강한 생활욕을 가진 어머니에게 빼앗겼기 때문에 지영은 가정에서 자신의 설 자리는 없다고 생각한다.

> 말수가 적었습니다만 강한 생활욕을 비롯해서 모든 면에 있어
> 어머니와 당신은 몹시 닮은 사람들이었습니다. 저는 어머니가 오
> 시고부터는 집에서 손님이 되고 말았습니다.[15]

---

14) 『시장과 전장』, 위의 책, 155면.

남편과 어머니의 횡포는 지영의 일상을 점령해 버림으로써 지영은 '손님' 아웃사이더적인 자의식을 가질 수밖에 없다. 태생에서 오는 열등감, 그 열등감에서 비롯한 도덕적 흠을 견디기 힘들어하는 지영을 남편은 양재학교, 대학을 다니게 함으로써 그런 열등감을 더 부추기는 결과가 되었다. 지영은 자신의 결혼 사실을 숨기고 영재학교나 대학을 다니면서 결국 자신이 결혼을 했다는 사실까지도 혐오하고 못견뎌했다. 결국 남편에 대한 혐오, 어머니와의 갈등은 최전방 위험지구인 연백으로까지 도망치게 하지만, 역시 결혼 사실을 숨겨야하는 불편한 상황 속에서 아웃사이더적인 자의식은 더 강화된다. 지영의 아웃사이더적인 자의식은 자신의 태생으로 비롯된 열등감과 일상적으로 느끼는 타인으로부터 받는 횡포로 인해 생긴 것이다. 지영의 정체성이 자율적 의지에 의해서가 아니라 태생에 의해서 결정된다는 것을 보여준다.

그런 애기는 그 정도로 해두고 정작 중요한 일은 제가 또다시 그 이상한 생각에 빠져버렸다는 것입니다. 결혼, 결혼한 여자라는 그 일입니다. 결혼하고 아이라는 사실을 감추고 학교에 다녀야 했던 일은 벅찬 일이었습니다. 저는 그 비밀이 벅차서 견디어 내질 못했습니다. 말을 안 하게 되고, 차츰 결혼한 그 자체를 저주하게 되었어요. 마치 변소간에 다른 사내 아이 이름과 나란히 저의 이

---

15) 『시장과 전장』, 위의 책, 150-151면.

름이 씌어져 있는 것을 보고 느낀 무서움, 부끄러움과 마찬가지로
말예요. 저는 결혼을 불결한 것으로 생각하게 되었습니다.[16]

위의 인용문에서 보여주는 것처럼 지영은 결국 자신의 결혼 자체
를 혐오하고 불결한 것으로 생각하기에 이른다. 이것은 가부장적 혈
통주의에 의해서 자기의 태생에 대한 혐오에서 비롯된 자기 부정
의식에서 온 것이다. 부부 사이의 사랑의 결실이 아닌 염오한 아버
지의 자식이라는 생각은 작가의 분신인 남지영의 모든 의식을 지배
하는 아웃사이더적인 자의식을 만든다. 과거의 자신에서 현재의 자
신까지를 부정하는 자기 부정은 사람에 대한 공포와 낯설음으로 나
타난다. 지영의 남편과 어머니로 전형화 되어있는 그 당시 사람들은
가부장적 혈통주의에 뿌리박힌 파시스트들이다. 그런 사람들과의
관계는 자의식이 강한 지영에게는 지옥의 연속일 수밖에 없다.

저는 국민학교에서 일 년, 여학교에서 일 년 휴학한 일이 있습
니다. 그것은 단지 학교에 나가기 싫다는 그 기분 때문이었습니다.
동무들이나 선생님들이 저의 주변에 빙 둘러 담을 쌓으면 그것을
뚫고 나갈 수 없다는 고독감과 공포는 죽는 한이 있어도 학교엔
안가겠다는 고집으로 되고 마는 것입니다. 저는 도처에서 그것을
느낍니다. 목욕탕에 갔을 때도 탕 가에 빙 둘러앉은 사람들을 볼
때 낯선데서 오는 무서움 때문에 자리를 못잡고, 양재점이나 미장

---

16) 『시장과 전장』, 위의 책, 153면.

원 같은 데서도 도저히 그들 속에 끼어 들 수가 없습니다.[17]

위의 인용문처럼 남지영이 일상에서 느끼는 이런 공포와 낯설음은 작가의 분신인 남지영의 의식이 한국적 전통 부계 혈통주의에 뿌리를 박고 있기 때문이다. 강한 자존심과 동시에 자신의 뿌리에 극도의 혐오를 지니고 있는 지영이 타인의 벽을 뚫는다는 것은 한국적 부계 혈통주의를 부정할 때만이 가능하다. 그러나 오히려 부계적 혈통주의에 강한 집착과 열등감을 동시에 가지고 있는 지영이다. 강한 집착은 자신을 있는 그대로 받아들기보다는 자신의 허영이 내재되어 있다. 즉 타인으로부터 인정받으려는 강한 욕구에 의해서 나온 것이다. 남편과의 결혼 생활에서 오는 갈등은 이러한 의식의 양쪽 사이의의 균열을 보여주는 지점이다. 박경리는 「여자의 마음」[18]이라는 수필에서 열등감을 '자기가 자기에게 바라는 것이 많은데서 오는 실망이 열등의식으로 나타난다'든가 열등감은 '허영의 한 변형이라 할 것이다'라고 쓸 정도로 자신을 정확하게 진단하고 있다. 그러니까 박경리의 아웃사이더적인 자의식은 자기 태생으로부터 오는 열등감에 의해 비롯된 것이다.

---

17) 『시장과 전장』, 위의 책, 151면.
18) 박경리, 「女子의 마음」, 『Q씨에게』, 위의 책, 272면.

4. '전장과 시장'을 통한 해방감

전쟁이 나기 전까지 지영의 답답한 일상은 전쟁이 난 후부터 활기를 띠고 작품의 분위기가 밝아진다. 지영의 일상에서 느끼는 갈등은 전쟁이라는 위기를 맞음으로써 생활에 더 밀착하게 되고, 생활의 밀착을 통해서 지영을 아웃사이더적인 입장에서 삶의 주체로 떠오른다. 지영은 자신이 교사로 근무하던 연백에 인민군이 쳐들어 왔다는 비보에 서둘러 동료 여교사 몇 명과 더불어 피난길에 나선다. 피난길에서조차 지영은 가장 궁금해야할 가족의 안부나 안녕에 대한 염려를 하지 않는다. 남편이나 어머니에 대한 염오에서 비롯되었기 때문에 남편이나 어머니에 대한 미움까지는 이해가 가지만 자신의 자녀들에게조차 어머니로서의 최소한의 모성에 의한 그리움도 보여주지 않는다. 이것은 지영이 얼마나 그 이전에 일상에서 느끼는 혐오가 강한 것이었나를 보여주는 부분이다. 전쟁에 의한 죽음조차 두려워하지 않았다. 이것은 가족에 대한 애착을 잃었을 뿐만 아니라 모든 삶의 의욕을 상실했음을 말해주는 것이다. 그런 지영이 피난길에서 맞게 되는 몇 번의 위기의 순간을 거치면서 가족에 대한 애착이 다시 살아난다.

산판을 밟고 땅 위에 발을 내려놓았을 때 지영의 눈앞에는 아이들의 모습이 확실히 떠올랐다. 남편과 어머니의 얼굴도 똑똑히

나타났다. 지영의 눈에서 처음으로 눈물이 흐른다. 모두 모르는
사람끼리 얼싸안고 눈물을 흘리고 있다. 정말 대지에 입맞춤하고
싶은 감동에 모든 것이 새롭고 정답고 소중하기만 하고[19]

위의 인용문에서 보여주듯, 그 이전의 일상에서 오는 갈등은 전
쟁이라는 위기 앞에서 아무 것도 아닌 것으로 무화된다. 전쟁이라는
더 큰 공포는 전쟁 전의 공포와 낯설음을 아무 것도 아닌 것으로 만
들어 버린다. 전쟁 전의 소극적인 삶의 태도는 전쟁 후에는 적극적
인 태도로 완전히 딴 사람으로 바뀐다. 지영이 실제 전쟁 발발 후
가족에게로 돌아온 이후, 지영이를 중심으로 가족은 움직인다. 전쟁
이라는 위기 앞에서 지영의 어머니 윤씨가 보여주는 강한 생활력은
오히려 방해가 될 뿐, 힘을 발휘하지 못한다. 또 위기를 관리하는
능력도 지영을 따르지 못한다. 남편 기석은 남성이기 때문에 전쟁
중에 인민군이든 의용군이든 언제 어느 때 징집될지 모르는 현실적
으로 한계를 가질 수밖에 없는 인물이다.

지영이 전쟁 시에 적극적으로 활력을 띄는 것은 전쟁 전에 가지
고 있던 두려움과 공포를 느낄 필요가 없기 때문이다. 평온한 일상
에서 느끼는 두려움과 공포는 가부장적 혈통주의에서 오는 억압으
로 인한 것이기 때문에, 전쟁 중에는 그런 것을 느낄 필요가 없다.
전쟁이라는 위기 앞에서 하루의 안일조차 보장되지 않는 상황 속에

---

19) 『시장과 전장』, 위의 책, 182면.

서 혈통이나 전통은 전혀 의미가 없는 것이다. 누구나 전쟁이라는 위기 앞에서 자율적인 인간으로 새롭게 태어나는 것이다. 이것은 전쟁으로 인한 파괴와 붕괴는 현실에 대한 해체를 예고하고 그것은 인간에게 두려움과 함께 해방감을 동시에 주기 때문이다.

> 전에는 그런 것 생각하면 무서웠는데 이제는 안심이 된다. 땅을 파는 기석도 구멍을 파는 한 마리의 개미처럼 생각하면 안심이 된다.[20]

위의 인용문은 피난을 가던 중, 기석이 대피호를 파던 광경을 보면서 느낀 지영의 심리를 묘사한 글이다. 극히 불안을 느껴야하는 전쟁 시의 위기 앞에서 '안심이 된다'는 지영의 심리는 분명 이상 심리이다. 이런 이상 심리를 통해 지영이 전쟁 전의 일상에서 오는 억압이 얼마나 심했나를 역설적으로 보여주고 있다. 지영이 전쟁 시에 느끼는 해방감은 자신의 출생으로 인한 설움에서 비롯된 소외의식이 전쟁으로 인해 사라졌기 때문이다.

그러나 전쟁 전에 가지고 있던 소외의식이 사라지면서 체화된 아웃사이더적인 자의식을 가진 지영은 전쟁이 야기한 상황 전체를 온몸으로 끌어 않는다. 즉 전쟁 중에 가족을 온전히 지키고 끝까지 목숨을 보존해야겠다는 의식을 가진다. 전쟁으로 인한 위기 상황은 지

---

20) 『시장과 전장』, 위의 책, 204면.

영의 아웃사이더적인 자의식을 발휘하기 좋은 새로운 기회이다. 지
영은 전쟁이 야기한 불안한 자유의 시공에 기투된 개인이다.[21] 지
영은 전쟁으로 인한 사회현실을 온몸으로 체험하고 그것을 끌어안
음으로써 적극적으로 현실대응을 해나간다.

지영의 이런 아웃사이더로서의 자의식은 전쟁이 야기한 절망의
현실에서조차 절망하지 않는다. 이미 전쟁 이전의 아웃사이더로서
일상적으로 겪은 소수자로서의 체험은 절망적인 상황 속에서도 체
념하거나 절망하지 않는 오히려 적극적으로 저항하며 해결하는 자
유 구현의 인간상으로 떠오른다. 지영이 전장에서 느끼는 자유로움
은 일상의 억압에서 벗어난 해방감에서 온다. 오히려 전쟁 전보다
위험한 전장을 오가며 시장을 들락거리고, 남편의 행방을 찾아 서울
에서 인천, 인천에서 서울을 몇 번씩 왕래하며 적극적인 행동반경을
넓혀 간다.

지영이 전쟁 시 전장에서 느끼는 자유로움은 시장터에서도 똑같
이 느낀다. 시장이 가지고 있는 풍족함 속에서의 익명성은 공포를
잊게 해줄 뿐 아니라 해방된 영혼이 가지는 자유로움을 시장에서
느낄 수 있기 때문이다. 시장이란 개인주의적 내면의 성곽이나 전체
주의적 이념의 틀로부터 해방되어 있는 자유로운 삶의 현장이다. 거
기서 생명력 있는 충일한 기쁨을 느낀다.

---

21) 진순애, 「전쟁과 해체 미학의 정치성」, 『전쟁과 인문학』, 성균관대학교 출판부,
    2006, 122면.

　　지영은 이곳이 좋고, 혼자 거니는 외로움이 좋고, 아는 사람이
아무도 없어 좋았다. 시장과 음악과 시장의 얼굴들은 어린 날과
조금도 다름이 없다. 향한 것도 없는 그리움과 어린 날의 아픔이
바람처럼 지영의 가슴을 친다.[22)]

　　지영이 처음 연안에 왔을 때도 이 시장 길을 지나갔다. 낯선 도
시, 낯선 거리, 그리고 낯선 사람들, 이 시장 길을 지나갈 때 지영
은 안심하고 기쁨을 느꼈다.[23)]

시장이라는 곳은 가족, 혈통, 사회라는 공동체로부터 자유롭게 해
주는 해방의 공간이며 인용문에서 보듯이 낯선 곳, 낯선 사람들로부
터 오히려 ‘타인’이라는 공포로부터 벗어 날 수 있도록 해주는 원동
력을 가지고 있다. 지영의 아웃사이더적인 자의식은 시장과 같은 부
표처럼 떠도는 자신의 정체성을 어디에도 포박하지 않고 오로지 내
면에서 창조한 새로운 세계를 찾는 원동력으로 작용한다.

5. 관념주의자의 자기 소외

지영이 혈통에 대한 자기 부정으로 인한 자기혐오 때문에 아웃사
이더적인 자의식을 가지게 된 것에 비해, 기훈의 아웃사이더적인 자

---

22) 『시장과 전장』, 위의 책, 127-128면.
23) 『시장과 전장』, 위의 책, 128면.

의식은 태생적인 것이다. 거기다 전쟁을 통해 해체된 현실에서 추방당한 난민으로서의 자유로운 영혼은 아웃사이더로서의 자의식을 더욱더 강화시킨다. 기훈은 철저한 공산주의자로 현실을 도외시, 자신의 이념을 고수하려는 관념주의자이다. 작가가 의도적으로 만든 작가의 관념적 자아라고 할 수 있다.

기훈은 어떤 사람들과도 관계가 단절된 고독한 단독자로서 자기소외가 심한 인간이다. 가화와도 그렇고 한때 부모 자식 사이처럼 가족이나 다름없는 석산 선생의 부부와도 인간적인 관계를 지속하지 못한다는 의미에서 오직 자신의 신념을 지키기 위해 무소처럼 혼자 걷는 고독한 단독자이다. 고독이란 타자와의 모든 연관성이 상실된 고립감에서 환기되는 정서이다. 즉 외부 세계에 대한 소망과 그리움의 정서를 타자지향성으로 표출되어야 하는데 기훈은 오히려 내적 관념에 의해서 소망과 그리움의 정서가 대체된다. 기훈에게 전장은 일반적인 공산주의자들의 꿈처럼 민중에게 좀 더 나은 세상을 주기 위한 소망이 아니라 자신의 신념을 고수하기 위한 실험장이다.

> "나는 아무도 사랑한 일이 없다. 나는 내 이념을 사랑했을 뿐이다. 내가 너를 찾아온 것은… 그것, 그것은 바람이었다. 내가 아니다."24)

---

24) 『시장과 전장』, 위의 책, 249면.

앞의 인용문에서 보는 것처럼 바람과 같은 존재인 기훈은 자신의 이념을 지키기 위한 범위 안에서만 인간적이다. 기훈은 태어날 때부터 자유로운 영혼으로 태어났다. 그것은 자신의 이념을 지키기 위해서는 냉혹한 공산주의자로, 자신의 이념과 상관없는 관계에서는 고독한 단독자로서의 모습을 보인다는 점에서 자유로운 영혼이다. 한때 공산주의였다가 공산주의가 개인의 자유를 박탈하는 것에 분개, 무정부주의자로 돌아선 석산선생을 처단하는 과정이나 공산주의였다가 전향한 장덕삼을 경멸하는 태도는 냉혹한 공산주의자의 면모를 거침없이 보인다. 자신의 이념에 철저함을 고수하기 위해 부모같이 지냈던 석산 선생이나 그 부인 김 여사에 대한 태도 역시 자신의 이념에 의한 자기 소외를 보여주는 것이다. 백낙청이 『시장과 전장』이 출판되자마자 기훈을 '모순된 인물'[25]로 비판한 것이나, 조남현이 '이렇듯 안면을 완전히 바꾼다는 것은 역시 자연스럽지 못하다'[26]고 했지만, 오히려 가장 기훈이다운 성격을 가장 잘 보여준 부분이 이 부분이다. 기훈이 자신의 부모와 같은 석산 선생이나 김 여사를 사지로 몰았다는 것은 자기 자신을 내 몬 것이나 마찬가지이다. 이것은 이념을 신봉하는 기훈이 이념에 위한 자기 소외인 것이다.

자기 소외가 강하기 때문에 어떤 누구와도 자기 동일시가 불가능한 인물이다. 작품 속의 석산 선생 부부, 자운, 장덕삼 등 어떤 인물

---

25) 백낙청, 「피상적 기록에 그친 6·25 수난」, 신동아, 1964.4.
26) 조남현, 「『시장과 전장』의 이념 검증」, 『박경리』, 새미, 1998, 106면.

과도 타협하지 않는 기훈의 독불 장군 같은 모습은 바로 자기 이념에 의해 타협을 용납할 수 없기 때문이다. 그러나 오직 동일시를 통해서 인간적인 관계를 가지는 인물은 가화와 소년 공산주의자 순길 뿐이다. 애인에게 버림 받은 가화나 어린 소년 순길이를 통해서 기훈은 그들에게 자기 연민을 가지기 때문이다. 길을 지나가다 낯선 여인인 가화가 빈혈로 쓰러졌을 때 병원에서 집까지 보호자로서의 책임을 다하려는 면모는 고독한 단독자로서 가화를 통해서 자신의 고독과 외로움을 보았기 때문이다.

> "바보야. 남자를 처음 만난 것처럼… 하지만 이 방엔 꽃병이 놓
> 인 것보다 쓸쓸한 게 더 좋다. 너 같이 쓸쓸한 게 좋지…"27)

위의 인용문에서 보여주는 것처럼, 가화의 쓸쓸함을 통하여 자신의 쓸쓸함을 향유한다. 기훈의 아웃사이더적인 자의식은 가화를 받아들이는 모습에서 드러난다.28) 기훈은 가화의 외로움과 쓸쓸함을 통하여 암살 지령을 받고 심리적 불안과 초조함을 잊기 위해, 또 자신이 위로 받기 위해 몇 번에 걸쳐 가화를 방문한다. 이 부분은 기

---

27) 『시장과 전장』, 위의 책. 135면
28) 가화는 철저히 버려져, 넋이 빠진 도저히 누군가의 도움을 받지 않으면 살 수 없는
    여인의 유형으로 박경리의 다른 소설에서도 자주 나타나는 유형이다. 「파시」에서
    나오는 수옥이 역시 철저히 버려진 누군가의 도움을 받지 않으면 살아 갈 수 없는
    여인형으로 나온다. 이런 유형의 인물은 박경리의 무의식의 한 부분, 현실 저 너머
    에 있는 초현실적 자아로 상정되고 있다.

훈이나 가화 모두가 아웃사이더적인 자의식을 가진 인물임을 보여 준다. 기훈은 가화의 철저히 버려진 모습에서 자신의 미래를 보고 있으며, 그런 가화를 위로 하는 것은 바로 자신을 위로하며 자신의 고독을 향유하기 위한 것이다.

이북에서 공산주의자인 애인이 자신이 보는 앞에서 자신의 부모와 오빠를 사살하는 장면을 본 가화는 철저하게 버림받고 버려진 인물이다. 그 이후 삶의 의지를 상실한 채 목숨을 연명하며 살고 있는 인물이다. 기훈이 이런 가화와의 만남은 자신 속의 또 다른 타자를 가화를 통해서 보았기 때문이다. 그러나 기훈은 자신의 이념 때문에 자신마저도 소외시키는 인물이기 때문에 가화를 때때로 소외시킨다. 그러나 근본적인 가화에 대한 사랑은 변함이 없다. 자신의 이념 때문에 인간을 소외시키고 현실을 소외시킨 기훈이 결국 가화의 바보 같은 사랑[29], 헌신적인 사랑으로 가화에게 돌아옴은 소외된 자신으로 돌아옴을 의미한다.

가화가 이름도 성도 모르는 기훈을 단지 공산주의자라는 그 사실 하나만으로 빨치산까지 찾아와 고생 끝에 기훈을 만나게 된다. 그 장면을 보자.

다 해진 여자 군복을 입은 가화는 속절없이 한 마리의 산짐승

---

29) 가화는 기훈의 자신에 대한 냉담한 반응에도 일편단심 기훈을 사랑한다는 관점에서 바보 같은 사랑이다.

이 되어 있었다. 더욱더 여위어서, 싸리나무처럼 여위어서, 그러나 이상하게 살아있는 눈동자, 덤덤히 기훈을 바라본다.

"장덕삼 동무가 저들 속에 있을 게요."

기훈은 굴 앞에 서상거리고 있는 산사람들의 무리를 가리킨다. 그리고 그는 돌아서서 가버린다.[30]

자신의 이념의 실험장인 빨치산 속에서도 기훈은 자기 자신과 소외된 상태에 있다. 위의 인용문에서 보여준 것처럼, 자신의 육친과 같이 생각하는 가화를 인간의 감정이 가장 절박한 전쟁터에서조차 감동을 느끼지 못하는 것은 그만큼 기훈이 자기 소외가 심하다는 것을 보여준다. 장덕삼이 기훈과 다툴 때마다 기훈에게 내뱉는 '자기기만'은 기훈의 이념에 의한 자기 소외를 두고 한 말이다. 그러나 차츰 전세가 공산주의자에게는 불리해지고 기훈에게 가장 적수인 장덕삼마저 전향하자 차츰 기훈은 자신의 이념에서 벗어나 가화와 일체감을 가진다.

"가화."

"네?"

"가화는 애기 낳을 수 있을까?"

"어떻게 그걸…"

"오늘 밤… 애기가 됐음 좋겠다."

---

30) 『시장과 전장』, 위의 책, 491면.

"여기서? 알면 우리를 죽일 텐데…"
했으나 가화의 눈엔 두려움이 없다.[31]

위의 인용문에서처럼 기훈이 가화와의 일체감은 자기 자신의 소외에서 벗어남을 의미한다. 자기 소외에서 벗어남은 세계와의 일체감을 가지게 되고, 그로 인해 새로운 소망을 가질 수 있음을 말한다. 기훈은 가화와 함께 꿈을 꾸기 시작한다.

"마을에서 소를 봤지. 어미 소하고 송아지가 함께 가더군, 방울을 흔들면서. 싸리나무 울타리에 저녁 짓는 연기가 나구, 농부는 외양간에 소를 몰아넣고 흙 묻은 옷을 툭툭 털겠지. 풋고추를 넣은 된장찌개 냄새가 부엌 면에서 나더군. 아낙이 밥상을 들고 나오고… 가화는 그런 아낙이 되고 나는 그런 농부가 된단 말이야."[32]

위의 인용문에서 보여주듯 철저한 공산주의 이념의 수호자 기훈이의 대화를 통하여 보여주는 것은 자기 소외에서 벗어난 기훈이 이념의 세계가 아닌 현실 세계로 돌아와, 새로운 희망을 꿈꾼다는 것을 보여준다. 이 장면을 통해 작가는 몇몇 이념의 신봉자에 의해 저질러진 전쟁의 허망함을 기훈의 소박한 꿈을 통하여 보여주고 있다.

---

31) 『시장과 전장』, 위의 책, 555면.
32) 『시장과 전장』, 위의 책, 556면.

6. 상실된 고향의 회복

　전쟁으로 인한 통일의 객관 세계가 해체된 상황에서 내던져진 인간이 할 수 있는 것은 잃어버린 고향을 되찾는 것이다. 그러나 부초처럼 떠도는 아웃사이더의 자의식을 가진 지영이나 기훈에게 잃어버린 고향은, 억압된 현실에서의 해방구이며 탈출구인 정신의 순수성, 원시성으로의 지향이다.

　지영은 전쟁이 끝난다 해도 과거의 일상 속에서 느꼈던 공포와 낯설음이 지배하던 그 생활로 되돌아가고 싶지 않았을 것이다. 지영의 억압적인 삶에 주도적인 역할을 했던 남편이 행방불명되었다든가, 어머니가 죽었다는 것은 작가가 의도적인 것은 아니었다 하더라도 상징적인 의미를 가진다.

　인민군이 물러가고 유엔군이 아직 돌아오지 않았던 공백의 산중 지영은 아주 딴사람으로 변한 듯 미래에 대한 계획을 기석에게 열심히 이야기했다. 그는 과거 어느 때보다 생명을 꼭 잡고 인생을 신뢰하고 있는 것 같이 보였다. 오랜 방랑을 끝내고 이제는 살 땅으로 돌아온 여행자처럼. 전쟁이 끝나면 고향으로 돌아온 여행자처럼. 온갖 것 다 버리고 산골에 가서 살자고 그는 말했다. 싸리나무 울타리에 초막을 짓고, 꿀벌을 기르고, 돼지를 치고, 덫을 놓아 산짐승을 잡고, 감나무, 살구나무를 심고, 산나물, 송이, 머루, 산딸기는 얼마나 맛날 것이며, 솔잎도 먹을 수 있지 않느냐고 했

다.[33]

　위의 인용문은 지영이 남편이 행방불명되자 남편을 회상하면서 서술한 내용이다. 이 인용문에서 '오랜 방랑을 끝내고 돌아온 여행자처럼'에서 보는 것처럼 전쟁 전의 일상의 지옥으로부터 다시 전쟁 후의 생활까지 부초처럼 떠돌던 자신의 삶은 미래의 희망으로 꿈에 도취된다. 작가의 분신인 지영은 전쟁 전에 일상 속에서 느꼈던 세계에 대한 공포와 낯설음은 전쟁이라는 더 큰 공포에 의해서 이제 공포와 낯설음은 이제 억압이 아니라, 자신이 껴안아야할 타자로 인식된다. 남편을 잃고, 어머니를 잃고 자신이 어머니가 되어 이제 세계를 품어 안아야 한다.

　이런 어머니의 마음은 전쟁이라는 폭력 이전의 세계로 되돌아갈 수 있다는 희망에 의해서 모든 것이 포용되는 어머니의 마음이다. 폭력 이전의 일상이지만, 이젠 전쟁 전의 일상에서 느끼던 공포와 낯설음이 사라진 인간 본래의 모습으로 되돌아갈 수 있다는 여유이다. 인간 본래의 원시적 삶, 냉전 이데올로기나 가부장적 이념에 의한 전체성이 주는 폭력이 없는 삶으로 되돌아가는 것이다. 인간 본래적 삶이란 어떤 목적에 의해서 수단화되는 삶이 아닌 자연과 인간과의 합일만이 있는 직접적인 감각이 살아있는 삶이다. 즉 인식의 대상과의 사이에 아무 것도 매개되지 않는 직관적 삶이다. 이것은

---

33) 『시장과 전장』, 위의 책, 325면.

또 인간과 자연과의 원초적 합일을 지향하는 삶이다.

> (아무도 오지 말라! 이 땅에, 아무도 오지 말라! 이 땅에! 내 혼
> 자 내 자식들하고 얼음을 깨어 한간의 붕어나 잡자 먹고 살란다.
> 북극의 백곰처럼 자식들 데리고 살란다! 아무도 오지 말라! 아무
> 도! 영원히 이 밤이 가지 말고…)34)

전쟁이라는 인간 상실의 폭력적 현실 앞에 살아남는 것만이 오직
항거이며 탈출을 의미한다. 위의 인용에서 보는 것처럼 전쟁이라고
하는 극한 상황, 곧 인간 자체가 부정되는 현실 앞에서 전체성에 대
한 부정은 전체에서 해방된 자유로운 개인의 표출이다. 즉 극한 상
황에서 탈출구로 모색된 인간 본연의 모습을 되찾는 길은 바로 전
쟁의 폭력으로 잃어버린 인간의 존엄을 찾는 길이다. 인간 본연의
모습을 되찾는 길은 폭력적인 현실의 제한된 의식을 넘어서 무제한
의식, 곧 무의식의 세계에서만 가능한 해방의 탈출구이다.

추방당한 자들이 자신의 운명의 주인이 될 수 있는 길은 소외된
상황을 가져온 전체성까지 책임을 지거나 혹은 그 상황을 껴안는
길밖에 없다. 아웃사이더적인 자의식을 가지고 있는 지영이나 기훈
은 조용히 자연과의 합일 속에서 인간의 존엄을 찾는 인간 본연의
모습을 찾아야만 한다. 그럴 때 그 폭력적인 상황에서 벗어날 수 있

---

34) 『시장과 전장』, 위의 책, 439-440면.

다. 왜냐하면 고향의 상실로 추방된 난민이 된 디아스포라가 가질 수 있는 꿈은 상실된 고향을 되찾는 길이다. 이것은 또 작가가 작중 인물 심산을 통해서 이야기한 '우리의 영혼이 진실로 해방'[35]되기 위한 길이다.

35) 『시장과 전장』, 위의 책, 87면.

05

전쟁기(1950~53) 여성문학

1. 전쟁기 문학

1950년대는 우리 민족이 이전에 겪지 못했던 피비린내 나는 전쟁으로 인간의 근원에 대한 성찰, 즉 실존적 고뇌를 불러일으킨 시대였다. 전쟁으로부터 도처에 널려 있는 주검, 그로부터 촉발된 공포 및 위기의식은 무력하게 폭력 앞에 노출된 많은 개인들을 생과 사의 엇갈리는 운명의 포로로 만들었다.

1950년 전쟁기의 남한 문단은 완전히 보수 우익 문인들만 남아 있었다. 1947년말 정판사 사건으로 관련된 공산당 인사의 체포령이 떨어지자, 남한의 좌익 진영 인사들이 속속 북으로 넘어갔다. 그동안 문단을 주도했던 '문학가동맹' 측의 임화, 김남천을 비롯, 많은

'문학가 동맹' 측의 문인들도 함께 북으로 갔다. 그러자 남한의 보수 우익 문예조직인 '전국문필가협회'와 '청년문학회협회'을 통합한 '한국문학가협회'가 결성(49.12.9), 문단의 주도권을 잡고 있었다. 이 문인 단체는 전쟁이 시작되면서, 또 한 차례의 홍역, '부역문인' 사건을 겪게 된다. 이 '부역문인' 사건은 1950년 9·28 수복 이후 인민군의 점령기간 동안 서울에 남아있던 문인들의 행적을 사법처리 대상으로 심사한 사건이다.[1] 이 사건을 계기로 문학인들의 좌, 우 이데올로기의 자유로운 선택은 폐쇄되고, 반공 이념이 중심축이 되었다.

또 그 당시 우익 진영의 대표라고 할 수 있는 김동리나 조연현의 민족문학 논리 역시 좌측 문학 논리의 계급적, 이념적, 공리적 인과의 대척점, 순수문학론으로 요약된다. 이 민족문학론은 좌익진용에 맞서는 반공논리의 연장선상에 있었다. 전쟁 하의 남한 문인들의 부역문인 사건으로 인한 자유롭지 못한 상황과 순수문학론으로 요약되는 남한 문인들의 탈이데올로기적 경향은 전쟁기의 문학 형상화에도 많은 영향을 끼친다. 그러다 보니, 이데올로기의 맹목적인 무화를 강조하다보니, 문단은 더욱더 반공 이데올로기를 내면화한다. 전쟁이 발발한 지 3일 후에 종군문인단체의 '문총구국대'(50.6.28)를 조직하는 것을 비롯, 전쟁기에 몇 차례의 종군 작가단을 결성, 전장에 간접 참여한다. 그러니까 전쟁기의 남한 쪽의 문단은 이데올로기

---

1) 조연현, 『문학과 사상과 인생』, 문학과 세계사, 177-180면.

의 무화를 강조하다 전쟁이라는 상황 속에서 더욱더 반공 이데올로기를 내면화, 냉전 이데올로기를 공고화하기에 이른다. 그러나 전쟁기의 북한의 당의 문예 정책은 조국해방전쟁에 대한 선전, 선동, 투쟁의 무기화로 분명한 목적의식을 가지고 사회주의 노선의 문예정책을 강화시켰다. 결국 남·북한 문단은 각자 자신들의 전쟁 이데올로기를 재생산하는 도구로 이용, 확산되었다고 할 수 있다.

전쟁기의 남한 문학은 전쟁에 대한 구체적 현실 인식은 결여된 채, 반공 이데올로기의 내면화와 함께 전쟁의 참상에 대한 직접적인 고발, 비애, 탄식이 직접적으로 나타난다. 또 삶의 무상성을 강조하거나, 자신의 정체성의 혼란, 혹은 전쟁으로 잃은 고향 상실에 대한 아쉬움을 그린 작품들이 대부분이다. 또 이 글에서 다룰 전쟁기의 여성 소설, 수필, 시 세 장르의 작품이 다 일천하지 않기 때문에, 한마디로 작품의 특징을 설명하기는 어렵다. 물론 위의 전쟁기의 문학 작품의 특징을 고루 갖추고 있다. 그러나 감성을 더 중요시 여기는 여성작가들이기 때문에 전쟁이라는 상황 속에서 인간의 내면적 분열을 다룬 작품이 있는가하면, 냉전 이데올로기를 내면화한 작품들도 있다.

그러나 소설 작품의 경우 대부분 전쟁이란 거대한 운명에 대하여 한 개인의 무력함을 지적하는 내용이 대다수를 이룬다. 그러나 그 전쟁의 비참한 상황 속에서 타자를 통해 자신을 되돌아보는 타자에 대한 새로운 시선의 작품도 보인다. 이 대부분의 작품의 타자에 대한 연민, 혹은 자기 나르시시즘에 의해서 모성본능을 촉발, 그들을 가슴으로 끌어안는 인간의 원초적 본능을 드러내는 작품이 많다. 시의 경우 역시, 전쟁이라는 폐허 속에서 고향 상실의 아픔을 그린 작품이 많았다. 수필의 경우 주로 르포 형식의 글로 피난 가는 과정, 피난지에서의 고생담 등을 사실적인 문체로 그리고 있다. 여기서 수필은 부분적으로만 다룬다.

2. 전쟁기 소설 작품에 드러난 타자의식

1950년대 소설의 특징으로 꼽는다면, 첫 번째 장용학의 「요한 시집」, 「원형의 전설」 등의 작품으로 대표되는 실존주의 작품의 경향, 두 번째가 손창섭의 「오발탄」, 송병수의 「쇼리 킴」, 황순원의 「학」 등을 대표로 하는 휴머니즘 계통의 작품들, 또 전쟁의 폐허와 공포 속에서 허무주의 경향의 작품들이 대체적인 특징을 이룬다고 할 수 있다.

여성문학과 관련 50년대 특징을 서술하자면, 두 번째 휴머니즘 경향의 작품과 맥을 같이 하는 황폐한 현실, 전쟁을 통해 형성된 타자의식을 보여주는 작품들이 많다. 전쟁기의 특이한 상황을 토대로 현실을 반영하는 소설은 그 자체만으로도 50년대 특색을 형성했다. 그리고 이들의 소설에 흐르고 있는 대체적인 경향은 전쟁이 빚어 놓은 심연과 그 심연에 던져진 인간의 참상들에 대한 것들이었다.

이러한 인간의 참상은 인간을 생각하고 그 인간의 존재를 어떻게 부각시켜 현실에 대응해 나가겠느냐 하는 논리적 체계의 철학서보다도, 그 참상을 통해서 인간으로서 느끼는 비애 그 자체가 중요시되었다. 전쟁기의 작품들의 주인공 대부분이 매춘부, 실직자, 병자, 고아, 소시민 등 사회로부터 유리되거나 거세당하여 무기력하고 낙오되고 힘없는 사람들의 참상을 작품 소재로 선택했다. 전쟁의 참상에 대한 비애가 그들에 대한 책임, 그 자체의 목적으로 환원되었기 때문이다. 그들에게 주의를 기울인다는 것은 그들의 무언의 호소에 귀 기울인다는 것이고,2) 전쟁으로 인한 참상의 비애가 바로 자신, 자신의 가족, 자신의 이웃의 비애로 연결되었다.

이것은 전쟁으로 인해 사랑하는 가족을 잃고, 애인, 이웃을 잃음으로써 작가 스스로가 고아, 디아스포라적인 이방인으로 실존적인 고독을 느꼈기 때문이다. 인간은 본래 가지고 있는 선천적인 고독 때문에 타자지향적이라는 레비나스의 주장처럼3) 그들 속에서 자신

---

2) 그들로부터 호소를 받아들이는 것은 그들과의 관계성을 말하는 것이며, 그들과 관계한다는 것은 그들 타자를 돕는 것이다. 그들은 책임져야할 그 당대의 타자, 매춘부, 과부, 고아, 실직자 들이다. 신옥희, 「여성학적 시각에서 본 레비나스: 타자성의 윤리학」, 『철학과 현실』 29, 1996, 242면.

3) 윤대선, 「에로스의 현상학 또는 형이상학」, 『레비니스의 타자철학』, 『문예출판사』 2004, 147면.
　　레비니스는 서구의 존재론적 철학, 즉 주체가 자유로이 행사하는 동일성의 사유 방식에 내재된 전체성과 폭력성이 바로 세계에서 지속적으로 벌어져 온 각종 전쟁과 폭력의 원천이라고 진단한다. 서구의 기존 철학적 사유 방식에 대한 가차 없는 비판과 함께 레비니스는 존재에서 윤리로, 동일자 논리에서 타자성 수용으로 철학의 방향을 획기적으로 전환시키기를 촉구한다. 이 방향 전환이 바로 타자 윤리학인 바, 레비니스는 우리에게 나의 자유와 권리 추구를 포기하고 타인을 받아들일 것, 나의 관계

들의 존재의 흔적을 보았기 때문이다. 즉 작가들은 그들의 고통 속에서 자신들의 아픔을 느꼈기 때문이다. 이런 아픔은 타자에의 열림으로 나타나고 타자지향성으로 드러난다. 타자는 '나'라는 존재의 흔적과 같이 이미, 존재 자신의 원인이 되면서 '나'의 동일성을 타자적인 것으로 구성하고 있다.[4] 타자의 아픔을 호소함으로써 그들 스스로를 위로 받고자 하는 것이다. 이런 타자의식으로 작품은 대체로 모성의 원초적 본능에 호소하는 작품들이 많다. 이런 작품들은 전쟁기의 문학의 한 특징을 드러내는 휴머니즘 작품과 일맥상통하는 작품이다. 여성들은 전쟁의 폐허 속에서 버려진 고아, 죽음을 통해서 자기 나르시시즘을 느끼고, 그 나르시시즘을 통하여 타자의 아픔이 자신의 아픔으로 환원되는 경험을 통해서, 모성 본능을 느꼈을 것이다. 모성의 원초적 본능은 죽음 충동과 맥이 닿아 있는 본능이다. 김말봉의 「合掌」, 「어머니」, 「사천 이백원」, 「인순이의 일요일」 같은 작품은 전쟁의 폐허 속에서 타인을 통해 자신의 아픔을 느끼고 모성의 본능을 보여주는 글들이다.

「合掌」의 순희는 간호사이다. 어느 할머니가 데리고 온 어린 아이가 영양실조에 폐렴까지 걸려 수혈을 해야 함에도, 돈 5만원이 없어 수혈을 못해 돌아가자, 창문으로 지나가는 군인 행렬 속에서 어

없는 일까지도 책임질 것, 나를 희생시키고 고통 받는 타자의 요청과 호소에 응답할 것을 강력하게 요청한다.
4) 윤대선, 위의 책, 157면.

린 아이 아버지의 환상을 보고, 할머니를 다시 불러 자신이 5만원을 주며 수혈을 하게 한다. 전쟁이라는 극한 상황 속에서 한 사람의 목숨은 아무 것도 아닐 수 있지만, 군인 가족을 가족처럼 돌보아야 한다는 모성 본능이 순희를 자극, 도움을 주게 되는 것이다.

「어머니」 같은 작품은 전쟁이라는 상황 속에서 여성의 수난사를 보여주고 있다. 즉 기아와 함께 겁탈을 당하는 이중고 속에서 임신, 가족의 만류에도 모든 것을 뿌리치고 미혼모로 아이를 낳아 기르기로 결정함으로써 강한 여성의 모성본능을 보여주는 작품이다.

위의 두 작품에서는 초점 인물이 여성이기 때문에 당연한 여성의 모성본능이 그려졌다고 하더라도, 「사천 이백원」에서는 초점 인물이 남성임에도 똑같은 모성본능을 보여준다. 지게꾼인 도삼이는 짐을 들어다 준 할머니 집에 상이군인이 있음을 보고 일선으로 나간 동생을 생각하고 자신이 생일날 가족이 모여 식사하기로 모은 돈 사천이백을 두고 나옴으로써 자식을 돌보는 어머니의 사랑을 엿볼 수 있다.

「인순이의 일요일」에서 인순이는 오빠는 일선에 갔고 부모님은 전쟁 중에 사망, 할머니와 남산 아래 양철움막에 살고 있는 인순이 돈 마련을 위해 산에 나무하러 갔다가, 소나무 아래 누워 있는 갓난 아기를 발견, 데려와 할머니에게 안겨 준다. 따라온 군인이 사실은 자기 아기인데 아기 엄마가 전쟁 통에 죽고, 기를 사람이 없어 소나무 아래 혹 누가 데려가기를 기다리고 있었다는 것이다. 할머니가 키워 주면 인순이 공부를 시켜주겠다며, 자신의 집에 와서 살 것을 당부, 인순이네는 군인이 살던 집에서 생활한다.

위의 작품에서처럼 전쟁기의 소설 작품에서 발견할 수 있는 것은 누구나 가족 중에 한 사람 쯤은 일선에 나가 있는 군인이 되었거나, 전쟁 중에 가족이 사망, 전쟁이라는 상황 속에서 자신의 몸이면서, 고향인 가족을 통해 바라 본 타자화를 통해 타자 한 사람 한 사람을 자신의 가족의 일원으로 받아들이는 것이다. 특히 김말봉 작품에서 일관되게 나타나는 타자의식은 김말봉의 수필 「내 아들 영이」를 통해서 알 수 있다. 이 세상에서 둘도 없이 아름답고 착한 아들이 6 · 25 전쟁에서 전사, 자신이 추모의 글을 써야 하는 아픔을 통해서 아들을 바라보는 엄마의 마음이 모든 타자들에게도 적용되는 것이다. 이것이 바로 작품으로 발현된 것이기 때문이다. 이는 마치 대지의 여신이 지상의 모든 것을 품는 큰어머니의 사랑과 같은 것이다. 전쟁이라는 상황을 통해서, 민족이라는 큰 틀 안에서 타자들을 품는 것이다. 전쟁 상황 속에서의 군인은 나라를 대표하는 상징체계이다. 군인을 통하여 국가를 생각하고 가족, 친척, 고향을 떠올리며 자연스럽게 자기희생을 각오하는 것이다. 이것은 국가를 위해 일선에서 희생하는 군인들과 같은 동질의 국가에 대한 희생정신으로 받아들이는 것이다. 즉 국민이라는 테두리 속에 자신을 복속시켜 스스로 애국자가 되는 것이다. 애국자가 되는 통로 역시 자신의 타자화를 통한 모성 본능 촉진에 의해 가능한 것이다.

베네딕트 엔더슨은 민족은 사랑을, 때때로 심오한 자기희생의 사랑을 고취한다는 사실을 기억한다는 것이 유용하다고 했다.[5] 특히 민족주의의 문화적 산물인 시, 산문 소설, 음악, 조형 미술 등은 수많은 다른 형태의 스타일로 이 사랑을 매우 명백하게 보여준다는 것이다.

손소희의 냉전 이데올로기에 의한 공산당을 비판한 「결심」, 「쥐」, 「마선」 등의 작품을 제외한 대부분의 작품이 타자의식에 의한 모성을 촉발, 그로 인한 자기희생 이미지를 작품 속에 형상화하고 있다. 윤금숙의 「폐허의 빛」이나 「바닷가에서」, 장덕조의 「어머니」, 「젊은 힘」, 「매춘부」, 「풍설」, 「선물」, 전숙희의 「미완의 서」, 「두 여인」, 최정희의 「사고뭉치 서억만」, 「임하사와 그 어머니」, 「유가족」, 한무숙의 「김일등병」, 「아버지」, 「군복」 등 대부분의 전쟁기의 소설 작품들이 어머니의 자기희생과 같은 사랑을 타자, 조국 혹은 민족에 바치려는 서사로 이어진다. 그것은 전쟁이라는 특수한 상황 속에서, 타자들을 통해 자신의 얼굴을 보았고, 자신의 나르시시즘을 통해 모성 본능을 촉발시켰기 때문에 가능한 것이다.

전쟁의 상징물, 군인이라는 이미지를 통해 가족과 친족을 떠올렸고, 또 삶의 본향인 고향을 떠올림으로써 '아름다운 조국'을 자연스럽게 생각하게 된다. 베네딕트 엔더슨은 민족됨은 피부색, 성(젠더), 태생, 출생 시기 같이 사람이 어떻게 할 수 없는 것에 동화된다고

---

5) 베네딕트 앤더슨, 『상상의 공동체』, 나남출판, 2002, 183면.

했다.6) 이 자연적 연결에서 공동체 민족, 조국을 떠올리게 된다고 했다. 특히 전쟁이라는 극한 상황 속에서 그런 감성은 더 절절해진 다. 그런 메커니즘 속에서 자기희생을 통한 조국의 구국을 소망하게 되는 것은 당연하다.

3. 전쟁기 여성 시에 나타난 원초적 고향 이미지

남한은 또 한국전쟁을 계기로 전 세계 반공 지도의 중심에 스스로를 배치시켰고7) 공산화의 위협에 더욱더 방어적이었다. 해방 직후 1947년 가을부터 시작된 미군정에 의한 대대적인 좌파 인사 축출 이후에도 우리 사회에는 미군정에 대한 부정적인 시각이 팽배했고, 좌파 지식인들이 활개 치는 사회였다. 그러나 전쟁 발발 후 3개월 동안의 서울에서의 인민군 하에서의 지옥 같은 생활을 통하여, 이후 많은 사람들이 공산당의 실체를 직접 체험, 더욱더 반공 이데올로기가 내면화된다.

또 전쟁 이후 이런 분위기는 놀라운 변화를 보여주었다. '미국은 한국을 도우며, 미국은 강하며, 미국은 인권을 옹호하며, 또한 우호적이며 진실되다'8)라는 인식은 한국 전쟁을 통하여 널리 확산되었

---

6) 베네딕트 엔더슨, 위의 책, 186면.
7) 장세진, 위의 논문, 52면.
8) 정일준, 「미국의 냉전 문화와 한국인 친구 만들기」, 『우리 학문 속의 미국』, 한울, 2003, 45면.

다. 이러한 인식의 밑바탕에는 전쟁의 경험을 통하여 북한을 새로운 타자로 간주하는 의식이 깔려 있었다.

또 미국식 자유 민주주의에 대한 새로운 인식을 하게 된 것도 바로 전쟁을 통해서이다. 전투에서 승리를 거두는 미군의 직접적인 모습과 한국 전쟁을 전후로 해서 미국이 남한에 지원했던 막대한 원조 물자와 같은 재화의 힘은 미군정의 강력한 파워를 과시했으며, 자유 민주주의에 대한 추상적 이념들을 새롭게 인식하는 계기로 작용했다. 한국전쟁 반발 직후 신속한 참전을 결정했던 미군이나 미군이 주축이 된 유엔군의 이미지는 '친한 벗'이라든가 '자유'라는 수식어와 쉽게 연결되었으며 한국 전쟁과 함께 남한의 대중들 사이에 급속하게 확산되고 있었다. 이와 동시에 미국이 지원하는 막대한 원조 물자에 의한 풍요의 경험은 댄스홀의 퇴폐적 분위기, 유엔 마담, 양공주 등의 팜므 파탈 형의 여성들을 등장시켰으며, 이는 전쟁 후의 미망인, 고아, 상이군인 등과의 이미지와 함께 전쟁 후의 1950년대 현실을 해석하는 기표로서 작용한다.

그러나 여기에서 다룰 작품은 대체로 1953년까지의 작품이다. 미국에 대한 우호적 인식은 아직 작품에서 나타나지 않는다. 적 치하의 서울에서의 지옥 같은 생활, 피난에서의 어설픈 일상, 폐허가 된 서울의 모습 등을 통하여, 고향 상실의 모습을, 다시 재건될 수 있을지 막연한 불안감 등이 작품 속에 나타난다. 시에서는 장르적 특성상 간접적으로, 수필에서는 직접적으로 말이다.

홍용희는 전쟁기 시를 분류하면서, 국군 예찬시, 유엔군 예찬 및 반소시, 휴머니즘 지향의 시, 전쟁 일반시, 모더니즘 시로 나누고 있다.[9] 전쟁기 여성시는 똑같이 분류할 수는 없지만, 모윤숙처럼 전쟁 동안의 현실대응을 위한 국군 예찬시를 비롯한 냉전 이데올로기가 내면화된 시들과 '너'와 '나'가 하나가 된 민족의 거룩한 순간을 염원하는 원초적 본향을 그리는 시들도 있다. 즉 전쟁기의 여성시 역시 남성작가들의 경향을 어우르면서, 전쟁의 참혹한 현실 앞에서 적과의 대치 관계에 있는 전쟁을 벗어나 타자와의 합일을 지향하는 원초적 고향, 어머니의 자궁과 같은 시절로 돌아가고 싶은 열망을 강하게 드러내고 있다. 이 또한 소설 작품과 다를 게 없다.

砲聲이 하늘을 뚫어 놓았다.
무르익은 石榴알처럼 알알이 튀어 오르는 아픈 살점들
여기 죽음이란 이름의 분주한 活用이 있고 여기 사람이 만든 火星의 野蠻이 있고
참말 난 科學도 知慧도 모르고 살고 싶었다. 네 가슴 위 동그랗게 귀여운 세월을 그으며 너랑 함께 오래 오래 이 땅에서 살고 싶었다.[10]

위의 김남조 시에서 나타나는 '너'와의 합일은 결국 타자와 분류

9) 홍용희, 「한국전쟁기, 남, 북한의 시적 대응 비교 고찰」, 『전쟁의 기억, 역사와 문화』, 월인, 2005.
10) 김남조, 「다시 한번 목가(牧歌) 내 그리운 요람(搖籃)의 노래를」, 『목숨』, 수문관, 1953.

되지 않은 화해의 세계를 노래하고 있다. 과학도 지혜도 필요 없는 요람기의 유아기로 돌아가서 '너'와 분류되지 않은 일치의 세계 속에서 오래도록 살고 싶은 염원을 보여주고 있다.

또 한편 김남조는 이성을 따지고 경쟁을 주도하여 전쟁을 일으키는 태양의 세계가 아닌 달의 세계를 희원하면서, 달의 세계를 희원하는 것은 '햇빛을 어히는 설분 땅마다/가슴을 덮어주는 까닭이리라/엄마처럼 품어주는 까닭이어라.'라고 노래하고 있다. 달은 혼돈의 세계지만 자신을 끌어안는 모체이다. 태아처럼 달의 가슴에 안기는 날엔, 이웃과 함께 엉겨 영원한 영혼의 질서 속에서 살 수 있을 것이라는 염원이 드러나는 노래이다. 그 열망은 태초에 하나님이 만든 질서, 하나님과 인간, 인간과 인간이 분류되지 않은 화해의 세계를 소망하고 있다고 할 수 있다.

또 노천명은 일제의 압박으로 해방되어, 우리 민족이 하나 되었던 그날로 돌아가자고 노래하고 있다.

> 태극기 흔들며 怒濤모양 밀려들어
> 적을 진 친구와도 입을 맞추던 그날-
> 우리 다 같이 가슴에 손언고 착해지던 날 이날을 잊지는 않았
> 으리[11]

---

11) 노천명, 「불덩어리 되어」, 자유예술, 제1호, 1952.11.

물론 노천명의 이 시는 북한 인민군을 타자로 인식, 원수를 물리치기 위해서는 온 국민이 해방된 그날의 하나가 된 기억을 되살려서 힘을 합치자는 냉전 이데올로기가 내면화된 시다. 노천명의 전쟁기의 시는 대체적으로 남의 나라에 와서 죽은 유엔군, 상이군인 등을 애처롭게 바라보는 연민의 시가 있는가하면 또 우리의 「서울」을 불살르고/아버지와 남편을 끌어가고/죄없는 사람들을 죽이고 간/우리의 원수를 찾아서 북으로 가자는 적극적인 현실 대응시도 보인다.

그러나 노천명의 「그리운 마을」에서는 거렁뱅이조차 상을 바쳐주고, 조바심도, 시기도 없던 태곳적 그 평화로운 마을을 염원하고 있다. 거렁뱅이조차 타자로 인식하지 않고 함께 어우르고, '너'와 '나'가 합치된 시간 속에서 조바심도 시기도 없는 그런 태곳적 마을은 바로 김남조가 노래한 태곳적 요람기의 어린이의 시절이다. 또 「고향」에서도 메밀꽃이 하얗게 피는 고향으로 가 살다 죽으리라며, 「희야 돌아가라」에서는 '남포동'거리에서 헤매지 말고 네 본 모양으로 돌아가라고 외치는 인간의 원초적 본향을 그리고 있다.

조애실은 「고지(高地)의 장송곡(葬送曲)」에서 민주주의를 부르짖던, 공산주의를 부르짖던 젊은 군사가 마지막 외친 이름은 어머니였다며, 서로 원수가 되어 싸웠던 그들은 죽어서야 하나 되어 한 곳으로 흐른다고 노래한다. 또 홍윤숙 역시 「백양(白楊)에 부치는 노래」에서 백양을 이름 없는 戰士처럼 먼 그리움에 눈망울 젖어 하늘 우러러 목 느리는 白馬로 상징화한다. 비록 전투에 참여하고 있는 전사지만, 먼 원초적 본향인 고향을 우러러 목을 빼고 그리워하는 인간의 근본적인 심상을 그리고 있다.

위의 모든 시적 이미지들이 지향하고 있는 것은 전쟁이라는 혼돈의 세계를 벗어나서 삶의 본래적 질서의 회복을 강하게 호소하고 있다. 태양이 주는 빛과 그림자라는 이중 구도를 통하여 선/악, 강/약, 삶/죽음이라는 경쟁 구도를 벗어나, 자신 속의 타자, 혹은 밖의 타자, 그림자, 혹은 거렁뱅이조차 함께 끌어안는 인간의 본래적인 심상을 찾자는 것이다. 그것은 해방된 날의 기쁨으로 하나가 된 이미지로 나타나기도 하고, 달, 그리운 마을, 근본 심상 회복 이미지로도 나타난다. 그래서 유아기의 어린이처럼 요람에서 행복했던 엄마와 내가 일치됐던 원초적 심상을 되찾자는 것이다. 적과 적의 대치 관계에 있는 전쟁 폭력을 벗어나서 유아기의 엄마와 일치되었던 기억을 찾아 '나'와 '너'가 하나가 되는 화해의 세계로 돌아가자는 것이다.

4. 어머니의 부재로 인한 죽음 충동

앞에서 분석했던 작품과는 달리, 손소희의 소설 작품이나, 모윤숙의 시의 대부분, 노천명의 일부 시, 최정희의 수필 작품들에서는 적극적인 현실 대응 방식으로 국군 영웅성에 대한 예찬, 반공의식 및 전투 의식 고취, 북한군에 대한 적개심 고취 등의 내용이 구체적으로 작품에 형상화되고 있다. 앞의 분류된 작가들은 대부분 한국 전쟁 시기 종군 작가단에 참여한 작가들이었다.[12] 그 당시 월북 작가들을 제외한 대부분의 작가들이 종군 작가단에 참여, 참여한 작가나 참여하지 않는 작가들조차도 대세의 영향권에서 벗어날 수는 없었다. 그러니 전쟁기 문인들의 삶과 문학적 상상력은 냉전 이데올로기의 범주 안에서 형성되었고 확산되었다고 볼 수 있다. 한국전쟁 시기 종군작가들의 대표적인 전쟁에 대한 인식과 대응방식은 '문화전선구축론'으로 모아진다. '문화전선구축론'은 모든 자유세계의 문화는 하나의 전선을 구축하여 북한의 침략으로 대변되는 국제공산주의의 확산을 방어하고 나아가서 그것을 궤멸시켜야 한다는 논리이다.[13] 그러나 이들의 논리나 작품들에서는 전쟁의 근본적인 역사인식이나 현실의 객관적 대응방식보다는 추상적 현실인식에서 오는 반전의식, 인민군 비판, 전투의식 고양, 인간성 옹호 등이 나타난다.

손소희의 전쟁기 작품 중 「결심」, 「바다 위에서」, 「쥐」, 「마선」 등은 모두 전쟁 바로 직후 서울이 인민군 하에 있던 상황을 묘사한

---

12) 전쟁기 종군 작가단은 기관지별로 참여했다.
　육군-최상덕(단장), 김팔봉, 김송, 김이석, 이덕진, 최태응, 정비석, 박영준 등 기관지 <전선문학>.
　공군-마해송(단장), 조지훈, 최정희, 박두진, 황순원, 김동리, 김윤성, 이상로, 방기환, 전숙희 등 기관지 <창공순보>.
　해군-이선구(단장), 윤백남, 염상섭, 이무영, 박계주, 안수길, 이종환, 이연희 등 기관지 <해군>.
　한국문인협회 편, 『해방문학 20년』, 정음사, 1966.
13) 문화전선구축론은 이헌구, 「문화전선은 형성되었는가」, 『전선문학』2호 김팔봉, 「전쟁문학의 방향」, 『전선문학』3호(1953.2.) 등에서 제시된다.

작품들이다. 작품은 짧은 미니픽션 정도의 분량이다. 「결심」은 화가인 화자가 동료들이 겪은 인민군 하의 서울의 상황을 통해서 자유민주주의에 대한 절실함을 느끼는 내용이다.

초점인물 영희는 일찍이 애국투사가 되지 못했지만, 생리적으로 공산주의를 싫어하는 인물이다. 인민군이 들어온 지 사흘째 되는 날, 친구 정숙이 찾아 와 미술동맹에 가입할 것인지의 거취를 물어 온다. 해방 직후 미술동맹에 가입했다가 그 뒤 잘못을 깨닫고 보련(保聯)에 가입한 영희는 어쩔 수 없이 미술동맹에 정숙이와 함께 가입한다. 그러나 그들이 하는 일은 스탈린과 김일성의 초상을 그리는 것뿐이다. 그곳에는 예술의 기본적 개성의 발의나 창의력, 생명의 재현 같은 것은 아예 무시당하고 예술가의 자존심과 양심을 헌신짝처럼 버리고 그 일에 매달려야 하는 영희는 굴욕감을 느낀다. 남자 선배 화가들이 굴욕감을 참고 묵묵히 일하는 것을 보고 머리를 수그렸다. 그러나 날이 갈수록 선배들이 어깨가 처지고 말을 잃어가는 모습에 '자유'와 '민주주의'가 얼마나 소중한가를 깨닫고, 스탈린이나 김일성 초상화를 그리는 일보다 남쪽으로 비밀 송전을 하고 있는 사촌 동생에게 송전에 필요한 배터리를 가지고 자주 방문하곤 했다는 서사다.

「바다 위에서」 역시, 짧은 미니 픽션과 같은 작품이다. 인천을 떠나 피난 가는 배 위에서의 멀미 고생과 괴뢰군에 대한 불안감을 보여 주면서 미 군함을 보면서 안도의 한숨을 쉰다는 서사이다.

앞의 손소희의 작품들이나 최정희의 「난중(亂中) 일기에서」[14] 수필에서는 인민군 치하의 현실에 대한 공포로 '예술가동맹', '문학가동맹'에 가입, 공산주의의 실체를 체험하면서 냉전 이데올로기가 강화되는 서사구도이다. 체험을 통해서 인간성을 말살시키는 비인간적인 공산주의 체제에 대한 환멸을 하게 되고 강제적인 체제 선택을 자신의 초자아에 의해서 강요받게 된다. 손소희는 이북 출신으로 축출, 배제의 체험을 가졌고, 최정희는 남편의 납북으로 인해 공산주의에 대해 혐오의 감정을 가질 수밖에 없다. 이것은 손소희나 최정희의 초자아가 남북 대치라는 사회적 강제성이 전쟁으로 이어지고, 그 강제성에 의해 이것 아니면 저것이라는 선택을 강요받게 된다. 남북 분단으로 큰 조국을 상실한 어머니의 부재는 전쟁으로 더 큰 상처를 체험한다. 거기서 불쌍한 자아를 위로하기 위해 더 큰 어머니의 위로가 필요하다. 손소희는 자신의 대타자를 자유 민주주의의 이념으로 상정한다. 그 선택을 통해서 위로를 받는다. 이것은 객관적 역사적 진실에 근거하지 않은 초자아의 낭만주의적 선택이다. 낭만적 자기 추상을 가지고 서사를 주도함으로써 현실에 대한 왜곡의 위험을 안고 있다. 그러나 전쟁기의 작품 형상화는 미적 탐구의 대상이 아니라 삶과 죽음의 선택의 문제이다. 또 '문화전선구축론'이라는 작가적 대응 안에서의 어쩔 수 없는 선택이라 할 수 있다.

모윤숙은 김활란과 함께 대표적인 여성 친일 인사다. 일본 제국

---

14) 최정희, 「난중일기에서」, 『적화삼십구인전』, 국제보도연맹, 1951.

주의 하에서는 일본이 모윤숙에게는 바로 자신의 국가이다. 이광수
나 최남선, 김활란과 같이 앞에 보이는 현실의 논리를 따라가는 자
에게는 먼 미래는 보이지 않는다. 그리고 전쟁이 터진 6월 25일에
바로 종군 방송을 시작할 정도로 모윤숙에게 국가는 곧 자신이다.
항상 현실적 욕망을 향해 매진하는 그런 모윤숙 같은 사람일수록
내적 불안은 더 클 것이다. 라캉의 말대로 아무리 욕망을 향해 달려
가지만 욕망은 언제나 구멍을 남긴다. 그 구멍을 채우기 위해서는
어쩔 수 없다. 또 달려야 한다. 구멍 속의 불안한 꿈이 욕망을 부추
기고, 욕망은 또 다른 욕망을 부추긴다. 전쟁기의 모윤숙은 심리적
공황 상태에서 불안함이 처벌에 대한 반복 강박으로 죽음의 충동을
보여준다.

전쟁이 발발하자 모윤숙은 제일 처음 방송국을 달려가 자작 애국
시를 낭독한다. 그리고 방송국을 나와 집으로 돌아왔지만, 집 앞까
지 들리는 총성 소리에 불안, 자신의 집까지 날아드는 총소리에 하
루 전까지도 남한 군대에 대한 믿음이 사라진다. 머리에 수건을 쓰
고 뒷문으로 도망 나온 모윤숙은 김활란 총장 집으로 향한다. 그러
나 거기에도 이미 인민군의 경계가 삼엄하다.

해질 무렵을 기다려 나는 머리에 수건을 쓰고 신촌을 향해 걸
었다. 이화대학 김활란 총장이 만일 집에 계신다면 함께 어디로든
가거나, 그렇지 않으면 마지막 모습이나마 보고서 자살이라도 하

자는 것이 나의 의도였다. 어서 바삐 나의 삶을 종결지어 버리려
는 조급한 감정에 나는 사로잡히고 말았다.[15]

나는 이 이상 더 이런 지옥 같은 현실에 이 몸을 살려두고 싶지
는 않았다……(중략) 이제는 어떠한 위협이 다가오든 대한민국의
애틋한 정만은 잃지 않고 죽는 것이 마지막 소원이 되었다.[16]

차라리, 이 가련한 목숨을 내 손으로 끊어버리는 것이 오히려
깨끗한 주검을 이룰 수 있으리라. 나는 만일의 경우를 생각하고
아편을 간직하고 있었으므로, 이 기회에 이것으로써 애착을 잃은
이생에 작별을 하리라고 결심하였다.[17]

위에 제시한 인용문 외에도 죽음에 관한 수사는 모윤숙의 전쟁기
의 수필과 시의 지배하는 이미지이다.

포격성이 들린다.
남에서 오는 기별인가 보다.
나를 쏘아다고 나를 쏘아다고[18]
몸 지쳐 주저앉은 적은 이 목숨
누가 들어 이 울음이 전해지오리

---

15) 모윤숙, 「나는 지금 정말로 살아있는가?」, 『고난의 90일』, 서울 수도문화사, 1950.
    11., 56면.
16) 모윤숙, 「마포 강변에서」, 위의 책.
17) 모윤숙, 「구원을 받으며」, 위의 책.
18) 모윤숙, 「논도렁길」, 『풍란』, 문성당, 1951.

서백리아 긴 방랑의 먼저 간 동포여!
아, 나도 그대들을 따라가야 하는가 가야 하는가?[19]
차라리 나는 진비를 맞으며
시체 곁에 주검을 빈다.[20]

달은 더 조용한 서름의 덩이
함복 젖은 내 뺨에
그리운 사람들이 꽃 피듯 환 하건만
시체처럼 차고 어두운 지하실로
나는 달을 피해 들러가야 했다.[21]

위 수필이나 시는 대체로 전쟁이 발발되고 서울 수복이 되기 전 90일 간의 서울에서의 피신 생활 속에서 쓴 글이기 때문에 그만큼 더 절박하다. 언제나 자신은 조국과 일체라고 생각한 작가가 전쟁이 시작되면서 어떤 누구와도 연결이 닿지 않는 상황 속에서 더할 수 없는 자기 소외에 빠진다. 해방 전의 친일로 인한 고통을 조국에 대한 헌신으로 보상하려는 욕구는 더 큰 조국 사랑으로 조국과의 일체화된 사랑으로 집착하게 된다. 모윤숙에게 조국은 바로 자신이며 자신의 어머니이다. 그런 자신이 총을 들고 직접 전쟁터에 나가 조국에 봉사할 기회를 박탈당한 자신에 대한 무력감 또한 더 큰 것은

---

19) 모윤숙, 「깨어진 서울」, 위의 책.
20) 모윤숙, 「무덤에 나리는 소낙비」, 위의 책.
21) 모윤숙, 「달밤」, 위의 책

해방 전의 친일로 인한 조국에 대해 부끄러움은 무수한 고통이 되어 양심을 공격하기 때문이다.

프로이드는 초자아와 죽음 충동은 같은 개념이라고 했다.[22] 모윤숙의 전쟁기의 시나 수필은 무의식적으로 나오는 무수한 중얼거림, 자신의 초자아이다. 조국이라는 어머니의 부재를 체험하면서 자기 소외에 빠진 불쌍한 자아를 위로하는 초자아이면서, 조국의 불행한 사태에 대한 아픔은 자신의 아픔으로 전환, 자신을 공격해 자신의 양심을 건드린다. 그와 같은 초자아는 죽음 충동을 느낄 수밖에 없다.

5. 나가기

이번 전쟁기(전쟁 시작하면서 1953년말까지) 여성문학 자료집에는 시인 7명의 작품 52편과 소설가 10명의 작품 37편, 수필가 14명의 작품 29편이 실려 있다. 이 작품들의 선정 기준은 대체로 대표적인 여성작가의 작품을 선정했다. 대표적 여성작가는 지속적인 작품 활동을 해온 작가들로 선정 기준을 정했다. 이 자료집을 발간하는데 있어 자료를 찾는 어려움은 물론이고, 대부분이 그 당시 잡지나 신문 지질이 불량해 작품을 찾았다 해도 새로 워드 작업을 해야 하는 시간 싸움과 불분명한 글자의 확인 작업, 작품의 저작권 문제 등 지

---

22) 가라타니 고진, 「죽음과 네셔널리즘」, 『네이션과 미학』, 도서출판 b, 2009, 98면.

난한 작업이었음에도 불구하고, 김진희 책임연구원을 비롯 연구원들의 수고와 노동을 마다하고 인내로 버텨 준 노고에 우선 머리를 숙인다.

전쟁기 문학 연구는 최근에 와서 많은 연구가 이루어지고 있고 또 진행되고 있는 것으로 알고 있다. 그러나 이번 자료집에서 보여주는 것처럼 여성 문학이라는 범주를 설정, 따로 연구가 되었거나 연구 계획을 하고 있는 경우는 거의 없다. 이번 숙대 구명숙 교수가 이끄는 '기초연구팀'에서는 주로 해방기부터 최근까지의 여성문학 기초연구 과제를 학술진흥재단의 3년 연구과제로 잡아, 진행 과제 중 제일 마지막 과제가 이번 전쟁기 여성문학 자료집이다.

전쟁기 어려운 시기에 여성 작가들의 감성을 확인하고, 그런 감성으로 드러내는 전쟁기 여성문학의 특징을 라캉이나 프로이드 정신분석학을 통해 살펴보았다. 전쟁기의 소설에서 보여주는 타자 의식, 시에서 보여주는 원초적 고향에 대한 염원, 현실 대응 방식으로 나온 내전 이데올로기 작품들에서 보여주는 초자아에 의한 죽음 충동은 여성적 특징을 나타내는 특징이면서 전쟁기 문학에 나타나는 공통적인 특징이다. 이 작업을 통해 우리 문학사를 더욱더 풍부, 확대하는 작업이라 생각된다.

Chapter 2

너 속의 '나' 찾기

최문희 소설에 나타난 원초적 본능과 죽음 충동

1. 최문희 작품의 계보

가끔 문단에서 최문희를 만난다. 최문희의 소녀 같은 해맑은 표정, 가끔 표정 그 너머에 복잡한 심리를 읽을 때가 있다. 최문희는 친한 것 같아 말을 걸면, 거리가 느껴지고, 거리를 가지려면 다가오는 그런 작가였다. 이번 작가론을 맡았고, 그녀의 작품 내밀한 언어를 통해 그녀와 만났다. 최문희 작품의 주인공들이 벗어나가고자 하는 어두운 그 동굴 같은 세계, 지금도 동굴의 벽을 손톱으로 핥고 밝은 세상을 나오고자 하는 그들 내면 속의 타자, 그 타자를 한번 만나려고 한다.

최문희는 <월간문학>에 1988년에 「돌무지」로 등단했다. 그러나 실제 최문희가 문학계에 알려진 것은 1995년 국민일보 1억 고료 「서로가 침묵할 때」와 같은 해 제4회 <작가세계문학상> 「율리시즈의 초상」을 동시에 수상했을 때였다. 그때 심사 위원의 면면을 살피자면, 국민일보의 경우, 김윤식, 김병익, 박완서, 이제하, 이청준이었고, 다시 <작가세계문학상>의 심사 위원은 다시 김윤식과 이문구였다. 두 번 동시에 심사한 사람은 김윤식이었고 이문구가 <작가세계문학상> 심사 위원으로 참여했다. 지금은 작고하신 분도 있지만 심사 위원 대부분이 문단의 거물급이었다. 두 번의 심사 위원으로 참여한 김윤식 교수는 우리나라 문단의 정신사적 계보를 꿰뚫고 있는 학자로, 최문희 작품을 통해서 정신사적 계보의 가능성을 보았을 것이다. 한두 마디의 심사평을 참고해 짐작해보자면 「서로가 침묵할 때」는 우리나라 작품에서 찾기 힘든 인간의 내면적 성찰이 돋보이는 작품이고, 「율리시즈의 초상」에서는 역시 우리나라 작품에서 흔하지 않은 아비 찾기의 과정을 소재로 한 작품의 형상화에 역시 높은 점수를 주었을 것이다. 물론 흔치 않은 거금의 문학상이고 보면, 신인작가들뿐만 아니라 기성작가들도 대거 참여, 수상 자체가 코끼리가 바늘구멍으로 들어가는 것만큼 어려웠으리라 짐작된다. 주제를 파고드는 치열한 작가 정신은 물론이고, 문체, 구성, 어느 하나 부족함이 보이지 않는 완벽성을 보였을 때, 가능한 일이다.

최문희의 작품집은 1995년 「서로가 침묵할 때」와 「율리시즈의 초상」, 1995년 단편집 「크리스털 속의 도요새」, 1999년에 나온 단편집 「백년보다 긴 하루」, 2008년 한국문화예술위원회 선정 우수도서 단편집 「나비 눈물」, 최근 <혼불 문학상> 수상작인 「난설헌」이 있다. 이번 최문희 작가론에서는 작품의 다양한 의미망 속에서도 특히 「난설헌」을 해설하기 위한 하나의 맥을 발견, 그것으로 「난설헌」을 꿰뚫어보는데 집중하려고 한다. 하나의 맥을 잡아 작가론을 쓰는 것도 쉽지 않다고 생각한다. 그러기 위해서는 그런 의미망에 적합한 작품을 선택할 수밖에 없다. 왜냐하면 「난설헌」 외의 작품 속에서 보여준 최문희 작가 의식이 「난설헌」에서 어떻게 유기적인 관계를 맺으면서 하나의 독립적인 의미망을 가지는가를 살펴야 하기 때문이다. 원고 청탁과 마감이라는 시간의 제약 속에서 이번 작품 「난설헌」은 최문희가 그전에 시도하지 않았던 '허난설헌'이라는 실제 인물을 다룬 것이며, 실제 인물을 다룬 소설을 쓸 경우, 어쩔 수 없이 전기적 사실을 따르지 않을 수 없는 제약이 있다. 또 한편 작가는 그런 제약 속에서도 자신이 추구하는 작가 의식을 드러내어야 하는 이중 고민이 있었을 것이고, 그러기에 이번 작업은 어쩔 수 없이 거기에 맞출 수밖에 없다.

2. 억압된 무의식, 나 속의 나

최문희가 작품에서 보여주고 있는, 하나의 주제를 향해 집요하게 파고드는 치열한 작가의 해부학적 정신은 우리 문학사에서 보기 드문 경우이다. 주로 인간들 사이에서의 균열을 그려내는 서사의 대부분은 인물들의 과거의 억압으로 연유된다. 그 해부학적 정신을 통하여 이루어내는 구성의 치밀함과 박수현이 말대로 숨 막힐 정도의 집요함을 가지고 이끄는 서사는 극도의 긴장 속에서 이루어진다.

이 「서로가 침묵할 때」, 「떠 있는 망루」 두 작품 다, 일상적으로 스쳐 지나갈 수 있는 이야기를 서사에 끌어 올려 내면적 성찰을 통해서 삶의 진중함을 느끼게 하는 작품이다. 김원우가 지적한 것처럼 최문희 작품의 대개의 화자들이 억압 장치로서의 과거의 상처를 지니고 있고, 그 억압으로 인한 정신적 불구 상태에 의해 일상의 비틀림이 서사를 이루고 있는 것이 큰 핵심인 바, 이 작품들에서도 마찬가지이다. 이 작품들은 작가가 프로이드의 심리학적 방법을 그대로 적용한 것처럼 인물들의 의식의 궤적이 촘촘히 엮어져 있어, 프로이드의 심리학을 이용 분석해보기로 하겠다.

「서로가 침묵할 때」에서의 동물병원 원장을 하고 있는 인섭과 자윤은 결혼 4년차의 젊은 부부이다. 각자 어릴 때의 상처를 지녔지만, 표면적으로는 잘 포장이 된 지성인들이다. 두 사람은 서로가 다른 서로에게 호감을 가진 이상형, 대타자로 인식, 결혼에 이른다. 결혼은 두 사람의 관계 속에서만 의미를 갖기 때문에, 서로에 대한 배려와 책임을 동시에 지는 것이다. 그러기에 일방적인 희생을 강요해선 안 된다. 그러나 두 사람의 억압된 무의식은 어릴 때의 상처를 서로에게 보상받고자하는 욕망이 강하다. 결혼은 남녀가 합쳐 하나가 되는 것이 아니라, 둘이 합쳐 둘이 되는 윤리다. 그러나 인섭과 자윤은 일체의 욕망을 가지고 하나가 되려는 노력을 한다. 그러나 아버지의 법, 남성적 가부장적 의식은 일체가 되는 것을 방해한다. 서로가 서로에게 상처가 된다.

이 두 작품에서 일상은 우리의 삶을 엮고 있는 씨줄과 날줄 같은 것이다. 그 씨줄과 날줄을 아우르고 있는 작품 속의 주인공 인섭과 자현은 부부지만 쌍생아와 같은 존재들이다. 이런 소재를 중심으로 서사화한 작품들은 1999년 단편집 「백년보다 긴 하루」에서도 반복된다. 결혼은 하지 않았지만, 쌍생아적 관계를 가진 두 사람 의식의 궤적을 훑고 있는 「곰배팔이 소나무」에서도 비슷한 서사가 변주된다. 그들은 각자 상대방에게 현실에서 불쑥 나타난 그들의 억압된 무의식, 타자들이다. 그들은 서로가 서로에게 한때 이상을 품고 찾았던 대타자였지만, 일상의 버캐를 통해 얼룩으로 변질된다. 「서로가 침묵할 때」의 자윤은 인섭의 여린 감성, 순수성, 바위 같은 조용함, 아픔을 지닌 채 날기 위해 퍼덕거리는 그의 몸부림을 사랑했고, 인섭 역시 빈틈없이 짜여진 외모에서 오는 날카로움을 지닌 자윤을 사랑했다. 또 「떠 있는 망루」에서도 초점 화자인 여대생인 나혜주의 실수를 자기의 것으로 갈무리하며 안쓰러워하는 따뜻한 마음에 감동을 받아 결혼하게 된 교수 옥세윤 역시, 대타자로 흠모나 존경의 대상이었을 뿐 사랑의 대상은 아니었다.

이때 연인이 숭고하고 사랑스러워 보이는 것은, 이상적 대타자가 얼룩을 감추고 있기 때문이다. 일상에서는 사랑보다 더 큰 현실, 자현이 유산을 반복하다 겨우 범이라는 아들을 낳았지만 몸이 성치 않은데다 두 살이 되어 죽은 아픈 기억이 그들의 잉여물로 남아 있다. 그들은 서로가 서로에게 얼룩을 숨기려고 하지만, 잉여물은 날 것으로 그들의 얼룩을 파헤친다. 「떠 있는 망루」의 죽은 엄마의 분열증을 이어 받은 나혜주는 옥세윤 교수의 권위주의와 편집광적인 완벽성이나 문단속에 질려 거의 미칠 지경에 이른다. 시시각각 옥세윤으로부터 탈주를 감행한다. 늘 가시 바늘을 온몸에 철갑처럼 둘러쓰고 그의 손길로부터 벗어나려는 얼룩은 언제나 어머니의 손길 같은 따스하고 부드러운 느낌의 어머니 손을 떠올리는 잉여물을 남긴다. 얼룩과 잉여물 사이에서 흔들리는 나혜주는 분열될 수밖에 없다.

> 나는 어딘가에 꼭꼭 숨어 있던, 빗나가고 이지러지고 가시 돋은 침묵으로 무장한 자아를 불러낸다. 비로소 나는 행위를 거부하는, 실제의 자아와 별개의 자아가 피를 흘리며 투쟁하고 있는 모습을 본 것 같다.
>
> ─『크리스털 속의 도요새』, 「떠 있는 망루」,
> 문학과 지성사, 1995, 185면

이런 혼돈은 곧 자신을 가두고 있는 것은 남편 옥세윤이 아니라 자기 자신이라는 것을 깨달음으로서 해소된다. 자기 자신 속의 타자를 인식하지 못함으로써 타인을 용납하고 포용할 수 없는 자신 속의 타자성을 새롭게 인식함으로써 가능하게 된 것이다.

「서로가 침묵할 때」의 결혼 4년차 자윤은 먼지 얼룩같이 불투명한 버캐가 머리 속에 끼어 있는 것 같은 권태감이 그녀를 감싸고, 인섭 역시 자윤의 빈틈없고 야무진 삶의 연출에 질려버렸다. 「서로가 침묵할 때」의 자윤은 인섭에게, 또 「떠있는 망루」의 옥세윤은 나혜주에게, 서로가 서로에게 얼굴을 비추는 거울이다. 이것은 인섭에게 자윤은, 옥세윤이 나혜주에게 상상적 타자이자, 서로의 거울임을 보여주는 것이다. 인섭은 자윤의 부재를 떠올리며 자신의 불행했던 과거를 동시에 떠올린다. 그러고는 곧 '내 아내, 내 것, 내 소유물이라는 인식의 틀에서 벗어나지가 않는다'(「서로가 침묵할 때」 2권, 31면)며 자기반성하고, '아내의 치맛자락을 잡고 세상의 끝까지 뒤쫓아 갈 것처럼 집착하고 있는 자신을 참을 수 없어'(위의 책, 2권 45면)한다. 인섭이 욕망 대상인 자윤에게 부여한 성적 근간은 나르시시즘이라고 볼 수 있다. 인섭은 자현으로부터 타자성을 배제하고, 자현이라는 빈 스크린에 자기의 영상, 상상적 주체를 투사했던 것이다. 이때의 자현은 자아의 영상으로서의 타자, 즉 또 다른 자아, 변경된 자아라고 볼 수 있다. 인섭은 자현을 통해서 유년 시절의 잃어버린 나르시시즘의 대체물, 어머니의 역할을 요구하고 있는 것이다.

자윤의 말대로 그 변질된 시기의 공동의 서로의 정서나 성격이

나 문화적인 차이에서 오는 틈새가 아니라 단지, 그 일, 죽은 아이
에게 원인을 돌려야 하는지에 대해서는 아직 아무런 결론에 도달
하지 못하고 있다. 마치 자윤과 그는 어딘가에 꼭꼭 숨겨 둔 자신
들만의 서랍을 붙안고 누가 오래 버텨내는지 내기를 걸고 있는 것
은 아닐까 싶기도 했다.

— 위의 책, 2권 82면

위의 인용문에서 '죽은 아이'는 위장된 모습으로 나타난 억압된
무의식이다. '죽은 아이'는 현실 속에서 둘을 교란하고 그들을 사로
잡아 과거 유년 시대를 떠올리게 한다. 두 사람은 죽은 아이, 억압
된 무의식이며 아버지의 법에 의해 유기된 자아이다. 인섭은 인섭대
로 유년시절 어머니에게 버림받았고, 자윤은 자윤대로 아버지에게
버림받아 상처 입은 유년 시절을 보상받고자하는 욕망이 강하다. 그
들의 어린 시절의 상처는 현실에서 정신적 불모로 이어진다. 두 번
의 유산과 죽은 아이에 대한 상처, 얼룩이 그들의 주체의 욕망, 어
머니의 사랑을 보상받고자하는 욕망을 지연시킨다. 인용문에서 '자
신들만의 서랍'은 각자의 어릴 때의 상처를, 틈만 나면 끄집어내어
서로를 핥고 또 다른 얼룩을 만든다. 「떠 있는 망루」에서의 죽은 엄
마 역시 위장된 모습으로 나타난 억압된 무의식이다.

「서로가 침묵할 때」의 인섭은 '도망가고 싶은 어디론가 사라져
버리고 싶다는 그 정체 모를 갈망'에 시달리며 주기적으로 우울증
에 시달린다. 이것은 자신 속의 타자, 억압된 무의식의 외침이다. 이

외침은 존재의 불안함, 되돌아갈 수 없는 낙원에의 갈망, 잃어버린 어머니에 대한 욕망이다. 인섭이 어머니에 대한 근원적인 모성성을 자윤을 통해서 획득하고자 하나, 현실은 아내가 더 이상 어머니를 대신 할 수 없다. 불모의 시대다. 두 사람이 변질된 자아를 통해서 대상을 바라보는 것이 아니라, 대상을 있는 그대로 보기, 그럴 때에야 그들은 주체로서 마주 설 수 있다. 그러기에 그들은 자신을 대상화해서 바라보기 위해서는 침묵의 시간이 필요하다. 「떠있는 망루」에서는 억압된 무의식, 소중하게 지녔던 엄마의 사진을 찢어 강물에 던져 버림으로써 '깊숙이, 한없이 편안하고 아늑한 요람이 내 몸을 흔들고 이윽고 등을 찰싹이는 감미로움이 나를 적신다'며 자기 자신에게로 돌아옴을 편안히 여긴다. 이것은 자신 속의 타자, 억압된 무의식에 의해 엄마를 받아들이지 못하다 어머니를 용서함으로 자신의 타자성을 획득하고, 바깥의 타자인 남편 옥세윤까지도 새롭게 받아들인다는 것이다.

「서로가 침묵할 때」의 자윤은 범이의 죽음을 극복하고 일상의 권태를 벗어나기 위해 대학원에 입학, 학문적 열정에 사로잡히자, 텅 빈 기표인 자윤을 바라보는 인섭은 비틀림 속에서 흔들린다. 자윤을 더 이상 자신의 온전한 것으로 잡을 수 없다는 허탈함은 집착으로 나타난다. 자신 속에서 빠져 나간 텅 빈 자윤을 바라보는 인섭은 성도착자가 되어 간다. 자윤은 또 다른 대타자, 학문이나 다른 대상 세윤을 통해서 꿈을 꾸지만, 이미 자윤은 대타자가 소타자로 미끄러

져 내려감을 인섭을 통해서 경험했다. 누구나 어머니의 자리를 채워
줄 수 없다.

> 자윤은 세상 떠난 어머니가 그리웠다. 어머니가 살아 있었다면
> 늑골이 흐물거리는 몸뚱이를 기댈 수 있었을 것이라는 생각이 들
> 어 뜨거운 눈물이 마구 쏟아져 내렸다.
>
> — 위의 책, 2권 272면

충만한 사랑을 받을 수 있다는 환상을 주는 어머니에 대한 욕망
때문에 자윤은 인섭에게 자신을 온전히 내려놓지 못한다. 잠자리에
서조차 자기애에 빠져 자신을 풀지 못하는 자윤은 지속적으로 또
다른 대타자를 찾아 움직이지만, 대상을 찾을 수 없다. 어머니에 대
한 욕망 때문에 자신의 사랑의 대상을 품을 수 없는 자윤은 반복된
유산이 상징하는 것처럼, 다른 타자를 품을 수 없는 불모지이다.
'엄마가 될 수 없거나 성에 대한 혐오감이 유산을 유발하는 정신적
원인이 될 수 있다고 합니다.'(위의 책, 2권 272면)라는 의사의 말은
바로 자신의 영토가 될 수 없는 불모지의 자궁을 지적한 말이다. 타
자를 품을 수 없는 무의식적인 거부감이 자윤의 자궁을 불모지로
만든 것이다. 프로이드는 원초적 세계, 어머니에 대한 그리움은 죽
음 충동으로 이어진다고 했다. 자윤은 인섭의 친구 태모 목장에서
돌아오는 길에 인섭을 옆에 두고도 죽음 충동을 느낀다. '누군가 죽

음을 텅 빈 구멍이라고 했다. 지금 그녀는 그 텅 빈 구멍 속으로 내

달리고 있는 기분이다.'(위의 책, 2권. 315면)

이러한 죽음 충동은 북한산에서 소복 입은 여인네들의 돌탑을 쌓

아 올리는 모습을 떠올리며 자기 각성을 통하여 구원된다.

> 내가 아닌 다른 누구를 위해서 그런 수고는 아끼지 않는다는
> 사실로 문득 자윤에게 새롭게 독한 각성제처럼 느껴졌던 것이다.
> — 위의 책, 2권 322면

이러한 각성은 자윤에게 새로운 희망과 함께 충일감을 가져다준

다. 그동안 부정적이든 자신의 배 속의 아이에 대해 '그렇게 뜨겁게

가슴을 채워오던 연민의 정체는 복대 속의 태아였을 것이다. 시나브

로 눈물을 흘리며, 한없이 가라앉을 것 같던 깊이 모를 감상에 휘감

긴 것도 태아 때문이었을 것이다.'(위의 책, 2권 325면)를 동질감과

함께 태아에 대한 연민을 가지게 된다. 자윤은 드디어 어두운 동굴

속의 출구를 찾은 것이다. 어두운 동굴의 출구는 자신을 포함한 타

자들, 남편 인섭은 물론이고 범이로 상징되는 죽은 이들과 살아있는

이웃들을 가슴속으로 끌어안을 때 보이는 것이다.

김병익은 심사평에서 '부부의 사랑과 방황은 인간의 보편적인 욕

망과 좌절의 심리학에 관한 성실한 보고서적 성과'라고 했다. 여기

에서 특히 '성실한 보고서'라는 말에 공감대를 가지는 것은 지리할

정도로 일상의 씨줄과 날줄을 촘촘히 엮고 있는 구성과 끝까지 긴장의 속도를 늦추지 않는 작가의 인내심에서 오는 것이다. 2권 분량의 장편을 서사에 따른 균형 있는 감각을 버무려 이야기로 엮어내기는 웬만한 인내심과 역량이 아니면 가능하지 않다.

3. 나르시시즘적 폐쇄성과 파괴욕

최문희의 대부분 작품에서는 작중 인물들의 비정상적인 폐쇄성과 파괴 욕망이 드러난다.[23] 나르시시즘의 경우 타인을 병적으로 미워하고 적극적으로 파괴하려는 것이다. 이 파괴욕은 오직 자신의 과거와 관련된 자기혐오, 자신 속의 타자를 파괴하려는 욕망이 외부의 적에게 공격적으로 나타난다. 과거에 대한 혐오는 대부분 아버지 법, 가부장적 억압에서 오는 상처로 인한 것이다.

「황홀한 소통」에서 주인공 준기의 제약회사의 실직은 자신이 축복받지 못한 태생이라는 과거의 상처를 더욱 덧나게 하는 역할을 한다. 그는 자신의 불행한 출신, 어머니에게 아버지에게까지 경어를 쓰게 하는 떳떳하지 못한 출신 때문에 부인의 임신조차 받아들이기를 거부한다. 심지어 임신한 자신의 부인과 비슷한 모습의 임신한

---

23) 칼 아브라함은 리비도적 발달 단계에서는 제1 구순기에는 빨기 제2 구순기에는 깨물기가 나타나는데, 구순기 전체가 가학적 구순기로 강렬한 공격욕과 질투심이 과도하게 노출된다는 것이다. 이것은 나르시시즘이 보이는 파괴적인 측면이 해당되며, 이때의 공격욕은 구순기의 격분과 질투심의 표출이라고 말할 수 있다.
임진수 옮김, 「정신분석사전」, 열린책들. 2005.

여성을 보면 발작적인 혐오감에 휩싸인다.

> 임산부, 만삭의 임부라는 사실을 확인하는 순간 액셀러레이터
> 를 밟고 있는 그의 오른쪽 다리에 힘이 가해진다. 앗, 여자가 무어
> 라고 악다구니를 치며 비닐우산을 마구 휘두른다.
> —『크리스털 속의 도요새』, 「황홀한 소통」, 11면,
> 문학과 지성사, 1995.

준기의 아내는 준기가 회사를 그만둔 이후, 무언가 소일거리를 만들어 주고자하는 의도와는 달리, 준기는 자신에 대한 혐오가 아내에게 또 다른 사람, 자신의 친한 친구나 자신과 상관없는 사람들에게까지 혐오로 공격적이 된다. 준기의 타인에 대한 혐오가 가장 파괴적으로 나타난 것은 임신한 아내를 포함하여 임신한 부인들이다. 「숨 쉬는 빛」에서는 무자(巫者)의 빗나간 가족 관계로 인해 도윤은 아버지 한촌의 예술에 대한 존경과 선망도 가지고 있지만, 그에 못지않은 혐오의 감정으로 아버지의 금고문을 부수고, 어머니뻘인 진주댁에게 손찌검까지 했다. 아버지의 귀한 작품을 훔쳐내고, 아버지의 작품이 프린트된 달력을 찢는 파괴 행위를 서슴지 않는다.

「크리스털 속의 도요새」의 상님은 가부장적 폭행의 피해자인 배다른 동생 현의 자살로 알 수 없는 분노에 시달리는 인물이다. 그 분노는 시도 때도 없이 몰려오는 방화의 유혹으로 나타난다. 결국 이런 분노는 과거의 자신들의 상처에 대한 분노로, 그 분노는 공격

을 통하여 현실을 벗어나고자하는 몸부림으로 나타난다.

> 우린 복제품이야. 눈도 코도 종아리도 다르지만, 우린 같아. 살
> 아서도 죽어서도, 부수어버려. 난 용기가 없었어. 그건 네 몫이야.
> 서로 상처내고 아파하던 우리들의 모서리를 박살내는 거야.
> — 위의 책, 「크리스털 속의 도요새」, 312면

그래서 최문희의 작품 속에 인물들은 잘못된 과거의 유산이 전해질까봐, 「크리스털 속의 도요새」의 상님, 「황홀한 소통」의 준기처럼 임신을 유보 혹은 거부한다. 「서로가 침묵할 때」, 「백년보다 긴 하루」, 「난설헌」에서처럼 태어난다 해도 죽는다. 아이들은 가부장적 폭력에 의해 모성의 보호를 받지 못하거나, 유폐 혹은 유기된다. 아이의 울음소리는 자신들의 내면에 도사리고 있는 기아의 기억을 떠올린다.

이런 파괴적이고 폭력성은 폐쇄적인 자기만의 공간을 필요로 한다. 그들은 하나 같이 자신들의 과거로 인해 자신속의 타자를 용납못하고, 또 자신 바깥에 있는 타자, 타인들도 받아들이지 못함으로 스스로를 유폐시키려 한다. 이런 자신만의 유폐된 공간 속에서 안락과 편안을 느끼는 것은 이 공간이 어머니와의 충만한 관계에 있던 '어머니의 자궁'과 같은 공간이기 때문이다. 이 공간은 균열 없는 충만한 세계로 원초적 모성을 그리워하는 시기의 공간이다.

「황홀한 소통」에서는 회사를 그만둔 이후로 거의 하루 종일 아내가 만들어 준 자기만의 공간 옥탑방에 처박혀 까탈만 부리는 준기는 아내가 바깥과의 소통을 유도해도 막무가내로 자신 속에 갇혀 사는 인물이다. 무자(巫者)의 피를 아들에게 물려주고 싶지 않은 「숨 쉬는 빛」에서 주인공 도윤의 아버지는 '평생을 습습한 늪 속에 발을 적시고 살아온 내 인생을 물려 줄 수는 없다'고 외치지만, 그들이 움켜쥐고 있는 운명의 덫을 쉽사리 벗어날 수 없다. 「떠 있는 망루」에서는 또 감기로 인한 목소리 파열로 대학 교수를 그만둔 남편을 아내는 '내가 알고 있는 그의 실체는 땡볕 속으로 기어가는 한 마리의 딱정벌레 같다. 같이 해줄 벗도, 같이 할 무리도 없이 언제나 그는 혼자다. 아내인 나까지도 그에게서 멀찌감치 겉돌고 있다.'며 오직 도장 모으는 일에만 혈안이 된 편집광적인 남편을 못견뎌한다. 「코끼리 궁전」에서는 바둑이라는 자신만의 세계에 자신을 유폐시킨 '네모 속에 갇힌 혼'이라는 상징적인 세계는 결국 자신의 타자를 인정하지 않고, 바둑이라는 네모의 공간 속에 자신을 유폐시킴으로써 자신만의 적의와 원한에 갇혀있는 인물을 말한다. 혜임 아버지의 죽음은 우연적인 것임에도 평생 원한을 품고 사라져 버린 혜원은 미혼모로서 낳은 아이의 아빠조차 자신의 세계에서 지워버린 오직 바둑의 세계만이 자신의 혼을 담는 세계이다. 죽음이 임박해지면 깊고 깊은 동굴 속으로 가서 자취를 없애버리는 코끼리는 자신을 바둑이라는 네모 속에 유폐시키는 혜원과 등가물이다. 아버지의 죽음이라는 우연한 계기를 통하여 자신 속의 아버지에 대한 불효를 용서할 수 없기 때문에 그날 아버지와 함께 바둑을 둔 이웃 가족들을 몽땅 용서할 수 없는 것이다.

나르시시즘적 파괴욕과 폐쇄성은 아버지의 법에 의한 억압으로 다시 유년기로 퇴행하는 구순기의 행동 양태이다. 최문희 소설에 나타나는 인물들은 자신의 과거에 사로잡혀, 혹은 아버지의 법으로 인해 세계로 나아가지 못하는 갇힌 인물들이다. 그들은 하나 같이 떠나기를 갈구하고 탈출을 희원하고 있다. 아버지의 법이 있는 가부장적 세계에서 자유는 '인간들이 소유할 수 없는 유일한 보석'이고, 죽어서야 겨우 획득할 수 있는 것이다. 그런 자유는 인물들의 나르시시즘적 자아가 모성 본능으로 가득 채워진 충만한 상태에 있을 때, 가능하다. 그러나 아버지 법이라는 현실은 다양한 억압 형태로 인간을 구속한다. 어떤 인간에게도 인간의 존엄성을 생각하여 전적인 타자 희생적인 사랑을 베푸는 근본적인 모성본능을 회복, 자기 고립적인 세계에서 벗어난 화해의 세계, 타자 지향적인 세계를 찾을 때 자유는 획득된다.

4. 원초적 본능과 죽음 충동

라캉은 주체의 욕망이 결코 충족될 수 없다고 했다. 특히 아버지의 법, 가부장적 억압이 강한 시대에는 욕망은 상징계의 질서에 갇혀 그 너머로 나아가지 못한다. 여기서 그 너머가 바로 실재계이다.[24] 현실 속에서 아버지의 법이 강할 때 주체는 원초적 세계, 구순기 엄마와의 일체감을 가졌던 균열 없는 충만한 세계를 꿈꾼다. 바로 원초적 세계로의 환원이다. 아버지의 법이 강한 현실 속에 강한 주체가 맞서게 될 때, 상징계 현실은 균열을 일으킨다.

「난설헌」에서 16세기 가부장적 폭력 세계에서의 초희와 같은 강한 자기애를 가진 여성은 이미 죽음을 배태하고 있는 삶이다. 그러기에 어머니와의 완벽한 일체감을 가졌던 원초적 세계를 꿈꾼다. 「난설헌」에서 초희 스승 이달은 처음 초희를 만나자 그녀의 강한 자기애를 지적했다.

> "난설헌이라… 참으로 대단한 자기애를 지녔구만, 자고로 남자나 여자나 자아가 강하면 외로운 법, 이런 자아도취적인 정서는 칭송할 만한 것이 못되는 법이네, 아직은 어린 아이인데 아름다운 난초의 초췌해지는 추이를 그린 것은 지나친 조숙함이 아닌가 싶으이."
>
> — 「난설헌」, 다산책방, 2011, 22면

이런 지적에 대해 초희는 난초를 통해 시들어가는 꽃의 덧없음을

---

24) 라캉은 주체가 대상 세계와 관계 맺는 방식에 따라 그 세계를 상상계, 상징계, 실재계로 나눈다. 상징계에 와서 비로소 아버지의 법, 현실을 만남으로써, 좌절을 경험하게 된다는 것이다. 좌절을 통하여 원초적 본능의 세계를 꿈꾸지만, 현실 그 너머에 있는 실재계는 도달할 수 없는 죽음의 세계이다. 그 세계는 상징계가 균열을 일으키거나 구멍이 뚫릴 때 언뜻언뜻 드러날 뿐이다.

바라보면서 속울음을 삼키는 어머니의 애틋한 모습을 그렸다고 항변한다. 이 초희의 말을 분석하자면, 난초를 통하여 어머니와 일체감을 느끼며, 또 그 어머니를 통하여 자신의 삶의 덧없음을 이미 어린 나이에 간파하고 있음을 보여주는 것이다. 즉 가부장적 억압이 없는 결혼 전의 생활에서부터 초희는 삶의 덧없음을 어머니로부터 읽고 있었다고 할 수 있다.

안동 김씨 김성립과 결혼 후의 이미지는 모두 죽음의 이미지를 연상한다. 혼사에 사용하려고 담은 수정과에 쥐가 빠졌다든가, 신랑 집에서 보낸 새색시의 녹의홍상이 찢기고 발라낸 것이라든가, 혼사 집에 괴한의 침입 등 결혼 생활의 불길한 예감을 주는 사건들. 악몽의 연속이다. 초희는 오직 자연과 시, 자신의 자아 안에서만 충족감을 느낀다. 이 역시 위의 작품에서 보여준 유폐된 자기만의 공간, 원초적 모성 본능을 꿈꾸는 나르시시즘적 세계이다. 나르시시즘적 세계는 라캉의 자아 형성 과정의 첫 단계 <거울 단계>이다. 거울 단계는 언어 활동 이전의 어린 아이에게서 발생하는 현상으로 어린 아이는 거울에 비친 자기 모습을 보고서 그 거울 이미지를 따라 상상적으로 자아를 구성한다.

「난설헌」에서 초희의 인간관계는 균열되어 있다. 남편 김성립과도 시어머니 송씨와의 인간적인 관계가 단절된 사이이다. 심지어 자신이 낳은 아이들과의 관계도 시어머니로 연유된 것이지만, 단절되어 있다. 오직 초희는 친정집에서부터 데리고 온 하인들과의 관계만이 전부다. 초희는 자신의 자아의 세계에 유폐된 인물이다. 거울 단계를 떠나 현실을 극복하는 <오이디프스 단계>로 나가야 함에도 현실의 벽이 너무 두텁기 때문에 그 현실을 극복 못하고 유폐된 공간 속에 머무르고 있다. 초희의 내적 세계를 이루는 시적 세계나 자연의 세계는 초희에겐 어머니의 자궁과 같은 세계이며, '균열 없는 충만한 세계'이다. '머물지 않고 흐르는 아름다운 모든 것'에 대한 욕망이나 그녀만의 시간, 충만한 시간은 현실과의 균열을 의미한다.

오랜 세월 그미는 벽 속에 갇혀 있는 답답함과 숨을 틀어박는 폐쇄감에 몸부림치며 공허함에, 덧없음에 몸을 떨었다. 그미는 가슴으로, 머리로 시를 쓰고 읊조렸다. 아이를 안은 채 오색구름 위를 날고, 강을 건너고 산을 넘어 자유자재로 영혼의 나들이를 한다. 그것은 그미에게 절대의 시간이다. 아무도 그것만은 빼앗을 수가 없다. 그미만의 세상이다.

— 위의 책, 231-232면

위의 인용문은 남편 김성립과 불화 후에 언뜻 자신을 추스르며 환상을 꾸는 장면이다. 즉 초희가 도달하고자 하는 최종적인 목표지점이다. 현실에서는 절대로 도달할 수 없는 세계이다. 현실에서의 균열을 통해서 언뜻언뜻 보이는 환상의 세계일뿐이다.

「난설헌」에서 가부장적 폭력은 주로 시어머니 송씨로부터 연유된다. 남편 김성립은 아직 벼슬 한자리 못하고 기방만 출입하는 변변

찮은 남편으로 초희의 바람막이가 되어 줄 인물이 못된다. 그러기에 초희는 시어머니의 횡포를 고스란히 받아야 한다. 초희는 뛰어난 미색에 더군다나 다른 여자와 달리 시를 쓰고 글을 즐긴다는 것으로 미움은 더 가중된다. 초희의 방은 북쪽 햇볕이 들지 않는 냉방에 기거함으로써, 몸이 찬 여자에게 올 수밖에 없는 여러 부작용을 그대로 보여준다. 허약한 아이들의 탄생, 몸이 차서 병을 동반할 수 없는 죽음의 세계에 돌입한다. 또 나쁜 어머니의 영향에서 떼어 놓는다는 핑계로 아이들로부터 분리된 심리적 고립감은 초희를 죽음으로 몰았고, 아이들의 죽음으로 초희는 더욱 현실에 발을 붙이지 못한다. 초희는 그로 인해 죽음 충동을 느낀다.

초희와 시어머니 송씨와의 불화는 초희가 자신 속의 타자를 통해 시어머니인 타자를 연민의 시선으로 받아들임으로서 자유를 얻는다.

시어머니는 오히려 측은하고 가여운 모습으로 다가온다. 육체의 고통도, 어떤 구속이나 압박도, 이제 그미의 영혼을 묶어 둘 수는 없다. 그미는 모든 것을 훌훌 털어내 버렸다. 현실적인 모든 것들, 허랑한 남편이나 시모의 추상같은 다그침도, 거미줄 같이 옥죄어 오던 법도나 규범으로부터도 그미는 자유로웠다. 오로지 그것들로부터 자유로워지기 위해서, 혼신의 힘으로 수렁 같은 시간들을 헤쳐 왔다.

— 위의 책, 233-234면

앞의 인용문은 초희의 상징계, 즉 현실에서 균열을 보여주는 글이다. 상징계의 질서에 갇혀 절대로 도달할 수 없는 세계, 욕망이 최종적으로 목표하는 지점에 도달했다. 가부장적 폭력의 세계에 자아를 내던짐으로써 죽음을 택하겠다는 것이다. 초희는 현실에서는 살아있으나, 죽은 것이다. 즉 '나를 가두고, 나를 숨기고, 나를 가두고 살아가는 세월'인 것이다. 그런 죽음의 삶, 즉 생의 덧없음은 허무를 안겨주며 죽음 속으로 내몰린다. 한량없는 무력감이 초희를 지배한다.

그미의 육신이 혼연 깃털처럼 날아오른다. 천지간에 촛불이 켜지고, 디디는 발자국마다 부용꽃잎이 분분하다. 흐른다. 물처럼 흘러 세상을 돌고 돌아 끝닿는 곳 거기가 무릉도원이라던가. 이슬 머금은 잔디밭을 사뿐히 지르밟는 하얀 맨발. 못 다한 것들의 아쉬움, 객사한 아버지와 오라버니, 제명대로 살지 못하고 떠난 아이들, 그 모두를 가슴에 묻고 흘러간다.

— 위의 책, 364-365면

초희는 살아 있는 타자들과 죽은 타자들까지 자신의 가슴으로 품음으로써 균열 없는 충만한 세계, 죽음과 삶, 안과 밖, 대상과 주체의 구분 없는 물처럼 돌고 돌아 끝없이 흐르는 무릉도원의 세계, 그미와 어머니가 일체화된 세계로 가겠다는 것이다. 초희는 죽음을 받아들임으로써 현실을 타개한다. 즉 죽음을 통해서만이 상징계인 현실에 들어 올 수 있다. 시대의 가부장적 폭력도 자신의 운명으로 받아들이고, 또 자신의 지나친 집착을 반성, 모든 타자를 받아들임으로써 죽음, 환각의 세계로 빠져든다. 죽음은 초희에게 자유이고 원초적 어머니 세계의 환원이다. 마지막 현실을 떠나는 초희의 모습은 바로 초탈한 자의 죽음이다.

5. 『난설헌』과 『혼불』

최문희의 작품들은 해부학적 분석력에 의해서 마련된, 치밀한 구성과 밀도 높은 긴장미, 적확한 묘사, 간결한 문체 등으로 서사의 완성도가 높은 작품들이다. 대부분의 작품에서 인물들은 과거에 사로잡힌 인물들이다. 그들은 과거로 인해, 삶의 균열을 느낀다. 그 균열은 원초적 본능, 죽음 충동을 느낀다. 그들의 현실의 삶은 불모지이다. 임신 중의 유산, 아이의 죽음은 이를 반증하는 상징적 이미지들이다. 인물들은 과거의 상처로 인해, 자신 속의 타자를 인정하지 못함으로써, 자신 바깥에 있는 타자조차 받아들이지 못한다. 그러나 고통의 끝에 어떤 계기에 의해서 자기반성의 과정에 도달한다. 그것은 자신속의 타자를 인정하지 못함으로 타인까지도 용납하지 못했음을. 최근 작품 「난설헌」에서 보여준, 자신 속의 타자, 자신을 용납함으로써, 시어머니 송씨를 비롯한 모든 것을 받아들임으로 자유함을 얻는 변화를 보여주고 있다.

이런 공식에 벗어나는 작품들은 구체적인 현실의 갈등을 중심으

로 엮어나가는 작품들, 「율리시즈의 초상」에서 시작, 이번 분석에서
는 제외된 2008년에 출간된 「나비 눈물」의 단편들이 그렇다. 그런
작품에서는 구체적 현실의 문제가 또 박진감 있게 매개되어 있다.

　「난설헌」은 허난설헌이라는 실제의 인물에 허구적 상상을 적절히
조화, 빚어내어야 하는 이중 작업의 어려움 속에서 태어난 작품이
다. 또 허난설헌이 살았던 역사적 배경인 16세기 중반의 현실을 재
현해야한다는 부담은 물론이고 그 당대의 언어와 문체를 그대로 재
현해야 한다는 더 큰 부담을 안고 있었음에도 훌륭한 허난설헌을
탄생시켰다.

　또 이 작품은 <혼불문학상>을 수상했기 때문일까, 「혼불」을 많
이 닮아 있다. 그 당대를 아우르는 섬세하고도 우아한 문체, 혼례식
에서의 잘못 맺어진 두 신부, 신랑의 관계가 그렇다. 차이가 있다면
「혼불」에서의 초점 인물은 신부 효원이의 사춘 시누이 강실이 임에
비해, 「난설헌」에서는 난설헌이라는 것이 다르다. 그리고 둘 다 가
부장적 억압의 피해자이지만, 강실이는 새로운 신분, 양반과 상놈의
피 섞기의 상징물인 태아를 잉태하고 있는 밝은 미래의 잉태자이다.
그러나 「난설헌」에서는 가부장적 억압 속에서 죽음의 충동, 원초적
어머니의 세계를 갈구하는 난설헌의 죽음을 만나게 된다. 그러나 난
설헌의 죽음도 빛을 잉태한 죽음이다. 또 「혼불」은 이미지의 세계,
시적 세계를 지향하고 있지만, 「난설헌」은 서사의 유기적 관계 속에
서 이야기 세계를 구축하고 있는 작품이다.

02

실천적 의미로서의 심미적 거리
―이정호의 『노인정 산조』

1. 열린 구조

하나의 예술작품을 창작하는 자는 물론, 작품을 올바르게 감상하기 위해서도 독자는 그 작품과의 적절한 거리를 유지하지 않으면 제대로 감상할 수 없다. 예술에서의 적절한 거리라고 하는 것은 예술적 아름다움이 심리적 충족감을 줄 때 가질 수 있는 것이다. 심리적 충족감을 가지는 것이 쉽지는 않다. 너무 교육적 기능에 몰입하다 보면, 작품의 메커니즘을 소홀하게 되고, 메커니즘에 치중하다보면 속 빈 강정이 될 수도 있기 때문이다. 또 작품을 감상하면서 작품에 너무 몰입하다 보면 자기 동일시를 통해 작품과의 어떤 일체감을 느낄 수는 있지만, 작품의 가치를 판단하는 데는 다소 주관적으로 흐르게 되고, 또 너무 객관적 거리에서 보다보면, 작품의 심미적 일체감을 느낄 수 없게 된다.

일상 세계 속에서 심미적 거리를 유지하고 산다는 것은 더욱더 어렵다. 그것은 일상 세계 속에서는 자신을 객관적 대상물로 바라보기가 힘이 들기 때문이다. 아무리 객관적이고 싶어도 한쪽 다리는 일상 속에 뿌리내려져 있기 때문이다. 또 한편으로는 아무리 완벽에 가까운 개인일지라도 집단 속에서 느끼는 자기 소외나, 자신 속의 자기 소외를 극복하기 힘들기 때문이기도 하다. 또 일상 속에서 느끼는 고독과 소외는 자기를 둘러싸고 있는 세계, 혹은 타인들로부터의 단절에서 비롯되기 때문이다.

이정호의 작품에서는 흔히 여성작가들의 작품에서 드러나는 자기 소외를 통해서 자기 극복에 이르는 감정이 드러나지 않는다. 작중인물들의 대부분은 세계와의 일체감을 가지려고 노력하지만, 자신의 한계 밖의 세계에 대해서는 깨끗하게 포기하는 성숙한 인물들이다. 인물들의 성숙한 행위는 세계와의 적절한 거리를 통해 유지된다. 그것은 작가의 불확정적인 세계에 대한 자기 나름대로의 신념의 결과에서 연유되는 것으로, 일상 세계 속에서의 심미적 거리로 나타난다.

이정호의 작품 『노인정 산조』에 드러나는 인물들의 특징은 작품 속의 사건을 통하여 유추할 수 있는데, 작품집에 드러난 사건들은 하나같이 미해결, 불확정적인 사건들이다. 이런 특징은 후기산업시대의 문학작품에 드러나는 특징으로, 현실적 유토피아에 대한 열망의 포기 이후 드러나는 한 특징이다. 이정호는 이런 후기산업시대의 문화적 특질들을 인식하기 이전에, 이미 현실에 대한 열려진 시선을 가지고 사건을 미해결, 불확정적으로 접근하고 있다. 이는 작가가 냉전이데올로기에 의해 배태된 왜곡된 남북한 체제의 체험을 통해, 삶 자체에 대한 자신만의 소중한 결론에 도달한 결과이다. 어떤 진실보다도 우선적인 것은 인간에 대한 존엄이라는 것을.

2. 체제 속의 또 다른 타자들

총칼을 겨누고 있는 냉엄한 현실 속에서, 형제를, 부모를, 고향을 가슴에 품고 사는 사람들의 삶이 아무리 현실적으로 안정되었다고 한들, 그 삶이 안존한 삶이겠는가. 체제 속에서 살면서 체제 바깥에 서성이는 사람들, 그들이 바로 고향을 찾을 수 없고, 부모 형제를 만날 수 없는 고향을 북한에 둔 이북 사람들이 아니겠는가. 스스로가 체제를 선택했건, 운명에 의한 것이든, 그들의 무의식 주체는 끊임없이 고향을 향해 달려갈 것이다. 그들에게 현실은 모래의 성이다. 그들의 정체성은 끊임없이 흔들리는 깃발이다. 그들의 고향을 찾지 않는 한, 그들의 무의식적 주체를 끌어올려 그들 스스로에 대한 정체감을 찾지 않는 한, 우리의 현실은 영원한 남의 나라일 뿐이다. 나 속에 다스릴 수 없는 무의식적 주체가 남아있다면, 현실은 하나의 완결된 삶이 아니라 불확정적이다. 그래서 현실은 '답답하고 슬픈 이야기'일 뿐이다.

북한에서의 교육 현실을 다룬 「움직이는 벽」에서 풀리지 않는 불안한 삶은, 이후 남한에서 또한 마찬가지이다.

「살곶이 다리」의 불안한 현실 역시, 미해결의 장으로써, 얽힌 운명의 실타래는 누구 한 사람의 힘으로 해결될 수 있는 것이 아니다. 냉전체제에서의 양극단의 체험과 자신의 피붙이를 잘라내는 체험은 인물들에게 일상 속에서도 심리적 거리를 유지하게 한다.

이 작품에서 인물들의 북한에서의 체험은 과거의 추억으로 추체험되는 것이 아니고 고스란히 현실에서 재생되는 것이다. 그러기에 그들은 남한에 속해 있는 북한 사람이고, 북한에서는 추방당한 사람들이다. 그들은 그들 속에서만 의미가 존재하고 그들의 회상 속에서만 되새김되는 삶을 살아가는 존재들이다. 그래서 체제 속에서 살면서 체제 바깥에서 서성이는 우리 사회에서의 타자적 존재다.

성동교 동쪽에 있는 살곶이 다리에서 상주댁을 고용해 보신탕집을 하고 있는 장덕삼과 오승훈 변호사, 최영만 사장은 바로 이런 인물들이다. 오승훈은 북한에서의 H 의거사건, 토지개혁을 반대하고 소련군의 약탈을 규탄하고 나선 반공의거사건의 주동자였다. 북한에서는 오명훈으로 통했던, 오승훈 부부는 시베리아 유형을 떠나기 전 정치보위부 조사부장 최영만에게 두 아이를 남한으로 가는 배에 태워줄 것을 부탁했고, 그 부탁을 받은 최영만이 장덕삼을 시켜서

배에 태웠던 사건은 30년이 지난 현재 최영만의 딸을 장덕삼이 기른 오명훈의 아들 성우가 취기로 겁탈한 사건과 함께 고스란히 재현된다. 성우는 자신을 길러준 아버지 장덕삼을 통해서, 자신의 친아버지가 있다는 말을 듣지만, 현실을 받아들이지 않는다. 친아버지 오승훈과 최영만 사장과의 북한에서의 묵은 원한은 결국 성우의 삶을 비극적인 상황으로 몰아간다.

두 살과 여섯 살의 나이로 남한으로 넘어온 두 아들 성우와 해안 경비대장 박 중위의 삶은 대부분의 시간을 남한에서 보냈지만, 그들을 지배하고 있는 것은 냉전 체제로 인한 비극적 상황이다. 두 사람의 의식을 지배하는 것은 혼돈된 무의식이다.

> 등골이 뿌듯한 통증은 이따금 일어나는 신경성이 고통이었지만 세단이 미끄러지는 순간에 일어난 환청은 터무니없이 엉뚱한 것이었다. 그것은 파도 소리와 눈길에 쇠사슬이 끌리는 그런 소리가 혼합된 소리였다. 쇠사슬에 발이 묶인 죄수가 눈길을 걸어가는 그런 소리였다.[25]

이 인용문은 성우가 최영만의 집에서 최영만이 승용차 소리를 눈길에 쇠사슬이 끌리는 죄수들의 발걸음 소리와 동일시하는 장면이다. 자신이 형인 줄도 모르고 만난 경비대장 박 중위의 무의식적 체

---

25) 이정호, 『살곶이 다리』, 「未完의 舞」, 소설가협회 출판, 2003, 98면.

험이 경비대장 박 중위와의 동일시를 통해 그대로 전달되고, 성우의 의식 속에 그대로 박혀 그의 인식을 지배한다.

이 작품에서 작가는 이 두 사람이 놓인 비극적 상황을 무의식적 세계를 통하여 제시할 뿐이지 사건의 해결에는 큰 의미를 두고 있지 않다. 미해결, 불확정인 상황, 이것은 이정호 작품에서 전반적으로 나타나는 특징이기도 한데, 이는 어떤 사건을 두고 한 개인의 기록이 아무리 진실하다고 하더라도, 주관적일 수밖에 없음을, 그래서 진실을 밝히는 순간 다시 또 다른 진실이 드러날 수 있음을, 그래서 언제나 미해결일 수밖에 없음을 제시한다. 그래서 사건의 구체적인 전개만이 있을 뿐 결론이 없다. 결론적으로 조심스런 암시만 제시된다.

「답답하고 슬픈 이야기」 역시 남한에 살고 있으면서도 북한의 사정에 무관할 수 없는 답답한 심리를 드러내고 있는 글이다. 중국 Y시에 있는 사촌시숙의 희수잔치에 아들과 함께 방문한 화자의 의식 속에 비친 북한의 사돈의 존재가 대면하고 싶지 않지만, 어쩔 수 없는 현실을 인정할 수밖에 없음을 드러낸 글이다. 중국의 여러 도시를 거쳐 Y시로 가는 기차 속에서 만난, 나중에 사돈임을 알았지만, 공산당원임을 증명하는 붉은 배지를 단 북한 사람을 본 화자의 불편한 심리는, 동구의 몰락 이후 냉전체제는 세계를 하나로 통합하는 화해 무드로 가고 있지만, 우리에게는 아직도 냉전 체제의 현실을 실감나게 하는 부분이다.

이런 불편한 심리는 나중 사돈임을 알고, 그 사돈을 통해서 북한의 사정을 소상히 듣고는 '밉고, 싫고, 골치 아픈 존재라 할지라도, 나의 육신의 한 부분임이 틀림없는 것을……'을 하며 북한의 존재를 민족적 동일시를 통해서 자신의 '육신의 한 부분'으로 인식하는 소중한 결론에 도달한다.

작중인물들은 북한이라는 경직된 사회체제 속에서 견딜 수 없어 남한의 자유를 찾아 내려왔지만, 남한 역시 머릿속에 그리는 이상적 사회는 아닌 것이다. 그들은 고향을 버리고 형제 부모를 떠났다는 심리적 억압감은, 남한 사회에 대한, 또 자기 자신에 대한 엄격한 검열을 요구한다. 그렇기 때문에 그들은 쉽게 남한 현실에 안주할 수도 없는 배리로 인하여 자신도 알 수 없는 무의식적 욕망에 시달린다. 그 알 수 없는 무의식은 우리 민족의 타자, 북한이라는 타자를 향해 끊임없이 내닫는다. 주체는 그러기 때문에 북한과의 관계 속에서 자신을 위치 지을 때만이 올바른 관계 정립, 정체성을 찾게 된다. 그러지 않는 한 언제까지나 우리 사회에서는 타자로서 남한이라는 사회체제 속에 머무르면서, 그 체제 밖에서 서성이는 수많은 타자들을 양산하게 될 것이다.

3. 무의식적 주체

이 사회 안에서 머무르면서 사회 밖의 타자로 머무르는 작가의 존재의식은 허구적 자화상 「자화상」, 「울녀」라는 작품 속에 잘 드러나 있다. 자본주의 사회에, 혹은 자신이 몸담은 사회에 안주하는 식민화된 주체에 저항하는 무의식적 주체는 바로 현실에 안주하는 주체의 비판적 주체이다.

운명의 회오리 속에서도 현실에 굴복하지 않고 세차게 현실을 뚫고 나가는 인물 서윤애는 작가의 무의식적 주체이면서, 비판적 주체이다. 서윤애는 '개×에 낀 보리알'이라는 별명을 가질 정도로 친구들 사이에 길흉사를 다 맡아 연락책을 담당하고 있는 감초 같은 존재이다. 사람들은 서윤애를 눈물을 모르는 낙천가라고 한다. 서른다섯에 남편을 잃고 친정부모와 딸 넷을 부양하는 가장인 서윤애는 심각하게 침묵하는 것이 싫고, 몸도 마음도 정체된 상태가 싫어, 편물점에서, 양장점으로, 남대문에서, 만리동으로 옮겨 다닌다. 또 남자도, 처자식이 있는 유부남에서 미국 이민 갈 홀아비로 옮겨 다니며 정체된 상태를 견디지 못하는 인물이다. 그것은 남을 위해 웃고 떠들고 하는 동안 그녀의 의식이 단절과 반복을 되풀이하며, 그녀의 가슴속에 스치는 서늘한 바람을 견딜 수 없기 때문이다.

여기서 스치는 바람은 그녀의 무의식을 흔드는 또 다른 타자이다. 그녀는 자기 속의 또 다른 타자를 만나지 않기 위해 끊임없이 움직여야 한다. 스치는 바람을 통해서, 또 다른 자기와의 대면은 세계와의 단절을 의미하고, 그 단절은 소외를 가져오기 때문이다. 소외는 그녀에게 죽음이다. 「울녀」 또한 마찬가지이다.

한 뼘이나 왼쪽 다리가 짧아 동체와 사지가 제멋대로 작동을 하는 고장이 난 로봇같이 걷는 볼썽사나운 몰골의 '울녀'는 이 세상과 조화로운 관계를 맺기 위해서는 자신의 온몸을 던져 세상에 헌신해야 한다. 그녀는 술로 밤을 지새우는 남편을 지극정성으로 받들고, 가출한 아들이 돌아오기를 축수하는 기도를 위해 매일 성당에 나간다. 그녀는 결국 성공해 돌아온 아들을 만나고, 신부님의 기도를 통해 하느님과 하나 되는 체험을 가진다. '울녀'와 더불어 살아가는 세계, 천수할머니나, 성당의 신부님은 '울녀'의 삶을 지탱시켜주는 버팀목이다. 조화로운 세계 속에서 '울녀'가 살아가기 위해서는 자신의 몸을 던진 헌신밖에 없는 것이다.

작가는 '서윤애'나 '울녀'의 일체된 세계와의 합일은 그 인물의 개성을 통하여 드러나는, 혼연일체가 된 문체를 통하여서도 잘 드러난다.

> 평안과 위로를 받는 것은 울녀의 육신이었다. 성당의 걸상에 앉음으로써 울녀는 하루의 노동에서 해방되고 있었다. 삐꺽거리는 육신이 털썩 자리에 높이는 순간, 울녀의 육신에게서 풀려나오는 거미줄 같은 땀의 앙금이 울녀로 하여금 번데기처럼 편안하게 감싸버리고 마는 것이다.[26]

위의 인용문은 '울녀'의 육신의 고단함이 잘 드러난 글이다. 마치

---

26) 이정호, 「울녀」, 위의 책. 73면.

성경에서 '수고하고 무거운 짐진 자들아 다 내게로 오라, 내가 너희를 편히 쉬게 하리라.'라는 구절을 연상시키는 삶의 고단함을 하느님께 맡긴 자의 편안함이 엿보인다.

「자화상」, 「울녀」에서는 두 인물의 특징, 소외될 수밖에 없는 조건을 가졌음에도 소외되지 않는 가장 낮은 자의 자세로 살아가는 인물의 특징에 맞게 세계와의 분리가 일어나지 않는다.

1988년도에 출간된 『움직이는 벽』의 주인공 역시 절름발이로, 육체적 결함으로 인해 성격적 편벽증을 보이는 인물이다. 이 작품은 해방직후의 경직된 북한 사회체제 속에서 적응하지 못하는 주인공의 소외를 다룬 작품이다. 이 작품에서는 경직된 사회분위기 자체가 문제가 되기도 하지만, 자신이 옳다는 신념을 지키고자하는 주인공인 교사는 수시로 세계와의 단절을 경험하고 자기 소외를 느낀다.

> "그 부패하고 나태한 표정부터 고쳐주길 바랍니다. 꿈을 꾸는지 졸고 있는지, 그런 눈빛은 직장의 분위기를 흐리게 할 가능성이 있습니다……."
>
> 눈을 감았다. 입술을 깨문 것은 오기를 참기 위해서였다. 와락 얼굴을 가리고 싶은 충동을 참고 눈을 떠보니, 뭉쳤던 구름이 쪼개어져서 흘러가고 있었다.27)

위의 인용문에서 보여주는 것은 직맹위원장의 비판적인 언사에

---

27) 이정호, 『움직이는 벽』, 현암사, 1988, 43면.

주인공 하정임의 의식의 분열을 보여주는 부분이다. 「움직이는 벽」
에서는 주인공 하정임의 의식의 분열이 자주 일어난다. 그럴 때마다
하정임은 밖으로 쳐다보이는 자연을 통해서 세계와의 합일을 이루
고 자신과의 합일을 이루어낸다.

경직된 북한 사회체제 속에서의 단절과 소외의 체험은 작가로 하
여금, 「자화상」의 '서윤애'나 「울녀」의 '울녀'를 만들어, 세계와의
조화로운 관계를 형성하기 위해서는, 가장 낮은 자의 자세로, 세계
에 대해 헌신하는 방법밖에 없음을 인식한 결과라 할 수 있다. 즉
작가는 세상과의 단절을 경험한 북한에서의 체험을 통해, 세상과의
조화는 자신이 세상보다 더 낮아져야 한다는 것, 그 낮은 자세로 세
상을 섬겨야 한다는, 자신 속의 무의식적 주체를 통해 '서윤애'나
'울녀'를 만들어 내었다고 할 수 있다.

대부분의 여성작가들의 작품에서는, 가정에서나 사회의 직장생활
속에서 소외되는 인간 군상들을 소재로, 어떻게 소외를 극복해 나가
는가에 초점을 맞춰 작품을 써왔다. 반면 이정호의 작품에서는 소외
의 경험을 통해서 얻은 인물상을 중심으로, 그 인물이 주위 사람들
과 이루어내는 조화로운 관계를 초점화 하고 있다.

4. 심미적 거리 지키기

세계와 더불어 살아야 하는 당위적 과제를 풀기 위해서는 우리가

살아가야 할 세계에 대한 분명한 인식이 필요하다. 민중 중심의 리얼리즘 문학에서 요구하는 총체성의 구현은 이 세상을 새롭게 변혁시켜야 한다는 당위적 표현이라고 할 수 있다. 그러나 후기자본주의로 오면서 현실은 더 이상 통제력을 상실한 불확정한 세계라는 인식이 확산, 단일한 완결된 형식을 부여할 수 없다는 인식이 자리 잡고 있다. 그래서 현실에 대한 다양한 글쓰기가 가능하며 그 글쓰기들은 서로 해체되거나 뒤섞일 수 있다. 또 소설이라는 글쓰기 자체가 현실과 혼류됨으로써 메타픽션 글쓰기가 나타난다.[28] 메타픽션적 글쓰기는 현실과 허구 사이의 경계를 무너뜨리면서 소설이 현실의 환영으로써 얽혔던 전통적 관습을 파괴한다.

이정호의 「노인정 산조」 시리즈는 메타픽션적 글쓰기의 특징을 보여주는 글쓰기이다. 이 작품에서 나타나는 허구와 현실의 세계는 경계가 분명하지 않다. 지식인 할머니인 주인공 역시 허구의 인물이면서 현실의 작가이기도 하다.

「노인정 산조」 시리즈에 나타난 일관된 화자는 지식인 할머니이다. 이 인물은 세계에 대한 적절한 거리, 심미적 거리를 통해 다른 할머니들과의 관계를 맺는다. 개인사에 너무 가까이 다가가지 않으면서도 적절한 거리에서 그들과 함께 생활한다. 주인공 초점인물은 할머니들의 편에서, 할머니들의 세계를 아주 잘 이해하는 인물이다.

---

28) 나병철, 『포스트모더니즘과 탈구조주의』, 「근대성과 근대문학」, 문예출판사, 1995, 252면.

그리고 할머니들보다는 지적인 수준이 높은 인물이다.

아파트 상가 내에 있는 「노인정 산조」의 할머니들의 가족과의 갈등과 다양한 개성이 빚어내는 사건은 우리의 일상적 경험이면서도 할머니들의 삶의 양태를 새롭게 경험하게 한다. 할머니들의 가족들로부터의 소외의 체험이, 경제적 자립의 불가능에서 오는, 자식들의 예속을 통해서 나타나는 주인공 할머니가 어찌할 수 없는 세계이기 때문에, 할머니는 각각 할머니들의 인생사에 깊이 개입할 수도, 사건을 해결할 수도 없다. 여기에 주인공 초점인물의 심미적 거리가 나타난다.

> "그래……, 너두 저엉 불편하면 방을 구해준다고 하였는데. 그렇지만 난 혼자서는 못살아. 심심하잖아요? 심심하면 우리 집에 놀러와요. 우리 며느리, 집에 붙어있지 않으니까."
> 한없이 다가오려고 하는 401호를 어떻게 사양해야할까. 301호는 잔머리를 굴렸다.
> "저는요, 낮에는 하는 일이 있거든요. 그래서 심심할 사이가 없어요."[29]

앞의 인용문처럼, 초점인물이면서 내포작가인 주인공은 다른 할머니와는 다른 경제적 자립과 성숙한 삶의 자세를 지니고 있음으로해서, 다가오는 할머니에게 적절한 거리를 두면서, 그렇다고 그들의

---

29) 이정호, 「노인정1」, 위의 책, 143면.

애로를 전적으로 외면하고 있는 인물은 아니다. 노인정의 경제적 자립도를 확보하기 위해, 부녀회로부터 보조금을 끌어내기 위해 노력한다든가, 부식비나 간식비를 내어 노인정 할머니들을 즐겁게 한다.

할머니들의 가족과의 구체적 갈등을 그려냄으로써, 작품의 허구는 우리 실제 삶의 한 부분으로 착각하게 한다. 바로 허구와 현실의 경계가 무너진다. 그렇다고 할머니들의 가족과의 갈등이나, 할머니들의 갈등을 해결하려 하지 않는다. 할머니들 중의 죽음을 그려내면서도 죽음조차도 우리의 삶의 한 부분으로 인식하게끔 담담하게 그려낸다. 이것은 내포작가가 현실은 더 이상 통제력을 상실한 불확정한 세계라는 인식 아래 삶을 담담하게 그려나갔기 때문이다. 할머니들의 자식들로부터의 소외와 단절은 자본주의 사회에서의 자본의 지배를 통하여 나타나는 초점인물로서도 어찌할 수 없는 부분으로 인식, 그러기에 심미적 거리 또한 가능하다.

이런 성숙한 삶의 자세는 위 작품 분석에서 드러난 것처럼, 세계와의 단절과 소외, 화해의 과정을 거치면서, 적절한 삶의 거리, 일상에서의 심미적 거리를 확보하고 실천함으로써 세계와의 합일을 이루고 있다.

부재하는 '나', 유령의 집

─주수자의 『버펄로 폭설』

1. 여성적 글쓰기

등단 초기 여성 작가들의 작품 소재는 대부분 자기 소외를 중심으로 이루어진다. 여성들에게 있어서 소외의 문제는 어떤 형식의 삶을 살더라도 빼놓을 수 없는 중요한 문제다. 박경리의 초기 작품인 「剪刀」, 「불신시대」, 「암흑시대」 등의 작품을 보면 인간 소외와 인간의 자존이 어떻게 훼손되어 가고 있는가를 인간 존엄의 문제라는 시각으로 그려내고 있다.

특히 여성 작가들은 가정과 사회에서 인간 소외가 어떻게 이루어지는지 알기에 그것을 극복하기 위한 방법으로 글쓰기와 낭만적 사랑을 선택하고 있다. 오정희 작품은 대부분 주부로서 겪는 가정에서의 소외의 문제를 다루고 있다. 오정희에게 있어 소외는 인간으로서 어쩔 수 없는 것으로 받아들이고 그래서 소외의 극복 방안을 찾기보다는 소외 현상을 섬뜩할 정도의 예리한 감각을 통하여 제시하고 있다.

또한 대부분의 여성 작가들은 자기 소외를 낭만적 사랑이라는 방법을 통해 그 극복 방안을 제시하고 있다. 낭만적 사랑은 서로간의 사랑을 통하여, 소외된 자기를 재인식하게 되고, 자기 존엄을 회복한다는 데에서는 희망적이다. 그러면 언제까지 열정이 지속되겠는가. 사랑은 더 큰 자기 소외를 낳는다. 진부하지만 사랑은 영원하지 않기 때문이다.

대부분의 여성 작가들이 자기 소외를 글쓰기를 통하여 극복하고 있는 이유는 자기 소외에서 일어나는 자기 상실은 외부 타자의 힘으로 회복할 수 없기 때문이다. 낭만적 사랑을 통하여 일시적으로 자기 자존감을 회복할 수는 있을지언정, 그것은 자기 자신으로부터 오는 것이 아니고, 외부 타자로부터 오는 것이기 때문에, 사랑이 식으면, 다시 자기 소외감에 시달린다. 자기 자존감의 회복은 결국 자신 속의 자기를 확인하고, 삶의 의미를 되찾을 때에야 극복될 수 있다. 그러기 위해서는 여성들이, 혹은 인간들이 당면하고 있는 소외는 어디서부터 연유되는가를 근원부터 탐구해야 한다. 그러기 위해서는 우리 속에 있는 무의식, 타자를 읽어 낼 수 있어야 하고, 그 무의식을 통해 자신이 도달하려고 하는 지점이 어디에 있는가를 밝혀 내어야 한다.

이번 주수자의 작품 『버펄로 폭설』은 자기 소외의 문제를 다른 여성 작가들처럼 낭만적 사랑으로 해결하려 하지 않고, 한민족의 일원으로서 자기 정체성을 가지고 다양하게 접촉하는 타자와의 관계 속에서 풀려고 한 점에서 다른 여성 작가와의 변별성이 있다. 여성 문제의 접근에 있어서도 한 개인의 관점이 아닌 여성 전체 혹은 과거의 여성의 넋까지 거슬러 여성 문제를 파악하고자 했다. 또 오랫동안의 해외 체류의 경험에서 온 듯한 미국 이민 가족, 혹은 해외 입양의 허구를 잘 파헤치고 있다. 또한 한국 가정에서의 가부장 의식이 재생산된 배경을 객관적인 관점에서 예리하게 파헤치고 있다.

여성들에게 글쓰기는 중요하다. 자신의 삶 속에 여러 가지로 얽혀있는 실타래를 정리한다는 의미에서도 중요하지만, 어디에서나 자기 소외를 경험하는 여성의 실존의 문제가 글쓰기를 통하여 극복되기 때문이다. 자기 소외가 극복되지 않으면 타자와의 관계 맺기가 불가능하고, 그러면 생존이 불가능해진다. 『버펄로 폭설』에서 나타나는 목소리를 잃은 딸, 정신을 놓아버린 여인들, 그들을 죽음으로 몬 것은 이 사회이지만, 그럼에도 우리 속의 타자인 유령을 거머쥐고 있지 않으면 여성의 역사는 사라져버린다.

2. 서사의 의미

1) '나' 속의 타자

프로이트는 인간은 유아기에 경험한 어머니와의 완벽한 일체감을 영원히 포기하지 못한다고 말한다. 어머니와의 완벽한 일체감은 현실 세계로 들어오면서 어긋난다. 주체는 늘 대상과의 완벽한 일체를 꿈꾸지만 그 대상은 언제나 저만큼 물러선다. 이러한 욕망은 죽을 때까지 반복된다. 라캉은 이러한 욕망이 삶을 지속시키고, 실연에도 불구하고 끝없이 낭만적 사랑을 꿈꾼다고 한다. 그러나 대상과의 완벽한 일체감에 대한 좌절은 끝없이 소외감을 경험하게 한다. 아버지의 존재를 인식하고 현실에 적응하며 한때 누릴 어머니와의 일체감, 그 아늑한 만족을 억압하지만 억압된 무의식은 사라지지 않고 현실 속에 위장된 모습으로 되돌아온다.

주수자의 『버펄로 폭설』에 실린 대부분의 단편들은 이러한 소외를 작품 소재로 하고 있다. 이러한 자기 소외는 대상과의 동일시를 통해서 나타나기도 하고, 대상과의 객관적 거리를 통해서 나타나기도 한다. 그 대상은 우리에게 낯선 타자일 뿐이다. 타자는 이미 내 속에 들어와 있는 친밀한 것이지만 내가 소화할 수 없는 낯선 것이다. 그러나 주수자는 우리가 말하고 싶지 않고, 잊어버리고 싶은 '나' 속의 타자를 되새김하듯 되뇐다.

타자는 '우리'라는 자기 동일 체계 안에서 파악할 수 없는 유령의 형태로 온다.[1] 「버펄로 폭설」의 자살한 한국 여인이나, 「연어와 들고양이」에서처럼 언니의 넋으로 돌아오고, 「창밖 당산나무」에서처럼 당산나무로도 오고, 「방 여사를 찾아온 손님」에서 유령 같은 손님으로 다가온다. '한국 여인', '언니의 넋'이나 '당산나무'나 유령처럼 찾아온 '손님'은 화자가 기억하고 싶지 않고, 떠올리고 싶지 않은 자신 속의 타자의 모습이다.

「버펄로 폭설」에서는 삶의 결이 다른 문화 속에서, 먹고 살아야 하기 때문에, 또 삶을 버텨나가야 하기 때문에, 자신의 허위의식 때문에, 잊히고 망각되어 왔던 과거 속의 '자신'이 타자의 모습으로 다가온다. 그러므로 존재하는 한 이미 우리 속에서 '타자'라는 유령을 감추고 살고 있다. 존재한다는 것은 자신 속의 타자와 함께 있다는 것이다.

「창밖 당산나무」에서는 '그녀'와 '그녀' 남편, 당산나무와 노파의 관계를 통해서 '타자'의 모습이 잘 드러난다. 이 작품의 화자인 '그녀'는 창밖의 당산나무가 싯누렇게 변해 가는 모습을 발견하고, 그 원인을 규명하기 위해, 아파트 근처 당산나무가 심어진 산 쪽으로 향한다. 결국 나무뿌리 근처에서 썩어 가는 농작물 폐기물을 발견했고, 돌아오다 나무 뒤에 숨어 있는 노파를 발견한다. 아파트의 반장, 나무 병원, 남편에게 나무가 죽어 가는 상황을 설명했지만, 모두 결

---

1) 민승기, 「해체론과 타자」, 『타자비평』 창간호, 2001, 87면.

국 그깟 한 그루의 나무 때문에 법석을 떠느냐는 것이다.

나무 병원 직원과 '그녀'와의 대화는 이러한 아이러니를 보여준다.

> "전화주신 분은 나무와 무슨 관계가 있습니까?"
> "아니, 나무와의 관계라니요!"[2]

모든 것을 동일한 원안의 관계 속에서 규정하려드는 인간들은 그 관계를 비껴나 있는 타자는 인식하지 못한다. 이 작품 속의 아파트 반장, 나무 병원의 직원, 남편은 갖기 다른 형태의 타인의 모습을 띄고 있지만, 그것은 '나' 속의 타자의 모습이다. 가까운 주위의 아픔에 대해서 관청의 책임 운운을 하는 반장이나, 나무의 상태를 확인하려는 노력보다는 서류상의 기록만을 중시하는 나무 병원의 직원이나, 일상에서 수없이 부딪치는 아픔은 등한히 하면서 세계의 환경이나 폭력만을 운운하는 남편은 '그녀'에게 이질적인 존재들이다. 그들은 '그녀'에게 포용해낼 수 없는 낯선 이방인이지만, '그녀' 속에도 유령처럼 존재하고 있다. 병원 직원이 '그녀'에게 나무와의 관계를 질문하고 나무의 책임을 운운하자, 미국으로 유학을 보낸 두 자녀를 책임지는 외에 자신은 바람처럼 자유롭다고 말한다. 그것은 '타인과 함께 공전하던' '그녀'의 모습이지만, 진정한 '그녀'의 모습

---

2) 주수자, 「창밖 당산나무」, 『버펄로 폭설』, 소설가협회, 2003, 107면.

은 아니다. 그것은 '남들을 위한 장식용의 삶'을 살았다는 자기반성을 통해 빈곤한 유령의 모습으로 다시 떠오른다.

'그녀'는 죽어가는 나무와 자기 동일시를 통해 아버지의 세계를 떠나 어머니와의 일체감을 경험하면서 자신의 정체감을 확인한다.

> 정희는 나무 밑에 펄썩 주저앉아, 고개를 숙이고 몸을 동그랗게 웅크렸다. 주체할 수 없이 눈물이 쏟아지기 시작했다. 자신의 몸에서 떨어지는 슬픔이 나무를 향한 것이 아니라는 것, 먼 우주에서 내리는 가느다란 별빛을 따라, 아스라한 기억의 함몰 속으로 꺼져가는 것이 나무뿐이 아니라는 생각이 밀려왔다. 정희는 갑작스레 쏟아지는 생각과 밀려오는 감정에 복받쳐, 어머니의 깊은 동굴로 다시 들어가듯이, 몸 깊숙이 고개를 파묻었다. 그러고는 자신의 몸을 나무에 기댔다.[3]

2) 지상의 천국

'여기', '지금' 실존하는 '나'와 과거의 경험 속에 있는 '나' 중에서 어느 것이 진정한 '나'의 모습인가, 우리는 왜 괴로운 과거를 반추해야 하는가, 지금 현재의 모습 속에 과거의 체험이 추체험되지 않는가. 그것은 타인의 다양한 모습을 통해 '나' 속의 타자를 발견하기 때문이다. 여기서 중요한 것은 '내'가 타자를 받아들이는 새로

---

3) 주수자, 「창밖 당산나무」, 114면.

운 경험이고, 그 새로운 타자의 경험 속에서 세계로의 확장이 일어
나야 한다.

'나'인 주체 속의 '타자'는 바로 아버지의 나라, '상징계'의, 구멍
이다.『버펄로 폭설』작품집 전체를 통해 나타나는 주체 속의 타자
는 부모에게로 혹은 조국으로부터, 지식인 집단으로부터, 자신에게
로부터 '소외'의 체험이다. 자의식의 부재, 소외의 체험이 없다면 이
세계는 지상의 천국이다.

「버펄로 폭설」에서는 보살펴 줄 가족이 없는 환자들을 주 정부의
후원으로 완벽한 시설과 청결한 병실, 삼교대의 간호원 등 환자들을
위한 물적 자원과 인적 자원이 다 갖추어진, 아프거나, 배고프거나,
추위를 걱정할 필요 없는 안전지대와 같은 지상 천국을 배경으로
설정되어 있다. 「연어와 들고양이」에서는 유태인 의사에게 입양, 유
복한 환경에 따뜻한 환대를 받으며 자라 마취과 의사가 된, 조국으
로부터 축출된 과거가 없다면, 유복하게 삶을 누릴 조건이 설정되어
있다.

「사월의 마지막 토요일」에서 역시 지방 도시에서 제일 높고 시설
이 좋은 주민들의 선망의 대상이 된 대학에서 마련해 준 교직원 아
파트가 배경이다. 이런 완벽할 정도의 환경, 지상의 천국인 상징계
는 여전히 닫힌 체계이고, 닫힌 체계 속의 소외의 경험은 닫힌 체계
를 무너뜨리는 얼룩으로 작용한다. 「버펄로 폭설」에서 좋은 병원,
완벽한 병원, 지상의 천국으로 불리는 곳이지만, <나>와 <너>의

진정한 관계를 형성하지 못하는, 고립된 섬으로 남아 있을 때에는 그것은 진정한 천국이 아닌 것이다. 「연어와 들고양이」에서 미국인들이 기독교적 가치관에서 나온 시혜의 차원에서 해외 입양을 아무리 많이 한들, 그들 속의 제국주의적 논리가 사라지지 않는다면, <나>와 <너>의 평등한 관계는 이루어질 수 없고, 완벽할 정도의 행복할 수 있는 조건을 갖추었다 해도, '나'는 언제나 고립된 섬으로 남아 있을 수밖에 없다.

「사월의 마지막 토요일」 역시 교수들과 그 사모님으로 이루어진 교수들 집단과 신분이 다르다는 이유로 단란주점의 출신, 동료교수의 동거인을 집단적 왕따를 당하게 함으로써 지상의 천국은 집단 속의 허위의식, 얼룩으로 인해 흔들린다.

「버펄로 폭설」에서 화자인 '나'는 재혼한 아버지와 재혼한 어머니, 양쪽 부모, 모두에게 소외당했던 과거의 체험으로부터 존재의 불안을 느끼는 인물이다. '나'의 소외의 체험은, 남편인 미국인에게서부터, 미국에 와 있는 동족들에게조차 소외를 당함으로써 정신 질환과 MS라는 모든 육체의 조직이 마비되어가는 병을 앓고 있는 여인과 자기 동일시를 하게 된다. 지상의 천국으로 표상되는 '눈'의 이미지에 검은 벌레로 이미지화되는 죽음을 통해서 반복되는 소외는 끝이 난다. 버림받은 여인 김점순의 죽음은 바로 「버펄로 폭설」의 화자인 '나'의 죽음의 대리 체험이다. 지상에는 천국이 없다. 죽음만이 우리를 충족시키는 유일한 대타자이다.

「연어와 들고양이」 역시 주인공 화자 '나'는 양공주였던 어머니로 인해 어릴 때부터 세상으로부터 따돌림 당하고, 어머니마저 잃고 해외입양으로 미국으로 와 양부로부터 유복한 생활의 혜택을 입고, 의사가 되어 있다. 한국에 남은 쌍둥이 언니가 살해당하므로 잊어버리려고 했던 과거는 다시 흔적으로 돌아온다. '암흑처럼 어둡고 백지처럼 하얗게 비어 있던' 나의 과거의 흔적은 몇십 년의 시공간을 뛰어 넘었음으로 한국은 과거의 상흔을 그대로 간직한 채, 또 다른 상처를 생산하는 새로운 실험장이 되어 있다.

> 잠시 후, 여자와 애기하던 남자가 어깨를 으쓱하며 그냥 돌아서려고 하자, 여자는 남자의 팔을 잡고 매달렸다. 오른편에 떨어져 그 광경을 지켜보고 서 있던 남자가, 갑자기 성난 들고양이처럼 달려들더니 여자의 머리채를 잡았다. 여자는 자신이 잡던 다른 남자의 팔을 놓고는, 머리채를 잡혀서 끌려갔다. 남자는 난폭한 손짓으로 여자를 길바닥에다 밀쳤다. 내동댕이쳐진 여자는 주섬주섬 자신의 옷차림새를 정리하고 길바닥에 주저앉아, 벌써 저만큼 간 두 미군을 향해, 가운데 손가락을 세워서 허공을 찌르며 소리쳤다.
> "갓 댐! 개새끼들!"[4]

위의 인용문에서처럼, 몇십 년 만에 돌아온 화자인 '나'의 눈으로 비쳐진, 아늑한 품, 고향은 달라진 것이 없는 양육강식의 장으로 그

---

4) 주수자, 「연어와 들고양이」, 위의 책, 43면.

대로 남아 있다. 어머니의 고향, 상흔의 흔적을 지우기 위해 달려온 고향은 큰 구멍으로 남는다. 그 결핍은 결코 채워지지 않는다. 새로운 대상을 찾아 떠날 수밖에 없다. 여성 단체들의 넋을 위로하기 위한 굿은 현실에서 채워지지 않는 결핍을 채우기 위한 넋두리일 뿐이다. 새로운 대상은 신기루로 남아 있는 미국이지만, 미국 또한 인종 차별이 있는 곳이다. 욕망을 포착하는 동시에 또 다른 결핍이 일어나고, 새로운 대상을 향해 떠나지만, 그 결핍은 또 다른 결핍을 낳는다. 욕망을 결핍시키는 타자, 아늑한 엄마와의 일치는 꿈속에서만 이루어진다. 아니면, 죽음을 통해서만 이루어질 수 있다.

3) 부재하는 '나', 유령의 집

타자는 우리에게 낯선, 우리가 포용할 수 없는 이방인이다. 그럼에도 불구하고 타자는 우리에게 유령처럼 이미 우리 안에 들어와 있다. 그는 내 자신보다도 오히려 나를 더 잘 알고 있고 있으며, 어떤 것으로도 해설될 수 없는 특이성과 익명성을 가지고 있다. 이름 붙일 수 없고 결정불가능하며 자기동일성의 원 안에서 파악할 수 없다.

「방 여사를 찾아온 손님」의 '손님'은 이러한 타자의 모습을 띠고 있다. 의사 남편과 유명 요리 전문가인 자신, 바이올린 전공의 딸과 사법연수원을 다니는 신랑감과 곧 결혼할 딸, 이런 완벽한 가족의 조건을 갖추었다고 자부하는 방 여사에게 찾아온 '손님'은 풀기 고역스런 수학 문제와 같았으며 방 여사로 하여금 쩔쩔 매게 한다. 6·25 이후 방 여사의 어머니가 미처 월남을 하기 전 방 여사의 아버지와 동거했다는 그 손님은 과거의 우리의 순치되지 않는 야생마 같은 모습이다. 그런 모습을 맞닥뜨리는 방 여사는 당혹스럽다. 처음 온 집에서 졸린다며 거실 소파에 드러눕는 것하며, 새벽잠에서 깨어 냉장고를 뒤지는 모습, 그런가하면, 인간의 허위의식을 교묘하게 지적하여 사람을 부끄럽게 한다.

방 여사의 당혹감은 그동안 자신이라고 믿어왔던 자신의 모든 것이 '손님'의 방문으로 자신의 가짜 놀음에 지나지 않았음을 간파했음에서 온다. 비정상적인 비만의 딸과 정신 분열증을 보이는 딸이 있음에도, 완벽한 가족이라고 자부하는 방 여사는 자신 스스로가 만들어 놓은 허위의식에 의해, 자신을 구속하고 가족을 구속한다. 그 구속은 자녀들의 비만으로, 정신 분열증으로 드러난다. 자신의 감각에 따라, 자신의 욕망을 따라 살아가지 못하는 억압적인 삶은, 자신이 부재하는 유령과 같은 삶이다.

'손님'의 말대로 '모두들 가짜에 휘둘려 살고 있으니까. 가짜 음식 먹고, 가짜 신문 읽고, 가짜 멋에 취해서, 허깨비들처럼 허둥지둥 살고 있으니, 어찌 진실을 알겠어?' 방 여사는 식사도 일체 거부한 채, 또 가족과의 누구와도 말을 하지 않으려 하고 자신의 방에 갇혀 사는 정신 분열증을 보이는 딸의 방에서 들려오는 이야기 소리와

웃음소리에 깜짝 놀란다. 그때서야 방문한 손님의 존재에 대해 의문이 들기 시작하면서 혼란 속으로 빠져든다. 방 여사에게 '손님'은 자신 속에 있는 타자이며 유령과 같은 존재다.

이 작품에서 인간의 진실이라고 생각한 삶은, 가문이라는 허위의식과 '완벽한 가족'에 대한 가짜 환상으로 연장되고, 거부된다. 딸 상아를 정신병 의사에게 보여야겠다는 생각조차 국회위원을 출마하는 방 여사의 오빠에게 폐가 될까봐 미루고 또 미룬다. 진정한 자신의 모습으로 살고 싶은 욕망을 가진 딸 상아는 그런 가짜, 유령들 속에서 받아들여지지 않는다. 그래서 진짜는 가짜가 되고, 가짜는 진짜가 된다. 손님의 말대로 가짜가 판치는 세계 속에 살고 있으니까. 내가 부재하는 '나' 가짜인 내가 거처하는 집은 도깨비 집이며 유령의 집이다. 자신 속의 타자로 존재하는 '손님'의 출현은 방 여사 같은 허위의식으로 꼭 찬 인간에게는 더 받아들이기 힘든 타자이다. '도대체 이 여자가 누구지? 누구란 말이지?'라고 절규할 수밖에 없다.

「땅에서 일어난 일은」 역시 위의 작품과 비슷한 작품이다. 사회가 만들어 낸 허위의식으로 딸과 아들을 억압함으로 딸은 비정상적인 비만에 시달려야 했고, 목소리까지 잃게 했으며, 아들은 7수 끝에 정신병에 갇혀 지내는 신세다.

이 작품 속의 어머니와 아버지는 언제나 일류 백화점에서 최고의 물건을 사야 했고, 자녀들을 일류 유치원과 명문 학원을 거쳐 S대학을 다녀야 했으며, 최고, 일등이라는 1이라는 숫자를 신봉하는 부모였다. 작중 화자는 부모들이 바라는 대로 S대학을 들어가기 위해 7수중이다.

화자는 엄마나 아빠의 무엇이든 '성취해라'는 목소리와 '자유를 먹고 살라'는 오빠 목소리 속에서 혼란을 느낀다. 어머니나 아버지를 떠나 자유를 먹고 산다며, 음식에 독이 들어 있다며 먹기를 거부하고 유령처럼 사는 오빠는 시시각각으로 화자를 혼란에 빠뜨린다. 그 외에도 자신 속에서 들려오는 수많은 목소리로부터 자기 목소리를 찾을 수 없다. 결국 자신의 목소리를 찾을 수 없는 화자는 목소리를 잃게 된다.

이 땅의 부모들, 자녀들이 어떤 능력을, 어떤 자질을 가졌는가와는 상관없이 경쟁 사회에서 이기기 위해서는 일등을 해야 하고, S대에 들어가야 한다는 억압적인 목소리는 우리 사회의 지배적인 목소리이다. '자신을 찾아라', '자유를 찾아라', '자신의 감각대로 살아라'는 우리 속에 있는 타자의 목소리이다. 우리 속의 타자의 목소리를 내는 화자의 오빠나, 화자의 약혼자는 유령이고 외계인이다. 화자는 그 사이에서 끊임없이 흔들린다. 화자는 부모의 억압적인 목소리, 닫힌 세계 속으로 들어가기 전, 어릴 때의 행복했던 기억, 자신이 하고 싶은 대로 하고 자신이 느끼던 것을 그대로 하고 자랐던 감각을 기억하고 있기에 열린 세계로의 꿈을 포기할 수 없다. 목소리를 잃은 화자는 자신의 '부재'로 유령처럼 살았던 집을 약혼자와 함게 뛰쳐나온다.

약혼자, 이 사회의 외계인은 말한다. '넌, 너무 심각해, 느끼면서 살아야 해.' 화자와 외계인은 이 닫힌 세계에서 열린 세계로 진입한다. 그때서야 '몸에 있는 모든 구멍들은 열리고, 피부의 솜털이 일제히 일어났다' 자신 속에 타자로 머물렀던 진정한 자신을 만나는 순간이다.

「방 여사를 찾아온 손님」이나 「땅에서 일어난 일은」 또 「복류」에서는, 가문의 번창과 가족의 안녕이라는 차원에서 집이라는 매개체를 통하여 끊임없이 가부장적 의식과 이 사회의 지배담론을 재생산하는 과정을 잘 보여 주고 있다.

「복류(伏流)」 역시 위의 두 작품과 비슷한 유령 이야기다. 구한말 지주 집안의 딸인 외증조 고모할머니는 동네를 찾아온 사당패 중 한 명이 불던 피리 소리에 반해, 평생을 넋이 나가 혼자 독신으로 살다 돌아가신 분이다. 완강한 유교 가부장적 의식에 의해 닫혀 있던 문은 열리지 않았고, 할머니는 외로이 자신 속의 유령을 안고 조용히 죽었다. 완강하게 문을 닫았다고 그 문은 완강하게 닫혀진 것이 아니다. 외증조 할머니의 속에는 이미 자유의 넋이 유령처럼 일렁이고 있었다. 문이 열리면 유령은 바람을 타고 하늘을, 우주를 날 것이다. 흐르는 물은 복류천에 와서 되돌아가는 것이다.

화자 역시 자본주의 경쟁 사회에서 동일한 체계 안에서 한쪽 방향으로만 달려야 함에도 자신 속에 들어있는 수많은 유령의 목소리로 자신의 목소리마저 잃고 방황하는 인물이다. 자기 속에 있는 유령의 목소리는 현실 속에서 끊임없이 화자를 흔들리고, 현실 속에서 정착을 못하게 한다. 현실 속에서 억압을 받으면 받을수록 유령 소리에 귀를 기울인다.

화자는 외증조 할머니가 불던 피리를 찾아내고 과거의 어린 시절 어둠 속의 기억들을 되살린다. 그리고 두려워하는 마음이 사라지고 평온을 얻는다. 할머니의 유품들을 불 속으로 집어던지자, 어둠 속에 각인된 흔적들이 재가 되어 하늘로 하늘로 오르고 언뜻언뜻 여인들의 행렬이 환상처럼 떠오른다. 여기서 화자는 외증조 할머니를 자신과 동일시 할 뿐만 아니라, 뭇 여성들의 유령까지도 자신의 것으로 받아들인다.

　-타거라, 모두 타거라!
　불에 타서 검은 재가 되어 버린 것들 속에서, 산꼭대기를 향해
　올라가는 이름 모를 여인들의 행렬들이 환상처럼 떠올랐다. 여인
　들은 높이높이 산으로, 높은 하늘을 향해 올라가고 있었다.5)

'이름 모를 여인들의 행렬'은 유령의 행렬이다. 유령이란 죽었지만, 한이 남아 있는 여인들이다. 한이 많은 여인들은 죽음조차도 죽지 않았음을 부정한다. '나'를 다하지 못한 삶은 죽어도 죽지 않은

---

5) 주수자, 「복류」, 위의 책, 243면.

것이기 때문이다. 그래서 우리 삶 속에 스며들고, 삶의 의미를 환기시킨다.

여기서 '재'는 여인들의 죽은 넋, 구천으로 떠도는 넋이 드러나는 동시에 사라지는 흔적이다. '재'는 아무 것도 남아 있지 않은 잉여물, 현존하는 것도 부재하는 것도 아니요, 스스로를 소멸시켜 완전히 소진되어 규정할 수 있는 것이라고는 아무 것도 남아 있지 않은 잔존물이다.6)

외증조 할머니의 유품은 할머니의 삶이 고스란히 녹아 있는 것이다. 유품을 태움으로써, 할머니는 자신의 삶을 불태워 다른 여인들의 한을 구원하고 있는 것이다. 찌꺼기가 남지 않은 '재' 속에서 우리는 관계의 소멸이 아니라 관계의 회복을 꿈꿀 수 있을 것이다.

이 땅의 대부분의 사람들은 이 사회의 지배적인 목소리가 진리인 양, 혹은 그 지배담론에 짓눌려 스스로 느끼고, 생각하고 자신의 목소리를 내지 못하고 살고 있다. 자기 목소리가 없는 집은 유령의 집이다. 그러나 아이러니하게도 자신의 목소리가 없는 사람들이 집을 차지하고 있는 한 자신의 목소리를 내는 자들은 유령처럼 살아야 한다. 집은 무엇보다도 안과 밖을 구분 짓는 경계이며, 이질적인 요소들을 바깥으로 추방하여 가족 공동체라는 혈족 중심의 순수성과 동일성을 유지하려고 하기 때문에 유령을 받아들이려 하지 않는다.

---

6) Jacques Derrida, 「positions」, 『positions』 Chicago Univ. press, 1981, 208면.

그러나 이미 유령은 들어와 내 속에 있다. 그러기에 우리는 말해질 수 없는 타자를 여전히 말해야 한다.

4) 나와 너의 틈 사이, 공간내기

집이라고 하는 공간은 안과 밖이라는 대립구조를 통해 경계를 가능하게 하는 동시에, 경계를 무너뜨릴 수도 있다. 집은 그 속에서 가부장적 담론을 재생산하기도 하지만, 가부장적 담론을 해체하는 공간이기도 하다. 이런 경계의 안과 밖의 틈 사이를 데리다는 공간내기라고 한다.7) 이 공간내기는 타자가 이미 공간 속에 들어와 있음을 보여 주고 항상 타자를 향하여 공간을 열어젖힌다. 마찬가지로 인간의 심리 내면에 밖으로 나가려는 욕망과 그 틈 사이를 헤치고 안으로 비집고 들어오려는 타자의 욕망이 뒤섞여 있다. 그 틈 사이가 벌어질 때 너와 나의 관계 맺기는 시작된다. 자신의 욕망이 강할 때 자신 속의 타자는 유령일 뿐이다. 그러나 자신의 욕망을 버렸을 때 그 틈 사이로 타자가 스며들고, 자신 속의 억압된 '나'가 서서히 수면 위로 떠오른다. 자신의 욕망이 자신을 가득 채우고 있을 때는 틈이 생기지 않는다.

「오라소마」의 관순은 야외 촬영이라는 핑계를 대고 옆 가게 여인과 함께 운전하다 교통사고로 죽은 남편의 죽음을 그대로 받아들이

---

7) Jacques Derrida, 「positions」, 위의 책, 106면.

기 힘들어한다. 죽음으로 인해 여태껏 자기만을 사랑했다는 착각, 사랑에 대한 신념, 남편에 대한 인간적인 신념에 대한 배신감을 떨쳐버릴 수가 없다. '오라소마'라는 색깔로 인간을 치유하는 치유사를 찾아 억압된 자신을 다 풀어놓음으로써, 비로소 남편을 자기에게서 떠나보내고, 남편을 떠나보냄으로 다시 자신에게로 돌아올 수 있었다. 남편에 대한 욕망을 버림으로써, 타자가 들어갈 틈, 공간이 생긴 것이다. 그 틈 사이로 자신은 자신에게로 되돌아오고, 넓은 의미의 타인을 다시 받아들이고, 새로운 인생을 살아갈 용기를 얻는다.

우리나라 사람들의 고질병인 학벌 지상주의나 단일 혈통 중시 풍조는 가문을 중시하는 유교 의식에서 나온 것이다. 삶에 있어서 절대적인 것은 없다. 그런 풍조는 인간과 인간과의 관계를 맺기에서 울타리는 울타리 안에 든 사람과 울타리 밖의 사람들의 경계 짓기를 통해 다양한 삶의 가능성을 폐쇄시키게 된다. 울타리 밖의 사람들은 삶의 의미를 울타리 금 안으로 들어오는데 목적을 두고, 울타리 안에 들면 그것으로 자족하게 된다. 그렇지 않으면 살아야 할 가치를 상실하게 된다. 이것은 결국 울타리 안에 있는 사람들만 인정하고 그 외의 타자를 인정하지 않으려는 의식이다.

「꿈의 양쪽 편에서」는 이런 울타리 바깥에 있는 사람의 소외 의식을 다룬 작품이다. 「꿈의 양쪽 편에서」는 돈을 잘 번다는 우월 의식과 학벌 열등감을 가지고 있는 태권도 사범이 그것으로 인해 이웃과의 관계가 왜곡되고 폐쇄된 관계가 되면서 더욱더 자괴감에 빠지는 자기 소외를 다룬 작품이다.

로스앤젤레스의 흑인 파동 때, 아내마저 잃고 딸과 함께 태권도 장을 운영하고 있는 그는 어떤 교인으로부터 딸이 미국인과 데이트 하더라는 말에 발끈, 딸과 다투고 결국 딸이 흑인에게 봉변을 당해 죽자 딸을 받아들인다. 자기의 욕망에 맞춘 딸이 아니라 딸 그대로 를 받아들이면서 딸을 진정으로 사랑하고 있다고 되뇐다. 딸의 죽음 을 통해서 자신을 비워버림으로써 결국 타자인 딸이 아버지의 공간 에 들어설 틈이 생긴 것이다. 타자를 받아들인다는 것은 자신의 주 관적 욕망에 맞춰 받아들이는 것이 아니라, 그 타자의 있는 그대로 를 받아들였을 때 진정한 관계 맺기가 가능하다.

자기 극복을 통해서 진정한 관계 맺기를 보여 주는 작품은 「자음 동화(子音同化)」이다. '자음동화'라는 양쪽이 닮아서, 두 소리가 바뀌 는 현상을 상징으로 한국인 대니가 국제 고아를 수집하는 것이 취 미인 양아버지 밑에서 갖은 구박으로 자존감을 상실하고 살다, 화자 인 수지를 만남으로서 동화되어 가는 현상을 그리고 있다.

이 작품에서는 혈연, 지연, 학연 등으로 관계 사슬을 확장해 나가 는 한민족의 왜곡된 '우리'라는 집단주의가 조국에 대한 따뜻한 민 족애로 승화되어 나타난다. 자신이 돌아가야 할 보금자리, 조국, 고 향, 어머니의 품으로 조국에 대한 사랑이 미국인 남편이 그토록 구 박을 하는데도 불구하고 한국 음식을 사랑하고, 입양되어 온 국제 불명의 미아인 입양아에게 한국말을 가르쳐 주고, 한국인의 정체성을 심어주고, 결국 자신이 인간쓰레기라는 인간 자존감을 상실하고 사는 어린아이에게 인간으로서의 자존감을 키워준다. 양아버지를 죽이고도 떳떳할 수 있었던 것은 타자로만 살아왔던 자기 속에 자아가 형성되었기 때문에 가능한 것이다. 화자 수지 역시 미국인 남편과 떳떳이 맞설 수 있었던 것은 자신의 정체성이 분명하고, 타자를 얼마든지 받아들일 넉넉한 여백이 있었기에 가능하다.

타자와의 관계 맺기는 집의 안과 밖, 욕망의 경계를 쉼 없이 허물어뜨려 공간내기를 확장, 타자를 받아들일 준비를 했을 때 가능하다. 그럴 때 여백 속으로 타자가 어머니 품처럼 슬며시 안겨온다. 이때 여백은 자신의 그림이 그려져 있지 않은, 그 이웃이 마음대로 그릴 수 있는 여백일 때에야, 타자와의 진정한 관계 맺기가 가능하다.

3. 서사적 장치

주수자의 『버펄로 폭설』은 많은 여성 작가들의 작품들이 불륜을 소재로 한 낭만적 사랑에 초점을 맞추고 있는데 비해, 다양한 소재를 다루고 있다. 『버펄로 폭설』에서 주제를 전달하는 서사적 장치 또한 만만치 않다. 대부분의 작품에서 초점인물에 관해 서술하는 서술자와 인물과의 인식 차이가 심해 초점 인물이 보여주는 순진한 행동은 낯익은 현실을 낯설게 하여 독자들에게 현실에 대해 새로운 인식을 하게 한다.

「방 여사를 찾아온 손님」에서는 화자인 방 여사와 '손님' 경우처럼, 방 여사가 완벽한 가족이라 생각하고 살아왔던 허구가 '손님'이 등장함으로써 그 가족의 허상이 하나하나 파헤쳐지기 시작한다. 방 여사는 손님을 통해 자신을 되돌아보게 되고, 친숙했던 자신의 삶의 모습을 낯설게 바라보게 된다.

「4월의 마지막 토요일」 역시 대학 교수라는 지식인의 집단 속에서, 자족감에 도취되어 있던 교수나 그 사모님들은 한때 단란주점에 나갔던 파출부와 동거를 하는 동료교수를 낯설게 바라보고, 결국 축출함으로써, 지식인 집단의 인간에 대한 불평등 의식을 적나라하게 파헤치고 있다.

『버펄로 폭설』의 여러 단편에서 의식의 흐름 수법을 차용하고 있지만, 특히 「연어와 들고양이」, 「오라소마」에서 많이 사용, 소설 읽는 재미를 더해주고 있다. 화자는 지난날의 기억을 더듬다 스튜어디스가 '두 가지 중에 고르세요.' 말을 듣고, 옛날 마치 쌍둥이 언니와 화자 둘 중 누구를 고를 것인가를 질문하는 아동 복지사의 말로 착각한다. 이 의식 중에는, 쌍둥이 언니와 자신을 물건을 떠넘기려는 듯이 양부모에게 떠넘기려는 아동 복지사의 비인간적 면모를 고발하고 있다. 고기와 생선 중 하나를 고르라는 스튜어디스의 말에 연어를 선택하면서, 연어를 통해 연어가 가지고 있는 귀소 본능을 자신의 고국 방문과 연관시켜 연상 작용을 한다.

또 「오라소마」에서는 색깔을 이용한 연상 수법을 사용하고 있다.

‘오라소마’라는 심리 치료사가 세 가지 색깔의 구슬을 고르라고 하
자, 빨간색은 남편과 불륜 관계에 있다 교통사고로 남편은 죽고, 혼
자 살아남은 양품점의 주인 영옥을 떠올린다. 야릇한 눈웃음으로 뭇
남자를 유혹하는 유혹의 색깔은 빨강이다. 파란색은 깊고 깊은 푸른
바다 고향이며 남편의 이미지다. 노란색은 남편이 당한 교통사고 현
장에서, 하늘이 샛노랗게 보인 놀람과 분노의 이미지다. 하얀색은
분노와 설움을 삭히고 용서와 화해로 가는 화해 이미지다. 타인에
대한 용서와 화해를 통해 자기 자신의 사랑하는 법, 자신의 ‘오라’
를 밝게 하는 자존감에 도달하도록 한다.

『버펄로 폭설』에서는 단편 모음집에도, 대부분의 단편들이 초점
인물에 대한 인생 전체를 서사의 대상으로 다루고 있다. 그러다 보
니 초점 인물에 대한 총체적인 이해를 가능하게 하는 특징이 있다.
작품 배경에 대한 구체적인 묘사가 사건의 전조를 암시하고 있어
작품의 서정성을 높이는데 한몫하고 있다.

04

김소엽 시에 나타난 '별'의 이미지

1. 시적 자아와 자연

김소엽은 1978년 <한국문학> 신인상으로 등단, 『그대는 별로 뜨고』, 『어느 날의 고백』, 『지금 우리는 사랑에 서툴지만』, 『지난날의 그리움을 황혼처럼 풀고』, 『마음속에 뜬 별』, 『하나님의 편지』, 『사막에서 길을 찾네』 등의 시집을 발간한 시인이다. 또 다년간의 교수 생활과 시 작업을 병행하기가 쉽지 않았을 텐데도, 정제된 언어로 시를 써온 시인으로서의 자기 정체성을 확고히 다진 작가이다.

문단에서 얼굴만으로 인사를 나누던 김소엽 선배 자신의 시 분석, 특별히 '별'에 대한 이미지 분석을 부탁해 왔을 때, 한편 당황스러웠고 염려가 되었다. 사실 나의 전공은 시가 아니고 소설비평이었고, 가끔 수필 쪽의 분석을 의뢰해 오는 협회 측의 청탁으로 딴 길을 걸었지만, 그것은 산문에 국한되었었다. 그러나 워낙이 촉박한 기일의 청탁이었고, 사양하고 그럴 시간이 없었고, 어쩌다 여기까지 오게 되었다. 그러나 워낙 오래 시 분석을 해오지 않던 터라 분석에 오류를 범하지 않을까 염려가 되었다. 그래서 소박하게 김소엽 시인의 시를 읽는다는 기분으로 시작하려고 한다. 앞의 시집 중에서 「마음속에 뜬 별」을 대상으로 '별'의 이미지를 집중 분석, '별'의 이미지 분석을 통해서 나타난 작가의 세계 인식의 문제, 시적 대상으로서의 '별'의 의미, 시적 자아와 절대적 타자와의 관계, 시적 심상으로 드러나는 '그리움'에 대한 근원적 성찰 등을 분석해보겠다.

영문학과를 졸업하고 신학대학원에서 신학을 전공할 정도로 신학에 심취한 김소엽에게 시작은 '신'이라는 절대적 타자와의 대화이면서, 신에게로 다가가는 매개체로 작용할 정도로 절대적 타자를 위한 헌시가 많은 비중을 차지하고 있다. 종교적 헌시들은 주로 '별'의 심상을 통해서 나타난다. 김소엽에게 자연이라는 타자는 자신과 일체이면서 끊임없이 인간의 근원적 한계를 일깨워주는 분신과 같은 존재이다. 그중에서 특히 '별'은 시적 자아에게 절대적 타자를 일깨워주는 심상으로 자리한다. 때때로 유년 시절의 잃은 어머니의 심상으로, 또 40대 후반에 사별한 남편의 심상으로 드러나긴 하지만, 결국 절대적 타자와의 심상으로 결합된다.

또 시시각각 시적 자아와 마주치는 자연은 세속적 삶에 의해 지친 시적 자아를 위로하는 어머니와 같다. 즉 둥근 달이 되어 시린 발을 녹여주기도, 아픈 등뼈를 어루만져 줄뿐 아니라 새벽에는 샛별이 되어 동이 틀 때까지 잠든 시적 자아를 지켜주는 치유자, 혹은 이 세상에 하나도 남긴 것 없는 불쌍한 자식을 어루만져 '별'이 되게 하는 위로자이기도 하다. 자연은 보이지 않는 절대적 타자인 신의 존재를 매개하는 근원적 존재, 신의 숨결이다.

> 태초부터 지금까지
> 숨죽여 우는 바람은
> 잃어버린 사랑 찾아
> 우주를 휘휘 돌아다니는 게다
> 잃어버린 별 하나
> 가슴에 훈장처럼 달고 싶어서.
> — 「잃어버린 별」 중에서

위의 시에서 보는 것처럼 비가시적인 사랑을 감각적으로 느낄 수 있는 바람에 비유함으로써 사랑에 대한 근원적 성찰을 가능하게 한다. 우주를 휘휘 돌고 돌아 힘들게 찾을 수 있는 사랑만이 잃어버린 '별' 하나 훈장처럼 달 수 있다는, 사랑을 찾는다는 지난한 어려움과 '별'을 찾는 어려움을 등가의 관계에 놓음으로써, 사랑은 곧 별, 절대적 타자에 도달하는 과정임을 예시하고 있다.

아침에 선홍 빛
햇살에
눈부신 노래를 날리네
청신한 사랑
별빛을 날리네
　　　－「아침을 노래하는 새들」 중에서

　아침 햇살에 새의 눈부신 노래는 별빛을 품은 사랑의 노래이다. 이 시는 시적 자아의 자연을 통한 감각적 인식에 다양한 감각적 이미지를 더하면서, 사랑이라는 절대적 타자에 대한 형이상학적 연모를 덧붙여 뚜렷한 이미지를 획득하고 있다.

　김소엽의 시는 인간의 근원적 한계, 육신을 가진 인간으로 느낄 수 없는 어머니, 남편, 혹은 절대적 타자에 대한 그리움, 혹은 애태움이나 고립감으로 우울한 정서를 보여주기도 하지만 대체로 자신의 타자인 자연과 화해로운 관계 속에서 자연을 축복하고 절대적 타자를 찬양하는 정서로 드러난다. 절대적 타자의 창조물인 자연을 비롯한 우주만물은 바로 절대적 타자와 일체감을 가지고 싶어 하는 시적 자아의 자신 속의 타자이다. 즉 부서지고 무너지고 깨어지는 파도 소리로, 자신을 채찍질하는 바람으로 인간의 근원적 한계로 인식된다. 끝없는 공간과 창세기로 내려오는 끝없는 시간 속의 우주는 육신을 가진 유한적 존재인 시적 자아와 대비적으로 그려진다. 시적 자아의 유한적 한계는 볼 수 있는 것만 볼 수밖에 없는 '티끌만도

못한 존재로' 정화의 과정이 필요하고, 타자로 인식된 자연의 한계
를 뛰어 넘어야만 '별'이라는 절대적 타자에게로 다가갈 수 있다.
그 과정이 시 작업이고 '별'을 사모하는 그리움이다.

2. 시적 대상으로서의 '별'

김소엽 시에서 '별'의 이미지는 사랑하는 어머니 혹은 사랑하는
연인의 이미지에서 절대적 존재로서의 님까지 그 스펙트럼이 다양
하다. 그러나 부분적으로 드러나는 고향이면서 노스탤지어의 세계,
어머니의 이미지나, 한때 육신으로 사랑했던 님의 이미지는 인간의
죄를 뒤집어쓰고 하늘로 간 영원한 빛, 구원의 하나님, 절대적 타자
의 이미지로 통합된다.

세속적 욕망의 정화 과정을 거쳐서야만 '별', 즉 절대적 타자에
도달할 수 있는 시적 자아는 시시각각 바람처럼 불어오는 세속적
욕망으로 시적 긴장감을 유발한다. 시적 자아는 삶 자체를 모든 세
속적 욕망을 다 비우고 절대적 타자로 나아가는 과정으로 인식함으
로써 시는 세속적 욕망을 정화하는 매개체가 된다.

부서져야 하리
더 많이
부서져야 하리

이생의 욕심이
하얗게
소금이 될 때까지

무너져야 하리
더 많이
무너져야 하리
억만 번
부딪쳐
푸른 상처로
질펀히 드러눕기까지

깨져야 하리
더 많이
깨어지고 깨어져서
자아와 교만과 아집이
하얀 파도로 부서질 때까지

씻겨야 하리
더 많이
씻기고 또 씻겨
제 몸 속살까지
하늘에 비춰야 하리
그래서 비로소

슬픔도 괴롬도
씻기고 부서져
맑고 깊은 바다 되리

그 영혼의
바다에
맑고 고운 사랑의
별 하나
뜨게 하리
　　　　　　－「바다에 뜨는 별」 전문

　위의 시에서 보여주는 것처럼 부서지고, 무너지고, 깨지고, 씻기어, 제 몸 속살까지 다 비칠 정도로 맑고 고운 사랑으로 피어날 때 드디어 도달할 수 있는 '별'이다. '별'은 시적 자아의 낯선 타자들이며, 낯선 타자들과의 합일을 통해서만 도달할 수 있는 초월자로서 시적 자아가 돌아가야 할 근원이며 절대적 대상이자 궁극적 실재이다. 시적 자아는 자신 속의 낯선 타자를 다 버려, 슬픔도 괴롬도 다 사라질 때에만 절대적 타자인 '별'을 만날 수 있는 것이다.

　절대적 타자인 '별'의 만남은 내 안에서 소외되고 배제되어 있던 낯선 '나'가 진정한 자신을 속살로 만날 때 가능한 것이다. 절대적 타자인 별과 시적 자아의 만남은, '우주의 끝없는 공간'과 '창세로부터 내려오는 끝없는 시간' 속으로 확장되는 우주적 존재론적 관계의 확장이다. 관계의 확장을 통하여 시적 자아와 절대적 타자가 일체를 이룰 때, 별 하나 새롭게 뜨게 되는 것이다.

3. 시적 자아와 절대적 타자

'별'은 시적 자아가 흠모하는 대상이다. 시적 자아는 마음속으로 별에 가까이 가고자 혹은 별이 되고자하는 욕망을 가지고 있다. 시적 자아는 한결같이 별을 향하고 있다. 그러나 시적 자아에게 '별'은 마음속으로 그리워하나 쉽게 다가 갈 수 없는 존재다. 거기에는 세속적 욕망의 벽이 가로 놓여있다. 고뇌의 강을 건너야만하고, 눈을 감아야 하고, 밤이 되어야 하고, 자신을 텅 비워야 하고, 세상을 훨씬 뛰어 넘어서야, 가까이 다가갈 수 있는 존재다. '별'은 자아의 밖으로부터 자아에게 다가 오는 것이 아니라 바로 자아의 안으로부터 출현하고 있다. '별'은 시적 자아와 관계없이 오는 것이 아니라, 죽은 님으로, 유년의 향수를 불러오는 어머니로 떨어질 수 없이 얽혀 있는 존재로 등장한다. 시적 자아와 다양한 자신 속의 타자, 바람, 종소리, 새, 시계, 사금파리, 보석 등은 별, 영혼, 혹은 절대적 존재 속에서 통합되어 하나가 된다. 시적 자아는 타자를 타자는 시적 자아를 서로 부르고 반기는 관계 속에서 만남이 시작된다.

아무래도 그리움이 잠들지 않으면

아베 마리아를 틀어 놓고
가만히 눈을 감아 본다.
그리고 저 멀리
별이 된
너를 만난다.
— 「별이 된 너를」 중에서

　위의 시에서 보여주는 것처럼 그리움을 동반한 유한적 존재로서
시적 자아는 유한자로서 인간적 한계를 뛰어 넘어 눈을 감아야만
'별'이 된 타자를 만날 수 있는 것이다. 시적 자아의 '별'에 대한 사
념은 인간의 근원적 한계를 인식하는 것으로 시작된다. '버리고 버
려도 남아 있는' 또 '부딪치며 몸부림쳐도 검은 멍은 더욱더 짙게
남고 제 힘으로 제할 수 없는' 죄성은 유한적 존재가 근원적으로 얽
힐 수밖에 없는 절대적 타자의 만남으로 이어진다.

　속된 사념 속에서 떠나
오직 드높은 생각만 가지고
그분과 함께 살아가게 하소서
— 「이루지 못한 사랑」 중에서

　위의 시에서 보여주는 것처럼 속된 사념인 죄성을 사할 수 있는
전적으로 매달릴 수밖에 없는, 의존할 수밖에 없는 절대적 타자를

적극적으로 받아들일 때만이 시적 자아의 인간의 근원적 한계를 극
복할 수 있는 것이다.

> 별은 세상과 멀어질수록
> 더욱 크고
> 희미할수록
> 기실 더욱 찬란하거니
> > ─「샛별」중에서

세상과의 거리가 가까울수록 '별'은 희미해지고, 세상과의 거리가
멀수록 '별'은 더욱더 찬란하다. 시적 자아 안에 '최상의 선'만이 남
아 순수한 영으로 오롯이 설 때 시적 자아 역시 '별'이 될 수 있는
것이다.

> 나는 천만 년 전에
> 이미 태어났고
> 나는 천만 년 전에
> 벌써 죽었거니
> 여기 있는 나는 내가 아니요
> 저 별과 함께 생명을 이어가는
> 우주의 한 작은 실존
> > ─「작은 별」중에서

앞의 시에서처럼 세속적 욕망을 가지고 산 '나'는 죽었고 천만 년의 시공간을 뛰어 넘은 인간의 근원적 한계를 벗어나 타자와의 관계가 절대적 타자로까지 확대되고 있다. 그것은 시적 자아가 자기 존재에 대한 인식이 그만큼 심화되고 있다는 것을 의미한다. 홀로 고립적으로 존재할 수 없는 자아의 타자성을 확인하면서 인간 존재의 근원적 한계를 뿌리 깊게 자각하면 할수록 별과 함께 하고 싶은 욕망은 더 간절하게 된다.

4. '그리움'을 통한 인간의 근원적 성찰

김소엽이 '별'을 시적 대상으로 한 이미지들은 '외로움' 혹은 '그리움'이라는 시적 심상을 기본으로 하고 있다. 외로움과 그리움은, 어릴 때 어머니를 여윈, 또 사랑하는 사람을 떠나보낸 시적 자아의 체험적 정서이지만, 차츰 절대적 타자에 몰입하면서 자신을 승화시키는 근원적 성찰의 계기로 작용한다.

밤에만
빛나는
별은
어둠에 사는
인간에게
사는 길

보여주는
사랑하는 사람의
간곡한
눈물의
말씀.

—「간곡한 말씀」 전문

위의 시에서 보여주는 것처럼, 별은 현실적인 삶의 고뇌라 할 수 있는 어둠 속을 비치는 밝음이요, 희망이다. 즉 사람들의 삶의 푯대이다. 또 별은 사랑하는 사람의 간곡한 눈물이다. 사랑하는 사람의 간곡한 말씀, 절박한 호소에 귀가울이는 자만이 별의 세계, 천상의 세계가 열려 있다. 별과 어둠이라는 대비적 관계를 통해 천상의 세계와 현실의 세계를 뚜렷이 구별하고 있다. 시적 자아에 의해서 분명하게 지시되는 어둠을 통해서만이 빛, 즉 별을 바라볼 수 있는 시적 세계는 어둠, 고뇌, 등의 인간적인 고통을 통과하지 않으면 도달할 수 없는 세계이다. 김소엽의 시에서 드러나는 대표적인 정서, 그리움, 외로움 등은 현실의 세계를 통과해 절대적 타자가 자리하고 있는 별의 세계를 도달하기 위한 어쩔 수 없는 과정이다. 인간이 짊어져야할 십자가를 혼자 견디지 않으면 안 될 고통 속의 외로움과 그 세계를 사모하는 그리움이 작품 속의 정서를 대표하고 있다.

외로운 이여

고통의 강가에
누워 보아라

삭지 않는
돌의 고뇌도
물살로 풀리거니

고뇌의 강가에서만
뜨는 별

외로운 이여
고통의 강가에
누워서
가슴에 하나씩
별을 그려 보아라.
ー「고통의 강가에서」 전문

　위의 시의 시적 화자의 상징을 통해서 드러나는 언어, 외로움, 고통, 고뇌, 별 등을 통해서 인식할 수 있는 것은, 인간의 어떤 고통, 즉 돌의 고뇌조차도 물살로 풀리니, 고뇌의 강에서 헤어나 별을 그려보라는 것이다. 여기서 '돌의 고뇌'를 상징하는 것을 인간의 힘으로 풀 수 없는 고통이라고 한다면, 그 고통은 절대적 타자만이 관여할 수 있는 영역이다. 그러기에 별, 천상의 세계를 그리워하면 그 고통마저도 극복할 수 있음을 나타낸다. 별은 고뇌를 거쳐야만 볼 수 있는 초현실, 눈뜨고는 볼 수 없는, 속된 사념에서 떠나, 오직 드높은 생각만 가지고 갈 수 있는 절대적 타자의 세계를 상징한다.

멀리
떠나서야
보이는
별

깊은 밤
홀로
외로울 때
뜨는
별

마음 비탈에
해가 지고
빛이란 빛
모두 사라졌을 때
먹장 하늘에
비로소
뜨는
별.

— 「외로울 때 뜨는 별」 전문

이 시는 마태복음의 산상수훈을 떠올리게 하는 시이다. 즉 마음이 가난한 자, 심령이 가난해 전적으로 하나님에 의존하는 사람만이 하나님, 절대적 타자를 볼 수 있다는 산상수훈은 기독교의 가장 기본적인 가르침이다. 위의 시구처럼 외롭고, 더 이상 인간적인 노력을 할 수 없는 절망적인 상황, 빛이란 빛 모두 사라졌을 때, 먹장구름 속에서 절대적 타자에게 의존할 수밖에 없는 상황이다. 별, 즉 절대적 타자를 만날 수 있는 길은 오직 자신의 삶을 모두 내려놓았을 때, 가난한 자의 심령이 되었을 때뿐이다. 빛이란 빛은 다 사라지고 죽음만이 시적 자아를 지배하는 절망의 끝, 벼랑에 섰을 때의 심령이 가난한 자의 상황이다.

인간은 근본적으로 불완전한 존재로서 절대적 타자에게 전적으로 의존할 때에야 절대적 타자와의 화해가 가능하다는 시적 화자의 근본적 인간성찰이 그리움과 외로움의 정서를 유발한다. 김소엽의 시에서 궁극적으로 강조되는 것은 시적 자아와 절대적 타자와의 일체적 체험, 종교적인 충만함을 가지는 것이다. 그러기 위해서는 육체적 한계를 가지고 있는 죄인으로서의 고통을 짊어지고 절대적 타자로 상징된 별을 향해 묵묵히 걸어야만 하는 것이다. 그런 시적 화자에게 외로움과 그리움은 시적 갈망이자 종교적 목마름이다.

5. 감각적 풍요로움을 통한 절대적 타자와의 합일

먼 것은 아름답다. 별은 그래서 아름답다. 추억이 아름다운 것은 자꾸만 멀어지기 때문이다. 김소엽에게 별은 남편의 추억을, 또 유년 시대의 어머니의 추억을 떠올리는 대상이다. 또 절대적 타자에 대한 열망을 주는 대상이다. 추억보다 아름다운 것은 절대적인 타자와의 충만한 화해로움이다. 절대적인 타자와의 화해는 시적 화자의 삶의 열망으로 나타나고, 외로움이나 그리움의 정서를 유발한다.

그 모든 것을 함축한 별은 김소엽에게 일생의 화두일 수밖에 없다. 그것은 세속적 삶의 욕망을 버리고 절대적 타자로 나아가는 삶의 과정으로 타오른다. 그런 시인의 욕망은 절대적 타자의 몸체인 자연의 숨결을 놓치지 않으려는 구체적인 감각으로 나타난다. 자연을 통한 구체적인 감각은 자아를 확대하고 절대적인 타자에 대한 근원적인 성찰로 이어진다.

자연과의 일체를 통한 시적 충동은 자연 속의 구체적인 감각을 향유함으로써 절대적 타자로 나아가려는 과정이요, 절대적 타자와의 합일 과정이다. 자연은 그 자체로 풍요롭고 다채로운 시적 자아의 타자들이다. 감각적 향수를 향한 욕망으로 가득 차 있는 시적 자아는 자연물의 외양과 거의 구별되지 않는다. 즉 시적 자아의 가슴은 별의 집이고, 수많은 별들이 살고 있는 별의 궁전이며, 대숲의 수런거림은 별들의 이야기이며, 시적 자아의 생애는 갈대꽃 위를 맴

돌다 간 한 가닥 종소리이다. 자연의 감각적 향유를 가장 기본적인 태도로 하는 김소엽의 시 창작에서, 감각적 향유를 통한 세계의 풍부함을 드러냄으로써 절대적 타자와의 합일을 지향하고 있다. 그런 심상을 가장 잘 그려낸 시, 김소엽의 시적 성찰이 돋보이는 「끝없는 시간 속에서」를 부분적으로 감상함으로 이 글을 마치려 한다.

몇 천만 년 순례의 길
그 길고 긴 시간을 지나서
아직도 그 선연한 빛으로
내 가슴을 두드린 너의 진실은
도대체 얼마나 엄청난 절대값이냐

광대무변의 시간 속에서
절대무한의 공간 속에서
풍화되지도 삭지도 않은
그 빛의 알갱이가
내 존재를 뒤흔드는
신비롭고 경이로운
푸른 별빛 한 줄기

언젠가 돌아갈 저 광대무변의 진리 속에
내 영혼은
한 줄기 빛으로 남을진저

티끌 같은 인생이여
　　　－「끝없는 시간 속에서」 중에서

　위의 시에서는 시적 자아가 인식하는 세속적 삶, '티끌 같은 인생'은 광대무변의 시간 속에서, 또 절대 무한의 공간 속에서도 변하지 않는 진리, '푸른 별빛 한 줄기'라는 대비적 비유를 통해서, 세속적 삶을 부정하고 절대적 타자에 의탁한 존재의 근원을 향한 꿈과 그를 향한 그리움을 드러내고 있다. 근원적 세계 속에서 세속적 삶에 의한 자기 분열이 아니라, 절대적 존재에 철저히 자신을 내던짐으로써 절대자에 의존을 자기동일성으로 드러낸다.

Chapter 3

테마 기획

여성의 역사는 시작되었는가

01

'꽃미남' 판타지
혹은 '줌마렐라' 신드롬

1. 여성의 역사는 시작되었는가?

1990년대 들어오면서 5·18 광주 민주화 운동 이후 지속되었던 운동권 세대가 자취를 감춘 듯 사라졌다. 그러자 문학에서도 현실주의 문학으로부터 감성주의, 페미니즘 문학이 주도권을 잡기 시작했다. 때맞춰 신경숙, 전경린류의 감성 문학이 독자들의 감수성을 자극했고, 공지영, 공선옥류의 페미니즘 문학이 서서히 자리를 잡기 시작했다. 2000년대가 되면서 문학에서 뿐만 아니라 사회 모든 분야에서 여성들의 힘은 전 시대에 비해 괄목할 정도로 발전했다. 사법, 의학 등의 전문 분야뿐만 아니라 사회 어느 분야든 여성들이 수적으로 남성 못지않게 발돋움했다. 전 시대에 비해 여성들의 지위도 많이 향상되었다. 또 요즘 신세대의 가정에서는 남성들도 동등하게 가사 노동이나 아이 양육을 하고 있다고 들었다. 그러나 아직도 대다수의 파워엘리트는 남성들이다. 여성들이 전 시대에 비해 심기가 편하냐 하면 그렇지만은 않은 것 같다.

극소수의 여성들을 제외하고 대다수의 여성들은 아직도 남편의 눈치를 보며 직장생활을 해야 하고, 집에 와서는 가사 노동에 시달려야 한다. 또 직장 상사인 남성에게 여러 가지로 시달리고 있다. 또 여성의 사회적 성취를 위해서는 그 조직에서 힘 있는 남성들에게 어떤 식으로든 마음에 들어야 한다. 그래야 그 조직에서 겨우 남성들과 대등한 자리에 올라 갈 수 있다. 여성들은 자기 성취라는 미명 아래 어쩌면 자기 무덤을 파고 있는지도 모른다. 그러나 어쩌랴 그것이 인간이 가야 할 길이라면. 여성들은 집에서 남성들과 같이 살고 있으면서도 남성들이 혐오스럽고 직장에서는 남성들이 무섭다.

남성들은 몇 천 년 동안 누려온 자신들의 기득권이 주는 편안함 때문에 기득권을 놓치고 싶지 않은 것이다. 끝까지 여성들을 자신들과 대등한 삶의 동반자로 인정하려 하지 않는다. 여성들의 삶이 좀 더 편해지려면 지금 남성들이 차지하고 있는 지위의 50%를 여성들이 차지했을 때 가능할 것이다. 그때서야 남성들이 여성들과 진지한 대화를 나누려고 할 테니까. 그래서 오늘날 여성들은 집에 있어도,

직장을 나가도 편치 않다. 집에 있게 되면 자기 소외에 빠져 우울한 삶을 살아야 하고, 직장에 나가 능력을 발휘하려고 하면 열등감에 빠진 혹은 남성우월주의에 빠진 남성들 때문에 앞으로 걸어 나갈 수 없다. 여성들이 잘난 체 능력을 발휘하려고 하면 남성들이 발을 걸어 넘어뜨리니까.

1920년대 나혜석을, 김명순을 보라. 오직 인간이 되겠다고 부르 짖다가 행려병자로, 정신분열자로 사라져버린 여성들을! 여성들이 살아남기 위해서는 길이 있기는 있다. 여성들은 남성들과 똑같이 능 력을 길러야 함은 물론이고, 여성의 연약함을 무기삼아 남성에게 의 존 편승하려거나 끊임없이 성적 무기를 핑계 삼아 남성에게 연막을 피우는 길이다. 그런 여성만이 남성들의 세계에 편입될 수 있을 뿐 이다. 어떤 경우 주체성이 강하다는 이유로 남성의 심기를 불편하게 해, 괘씸죄에 걸려 조용히 살아야 할 때도 있다. 물론 여성들의 사 회적 경륜의 역사가 짧다보니까 여성 역시 조직 사회에서 미숙한 점이 많다. 그리고 가정생활과의 조화 때문에 직장생활의 어려움 또 한 감수하면서 사회생활을 해야 한다. 사회적 경륜의 역사가 긴 남 성들은 여성들에 대한 그러한 점을 배려해야 한다. 그러나 남성들 중에는 자신은 집에서는 꼼짝 하지 않으면서 직장에서 여성들의 일 찍 퇴근을 비난하고, 능력을 운운한다. 여성은 아직은 원죄를 지은 죄인일 뿐이다. 여성들이 남성들과 함께 살아가기 위해서는 남성 의 존형이거나, 아니면 아예 남성들이 없다고 생각하며 살아야 마음이

편하다. 남성들의 존재 자체를 희화화해 무시해 버리는 현상은 최근 여성작가들을 통해 나타나는 동성애 소설의 주인공들이나 바로 꽃미남 판타지를 보여주는 아이돌 그룹의 팬픽(fanfic)에 심심찮게 등장한다. 또 최근 드라마에 자주 등장하는 아줌마 신데렐라형, 자신들의 연약함에 의지해 남성들에 의존해 살아가는 유형이다.

2. 꽃미남 판타지 혹은 동성애 소설들

<꽃보다 남자>라는 드라마가 방영되면서 '꽃미남'이라는 용어가 신문지상을 장식한다. 어느 일간지(중앙, 2009.2.2일자)에 의하면 '꽃미남'이란 말이 한국 사회에 등장한 것은 1990년대 말이라고 한다. 드라마 <꽃보다 남자>의 원작 일본 순정만화가 등장한 것도 같은 시점이다. 꽃미남은 단순한 미남자가 아니라 새로운 남성형으로 자리 잡았다. 전통적인 권위를 내세우는 가부장제 남성과는 다른 성 역할의 붕괴를 보여주는 남성형이다. 꽃미남 신드롬은 최근 개봉한 영화 <쌍화점>의 주인공으로 등장한 조인성을 비롯, 그와 같은 모델 출신인 강동원 등 탁월한 패션 감각과 서구적인 판타지를 동시에 보여주는 모델 출신 배우들에서 절정을 이룬다. 꽃미남 판타지가 로맨스물의 주축이 되면서 꽃미남 여러 명을 집단으로 내세우거나 아예 동성애 코드를 내건 드라마 <커피프린스 1호점>, 영화 <앤티크>, <쌍화점>에서부터, 또 10대 아이돌 그룹의 로맨스물

'팬픽'이 더욱 확대되고 있다.

이런 작품에서의 동성애 코드는 동성애 자체에 대한 관심이라기보다는 꽃미남이 주는 성적판타지를 최대치로 끌어 올린 것이다. 또 아이돌 그룹의 팬들이 쓰는 팬픽에 심심치 않게 등장하는 멤버 간 동성애 코드 역시 마찬가지다. 위의 일간지 기자의 말처럼 최근 우리 문화 소비의 주축으로 자리 잡은 꽃미남 판타지 뒤에는 달라진 여성들의 성적 욕망이 감춰져 있다. 어리고 예쁜 남자들에 대한 적극적인 성적 대상화다. 그간 남성들의 일방적 성적 대상이 돼 왔던 여성들의 성적 희화화다.

2000년 8월 인터넷 정보 등급제 실행이 정보통신윤리위원회에서 발표되자, '인터넷 국가 검열 반대를 위한 공통대책위' 사이트에 난데없는 소녀들의 항의가 빗발쳤다. 이들 10대 소녀들이 지키고자 한 것은 팬픽(fanfic)이었다. 소녀들은 '팬픽도 문학이다! 표현의 자유를 인정하라!'고 외치며 청소년들의 성 정체성 혼란 및 동성애 왜곡 혼란에 대항했다. 10대 소녀들의 인터넷 문학으로 등장한 팬픽은 탈출구 없는 10대 중고등학생물이라는 것이 더욱 심각성을 더해준다.

최근 한 매체(해럴드 경제, 2008.4.)는 남성의 동성애물을 즐기는 '머릿속이 썩은' 여성들이 한국, 일본뿐만 아니라 중국에까지 출연하고 있다고 보고하고 있다. 순결, 정절, 이성애적 결혼을 정상으로 생각해왔던 동아시아의 가부장적 사회가 부패와 비정상의 상징인 동성애를 그것도 남성 동성애를 대상으로 서사 담론이 출몰하는 까닭은 무엇일까. 남성들의 가부장적 세계, 혹은 남성 우월주의에 신물이 난 여성들이 이런 서사 담론을 통해 여성들만의 세계를 확보하고 싶은 것은 아닐까. 즉 팬픽을 읽고 쓰는 여자들은 남성에 의해서가 아니라 남자를 매개로 여성으로서 스스로 유희적 교환의 주체가 되려는 시도를 하고 있는 게 아닐까. 팬픽의 즐거움은 남자끼리의 커플의 사랑을 육체적으로 관음하는 데 핵심이 있는 것이다. 팬픽을 읽고 쓰는 여성이 팔루스적 상징 권위에 물리적 페니스 자체를 유희하며 대항한다고 생각할 수 있다. 팬픽에서 번연히 드러나는 삽입되지 못한 여성 역할의 페니스를 희롱하는 장면은 여성의 성을 침범할 수 있었던 남성의 권위적 성을 무력하게 만드는 효과를 준다. 팬픽은 텔레비전 등 매체를 통해 쉽게 볼 수 있는 연예인을 주인공으로 하기 때문에 쉽게 몰입된다. 연예인이라는 리얼물 속 팩트는 언제나 불완전할 수밖에 없는데, 팬픽에서 중요한 것은 사실을 압도하는 픽션, 이야기를 끌고 가는 판타지의 힘이다. 잘 만들어진 서사는 스타에 대한 선호를 바꿔 놓기도 하고 스타들이 팬픽 속 그들의 모습을, 때로는 그들의 모습을 동성애적으로 재현하는 듯 보이게 하기도 한다.

팬픽은 작가와 독자가 모두 여성이라는 점에서 철저히 남성으로부터 벗어나 있다. 여성들의 남성 동성애 서사로 시작된 이 팬픽이라는 양식은 결국 여성들 스스로의 젠더 및 섹슈얼리티를 구축하는 데까지 나아간 급진 사례의 하나라고 할 수 있다. 대중문화의 변태

적 현상으로 부각된 팬픽이 사실은 사회적 변혁을 이끌어내는 적극
적 효과를 가지고 있다. 이는 자신을 구축하는데 힘이 없는 존재로
살아온 여성의 역사를 재추험 하면서 남성에 포섭되지 않고 하위
주체로 머문 여성들에 대한 질문을 다시 하고 있다. 팬픽을 통해 아
직 온전한 사회에 발붙이지 못한 순수한 소녀들의 눈으로 이성애적
가부장적 사회에서 여성들의 공간은 과연 어디인가를 질문하는 것
이다.

최근 또 여성작가들의 동성애를 소재로 한 작품들이 본격적인 궤
도에 오른듯하다. 과거 동성애 소설들은 동성애를 불편하고 '기괴
한' 섹슈얼리티로 형상화, 동성애 혐오증을 통해 가부장적 사회 속
에서의 이성애를 더욱 부추기는 경향이었다면, 최근 발표한 천운영
과 배수아의 소설들은 동성애를 타자화하지 않으면서 성적소수자를
재현하고 더 나아가 지배적 가부장적 성 이데올로기에 균열을 일으
키고 있다.

천운영 소설들의 인물들은 젠더가 분명한 인물들이다. 이 인물들
은 젠더의 동일시와 욕망의 교차에 의해서 섹슈얼리티가 결합됨으
로써 다양한 성적 정체성을 만들어낸다. 푸코가 말한 남성성/여성성
의 섹스/젠더 이분법에 의해 강제될 수 없는 섹슈얼리티의 실체를
보여주고 있다. 천운영 소설들의 인물들은 상징체계가 달린 이름표
를 달고 있으나 그들의 실체는 그 기표가 의미하는 '그것'의 의미와
는 다른 것이다. 남성, 여성으로 불리어졌으나 잘못 불리어진 그들

은 섹스/젠더 규범과 이성애 규범에 훼방을 놓고 있는 성적 소수자
들, 타자들이다.

　배수아의 동성애는 육체로 함의되는 모든 것, 욕망과 정념, 영토
와 말을 배제한 비인격적이고 익명적인 '영혼'의 만남이자 소통을
의미한다. 명증한 흔적이 지워진 퀴어, 비인격적 특종이라 할 수 있
는 이들에게 '사랑'은 하나의 사건이며 자아는 이를 통해 구성된다.
그렇게 하여 드러난 '주체'는 섹스/젠더의 이성애/동성애의 체제로
환원되지 않는다는 점에서 배수아의 젠더 해체 전략은 지배적 가부
장적 이성애에 균열을 준다. 그런 의미에서 배수아의 글쓰기는 동일
성의 경계 바깥에서 지배 이데올로기를 조롱하고 흠집 내는 '추방
자(디아스포라)'의 언어를 보여준다. 젠더, 인종, 국가, 언어, 직장, 학
연, 지연을 드러내지 않는 '유령'적인 인물들은 성 정체성에도 자유
롭다.

3. 줌마렐라?

　심리적 기제로서의 신데렐라 콤플렉스(Cinderella Complex)는 미국
콜레트 다울링(Collette Dowling)의 저서에서 최초로 언급, 여성이 일
시에 자신의 일생을 화려하게 변모시켜 줄 남자를 기다리는 심리적
의존성을 가리키는 심리학 용어이다. 어려서부터 나약한 여자 만들
기 교육의 일환으로 자신의 능력과 인격으로 자립할 자신이 없는

여성이 신데렐라처럼 일시에 자신의 일생을 변화시켜 줄 왕자의 출현을 기다리는 심리적 의존상태를 말한다. 보부아르는 '여성들이 진정한 삶을 추구하는 데 따른 긴장이 싫기 때문에 이를 피하기 위해 순종적인 역할을 받아들인다'고 신데렐라 콤플렉스를 설명한다.

새로운 신조어로 등장한 '줌마렐라'(아줌마+신데렐라)는 합성어로 국어사전에 경제적인 능력을 갖추고 자신을 위해 시간과 돈을 투자하며 적극적으로 사회활동을 하는 30대 후반에서 40대 후반의 기혼 여성을 이르는 말이라고 표기되어 있다. '줌마렐라'의 사전적 의미는 신데렐라 콤플렉스 용어와 무관한 일반적인 캐리어 우먼을 지칭하는 의미로 와전, 해석되고 있다.

오히려 사전적 의미보다 최근 MBC에서 방영되었던 주말 드라마, <내 생애 마지막 스캔들>과 역시 같은 시간대에 방영되었던 SBS 드라마 <조강지처 클럽>에서 좀 더 '줌마렐라'의 현상을 잘 보여 주고 있다.

<내 생애 마지막 스캔들>이 로맨틱하고 판타지적 요소가 많은 현대판 신데렐라 스토리라고 한다면, <조강지처 클럽>은 현실적 요소가 많은 현대판 신데렐라라고 할 수 있다. <내 생애 마지막 스캔들>에는 남자 주인공의 세심하고 로맨틱한 감정표현을, <조강지처 클럽>에서는 조력자로서 여주인공을 캐리어 우먼으로 만드는 등 사회적 신분 상승을 돕고 있다.

두 드라마는 단순히 트렌디 드라마의 아줌마 버전으로만 머물지

않는다. 아줌마의 진정한 아름다움, 편안함과 강함이 무엇인지 가르쳐주고 있다. 아내가 여자보다 아름다운 이유는 단지 외모를 말하는 것이 아니다. 가정을 지키기 위해서라면 그 어떤 순간에도 용기를 발휘할 수 있는 아내들의 내적 강함이 단지 외적인 것밖에는 꾸밀 줄 모르는 여자들보다 훨씬 더 소중하다는 것을 의미한다. 실제로 신데렐라 이야기에서 왕자님은 신데렐라의 단순한 아름다움에 반해 왕비로 맞이한 것은 아니다. 계모와 언니들에게 구박을 받으면서도 자신을 잃지 않는 착한 마음씨와 겸양의 미덕을 갖추었기 때문이다. 진정한 의미의 신데렐라는 잿더미 같은 환경 속에서도 꽃처럼 피어나는 내적 아름다움을 보여주어야 한다. 그런 의미에서 두 드라마에서는 남편으로부터 철저히 내팽개쳐진 아줌마지만 가정을 지키기 위한 최후의 보루라고 할 수 있는 아이들을 위해서 자신의 온몸을 던지는 강한 모성애적 사랑이 주위 사람들을 훈훈하고 따뜻하게 하기 때문에 그들은 신데렐라로 다시 태어날 수 있다.

<풀하우스>와 <파리의 연인>의 아줌마 버전인 <내 생애 마지막 스캔들>은 아내가 어째서 여자보다 아름다운지 보여주고 있다. 트렌드 드라마의 주인공은 무조건 예뻐야 함에도 불구하고 이 드라마의 주인공은 예쁘게 나오지 않는다. 요정으로 불리던 19세의 전성기 시절의 미모가 여전함에도 뽀글파마와 다리 부러진 커다란 안경으로 자신을 가리기에 여념이 없는 것이다. 트렌디 드라마의 여주인공은 모조건 예쁘지 않으면 몰입이 안 되어 시청자들이 보려들지

않는다는 법칙을 조롱하듯 비틀고 있다고 볼 수 있다.

그러나 여주인공을 둘러싸고 있는 남주인공들은 전형적인 트렌디형 왕자님들이다. <풀하우스>의 이영재를 연상시키는 톱스타 송재빈과 <파리의 연인>의 한기주를 연상시키는 유능한 연예기획사 사장이자 매너 좋은 신사 장동화는 그야말로 모든 여성들이 꿈꾸어 온 왕자님들이라 할 수 있다. 이런 왕자님들 사이에 둘러싸여 있음에도 여주인공은 대한민국 아줌마의 모습에서 단 한 발짝도 물러서지 않는다. 속상한 일이 생겨서 스트레스를 받으면 젊은 여주인공들처럼 우아하게 티스푼으로 케이크를 떠먹은 것이 아니라 물 말은 밥에 김치를 손으로 쫙쫙 찢어서 제대로 씹지도 않고 삼켜 버리고, 급체를 당하기라도 하면 그 즉시 왕자님에게 안겨 호들갑스럽게 병원으로 직행하는 것이 아니라 그 자리에서 바늘로 손가락을 따고, 남자 주인공이 인형 옷을 뒤집어쓰고 재롱을 떨어도 남편 생각에 눈물짓는 갈데없는 전형적인 아줌마의 모습인 것이다.

두 드라마에서 공통적으로 보여주는 것은 철저히 남편으로부터 외면당하는 아줌마들, 밑바닥 인생을 살 수밖에 없는 아무 것도 가진 것 없는 아줌마들, 자신의 자존감을 모두 잃어버린 그래서 더 억척스러울 수밖에 없는 아줌마 상을 보여준다. 그 억척스러움은 아줌마들의 신산한 삶에서 연유된 억척스러움이다. 그녀들을 구원해 줄 왕자들은 <내 생애 마지막 스캔들>에서는 톱스타로 <조강지처 클럽>에서는 재벌의 아들로 사회적 지위나 재력을 겸비한 인물이다.

그들은 둘 다 줄줄이 사탕처럼 여자들이 꿰는 인물들이다. 그래서 미모의 여성에도 관심이 없다. 남자 주인공들은 자신의 애인으로 삼기 위해 온갖 수단을 다 쓰는 톱스타나 집안끼리 정혼했다는 약혼녀에도 무관심하다.

<내 생애 마지막 스캔들> 12회분에서는 지구 반 바퀴만큼의 여성들이 자신의 마음을 사기 위해 기를 쓰고 있고, 무엇이든 하려면 할 수 있는 경제적 여유를 가지고 있지만 자신이 좋아하는 한 여자의 마음을 살 수 없어 자신은 불행하다고 생각한다.

두 드라마에서 남편으로부터 학대받은 여자 주인공은 현실에 대한 두려움, 죄의식, 수치심, 자신의 능력에 대한 자신감 상실, 그리고 자신의 환경에 대한 통제 상실로 인해 무력해 있다. 이런 무력감 때문에 주인공과 같은 여성들은 자신을 통제하는 능력이 부족할 뿐 아니라 대처 능력 또한 현저히 떨어진다. 그렇기 때문에 무력한 객체로 남아있기보다는 능동적인 태도로 삶에 대처하기 위해서는 그 여성들의 자존감을 살리게 하기 위한 조력자가 필요하다. 그게 바로 두 드라마에서 나타나는 '백마 탄 왕자'이다.

그러나 두 드라마에서 보여준 '줌마렐라'의 문제점은 남아있다.

남편으로부터의 피학대 여성들은 또 다시 남성 조력자 '백마 탄 왕자'에 의해서만 구출될 수 있단 말인가. 경제적 힘과 권력을 여전히 남성들의 힘으로부터 나올 때 그 사회는 아무리 합리적이고 민주적인 사회라 하더라도 아직도 가부장적 사회이다. 가부장적 사회에서는 여성과 여성의 관계는 끊어버렸다. 남성이 개입하지 않은 여성들만의 순수한 관계는 정상적이지 않은 것, 유아적인 것, 적대적인 것으로 폄하되었고 여성은 정상, 성인 동료가 되기 위해서는 여성들과의 관계를 끊고 남성을 위한 관계에 자신의 정신적, 육체적 에너지를 쏟아야 한다. 얼마 전 신정아 사건은 단적으로 이런 현상을 반영한 사건이 아니겠는가.

이런 '줌마렐라' 드라마가 관객에게 어필하고, 폭발적 지지를 얻어 연장 방영이 결정된 우리 사회는 그럼 아직도 여성들은 여성 자신의 주체적인 힘으로는 설 수 없고 '백마 탄 남자'만 기다려야 하는 수동적이고 의존적으로 살아가야 한단 말인가. 그렇지 않으면 팬픽 문학에서 나타난 것처럼 현실이 아닌 인터넷상을 통해서 남성들을 희화화하는 것으로 만족해야 하는가.

4. 여성의 역사는 여성 스스로 일으켜 세워야 한다

성차별을 없애고 문호가 활짝 열린 것처럼 보이는 21세기인 지금도 파워엘리트는 여전히 남성이다. 그래서 여성들은 여전히 불안하고 우울하다. 영화나 드라마의 시나리오를 통해서 쓰여진, 혹은 팬픽, 혹은 여성작가들에 의해서 쓰여진 담론들은 여성들이 하고 싶어도 내놓고 할 수 없는 말들을 드러내기도 하도, 자신의 욕망들을 통해 젠더를 희롱하기도 한다. 쓰여진 말은 말로 할 수 없는 것을 내

포하면서 존재하며, 글쓰기는 항상 공백을 거기에 써 넣으면서 계속 써내려간다. 독자나 시청자들의 몫은 부재하는 여성의 욕망을 읽어 내는 것이다.

여성들이 사회적 훈련이 몸에 정착되기도 전에, 급격한 여성의 사회적 진출로 여성들은 이래저래 불편하다. 모든 조직에 여성들이 대거 입성한 현재까지도 남성들의 방벽은 의외로 높기 때문이다. 아직도 여성들은 그 방벽을 뛰어 넘느니, 그 방벽 뒤에 몸을 숨기는 것이 편할 지도 모른다. 조직의 상부를 장악하고 있는 남성들이 그 것을 원하기 때문이다. 그러나 언제나 그렇게 남아 있을 수는 없다. 그렇게 사는 한 끝까지 남성들의 비위를 맞추어주어야 하기 때문이 다. 최소한 여성의 자존심이나 자신의 주체성을 지킬 선에서 자신을 세워야 한다. 자신의 더 큰 사회적 성취를 위해 남성의 품에 안기는 일은 여성의 역사를 무화시키는 꼴이 된다. 역사는 서서히 발전한 다. 여성의 자존심, 그것은 스스로가 지켜나가야 한다. 여성이 몸을 보호하기 위하여 현실에서 맞장 뜰 수 없다면, 차라리 드라마에서, 영화에서, 팬픽 문학에서 남성들을, 또 가부장적 사회를 조롱하는 것이 여성 건강을 위해서 바람직하지 않겠는가.

정연희 문학의 아름다움

정연희의 작품에서 보여주는 삶의 통찰력은 인간을 숙연하게 하는 힘이 있다. 소재를 구상화해서 주제를 이끌어 가는 힘 또한 삶의 통찰력과 이어져 원숙함을 드러낸다. 이런 원숙함은 어디에서 오는 것일까. '걸음걸이마다 바늘밭, 낭자한 피밭을 딛고 걸어가며 비로소 세상과 이웃이 눈에 보였습니다'라는 말로 미루어 정연희의 처절한 체험을 통해서 나온 결과물임을 알 수 있다. 그러나 처절한 경험을 통해서는 자신이 홀로 세상에 발을 디딜 힘, 자신의 정체성은 바로 세울 수는 있으나 세상과 이웃이 함께 하는 타자윤리학까지 어우러지기는 쉽지 않다. 그럼에도 정연희의 작품에서 보여주는 타자 윤리학은 주위 이웃의 아픔에 동참하는 것으로 끝나지 않는다.

자연적 현상, 사물, 풍경, 죽음까지도 '나'의 타자로서 인물과 일체를 이루는 합일의 경지에 도달해 있다. 이것은 처절한 경험을 자기와의 화해를 위한 계기로 삼기 위한 부단한 노력에 의한 것이라 생각된다.

최근 출판한 작품집 『가난의 비밀』(2007, 개미) 속의 인물들은 인간의 힘으로 극복하기 힘든 '암'에 걸린 인물들이 많다. 그들은 암으로 인해 자신이 그동안 알지 못했던 참삶에 이르게 된다. 이 '암'은 상징적인 의미를 가지고 있다. 산업 자본주의 사회의 개인은 익명화된 개인이다. 기계의 큰 구조물의 부속품일 뿐이다. 다람쥐 쳇바퀴 도는 물질문명을 따라가느라 허우적거리다보면, 자신은 사라져버린다. 자신 속의 억압된 욕망은 자신의 육체에게 경고를 보낸다. 그것이 바로 암으로 나타난다.

「매화골 머슴」에 나오는 여련화 보살은 교수 생활을 하다 암에 걸리자 가차 없이 자신의 직업을 떠난다. 그동안 억압된 욕망, 자신이 자연의 일부임을 확인하고, 그 자연과 혼연일체가 되는 삶을 실현하기 위해 홀로 암자에서 지낸다. 자신 속에 깃들인 암조차도 자신의 일부임을 받아들임으로, 암으로 인한 갈등이 아니라 암으로 인한 참삶의 의미를 깨우치는 경지에 도달한다. '내 몸 안에 암 덩어리가 하나 똬리를 틀고 앉아 나하고 함께 살자 하네요. 주검의 갈고리가 나에게 참삶이 무엇인가를 가르치고 있지요', 이 말은 그동안 '타자'처럼 자신을 사물화 시켰던 진정한 자아를 암을 통해서 새롭게 자신과 화해하는 계기를 마련했다는 말이다.

「잿날개」의 유희 역시 마찬가지다. 자신의 진정한 자아를 내던지고 오직 자식만을 위해 헌신과 봉사로 일관한다. 자식의 교육과 출세를 위해 이민 생활에서 겪어야 했던 험한 일들을 마다 않고 견디다 억압된 욕망으로 인한 마음과 육체적 부조화는 결국 암이 된다. '모두들 자꾸만 나를 좋게만 보고 칭찬하고 하던 것들이 나를 얼마나 힘들게 만들었는지 아무도 상상 못할 거야 남들이 보아 주던 껍데기는 내가 아니었거든, 타인의 시선 속에 부유하던 것은 나의 실체가 아니었거든'이라고 말하는 유희 역시 죽음 앞에서 자신의 진정한 자아와 화해할 수 있었다.

「가난한 비밀」의 송 교수 역시 마찬가지 인물이다. 모든 경쟁자를 뒤로 물리치고 앞장서서 골인 하는 우승자가 되기 위해 그동안 전 생애를 올인 했던 내과 의사이자 대학의 교수인 송 교수는 전신의 피부가 경직되어가는 경피(硬皮)증 환자다. 그동안 경쟁 체제에 올인했던 송 교수가 불치의 병 경피증에 걸림으로써 병리학 교수였던 그 부인마저 자신들이 그동안 사물화 시켰던 자신의 가족과 진정한 자신을 되돌아보는 계기가 된다. 그리고 정서적으로 느끼지 못했던 아름다운 하루하루의 기적을 체험한다.

이 세 작품에서 공통적으로 드러나는 것은 '암'은 참삶을 만나는 새로운 삶의 계기로 작용한다. 그 계기는 자신과의 화해로 이어진다. 그리고 자신 속의 타자로 불화 속에 있었던 타인과의 화해를 가능케 한다. 하루하루의 삶이 기적으로 이어진다. 이것은 자신과 주위와의 혼연일치를 통해 일어날 수 있는 도(道)를 통한 경지이다.

「매화골 머슴」에서 여련화 보살은 남자가 매화꽃을 따는 모습을 보고, '몸은 꽃을 따고 있었지만, 영혼이 우주를 향하여 오체투지(五體投止)하는 것을 보았지요. 꽃을 따는 손님의 움직임은 우주의 들숨과 날숨이었습니다'라고 말한다. 인물들은 사물과의 일체감뿐만 아니라 우주와의 합일의 경지에 도달해 있다. 또 「갯날개」의 유희 역시 '돈 버는 일 놓아버리고, 사람 찾는 일 접어버리고, 이해를 받고 싶어서, 나를 알려주고 싶어서 버둥거리던 것들을 놓아버리니까 세상이 참 기차게 아름다운 데로구나 하고 열리는 거야 언니, 저 바다의 반짝임을 보라고, 저 바다의 반짝임은 내 영혼의 비늘이야' 말을 통해서 드러나듯, 자신 속의 타자와의 화해는 결국 진정한 자아를 발견하고 그 진정한 자아는 근원적인 생명의 근원, 우주로 연결된다. 「가난의 비밀」의 화자 정인이 송 교수와 춤을 추면서 읊은 독백이다. '사람이 되어 춤을 추는 것은 너무 허망하지 않아요, 함께 숲이 되거나 바다가 되어 한 몸을 이루어요. 정인은 뜨거운 눈물로 죽어가는 남자의 가슴을 적셨다' 이 독백 역시 인간의 욕망을 초월, 근원적인 생명의 근원인 우주와의 합일을 촉구하고 있다.

지금까지 보아왔듯이 정연희 소설의 인물 심리는 사물의 이미지를 통해 표현되고, 이 사물의 이미지는 근원적인 생명의 근원인 우주와의 합일을 촉구하는 주제 의식과 맞닿아 있다. 또한 표현 방식

은 영상화 공간화 되어 있어 한편의 아름다운 영상미를 보여주듯 한
다. 이러한 작가의 의도는 인간과 자연, 자연과 우주, 개인과 세계와
의 경계를 부수고 융합시키려는 작가의 의지의 표명으로 생각된다.

03

벚꽃의 수사학

– 김선주의 『그대 뒤에서 꽃 지다』

1. 비극적 수사학

　김선주의 『그대 뒤에서 꽃 지다』(2008, 김&정 출판사)에 실린 작품들은 벚꽃의 수사(修辭)로 가득하다. 벚꽃은 무리지어 필 때, 순간적으로 탐스럽게 피었을 때 가장 절정을 이루는 꽃이다. 벚꽃이 활짝 봉우리를 열었을 극치의 순간이 가장 아름다운 것처럼, 인간들도 자신의 삶의 열망을 활짝 꽃피웠을 때 가장 아름다운 삶을 마감할 수 있는 것이다. 그러나 인간의 왜곡된 이기적 욕망은 인간을 그렇게 살도록 내버려두지 않는다. 『그대 뒤에서 꽃 지다』의 작품들에 나타나는 벚꽃과 독사의 알레고리는 김선주의 삶을 인식하는 비극적 수사학이다.

루카치는 밤에 별빛을 따라 자신의 길을 갈 수 있었던 그리스·로마 시대를 '너와 나'가 일치된 유토피아 시대로 상정하고 있다. 개인의 욕망과 사회적 욕망이 일치할 때, 우리는 단지 우리의 길만 가면 된다. 그러나 자본주의가 도래하면서 개인의 욕망과 사회적 욕망은 갈등관계에 놓이고 신은 숨어버린다. 그러니까 현실 속에서 찾을 수 없는 유토피아를 소설 속에서나마 유사 유토피아를 찾는 것이 바로 소설의 역할일 것이다. 왜 유사 유토피아이냐 하면 소설 속에 찾는 유토피아적 세계는 현실에서 찾을 수 없기 때문이다.

김선주의 『그대 뒤에서 꽃 지다』에 실린 작품들은 일상 안에서 누군가의 왜곡된 욕망에 의해서 좌절하고 상처 입은 개개인의 욕망과 삶을 그리고 있다. 작품의 인물들은 어두운 개인의 역사나 패배적 삶을 증언하는 존재들이라기보다는 그럼에도 불구하고 환상을 꿈꾸고 원초적 생명력을 환기시키는 존재들이다. 패배와 죽음의 미학이 아니라 생명의 미학으로 자리 잡고 있다. 인간의 이기적 왜곡된 욕망의 그림자에 대응하는 성적 욕망과 일상 사이에서 일어나는 내적 갈등을 서술하고 있다.

2. 생명 혹은 죽음의 에로스

「그대 뒤에서 꽃 지다」, 「모래 바람」, 「마지막 잎새를 매달다」 세

작품은 에로스적 욕망을 대상화한 작품들이다. 그런데 그 작품 속
인물들의 에로스적 욕망들을 들여다보면 서로 다른 방향으로 움직
여 가고 있음을 알 수 있다. 하나는 갈등과 죽음을 야기시키는 탐욕
의 성이고 다른 하나는 포용과 재생의 힘으로 작용하는 생명의 성
이다. 에로스는 죽음을 향해 치닫는 어둠이기도 하고 또한 삶에의
욕망, 생명의 움직임이기도 하다.

「그대 뒤에서 꽃 지다」는 잘못된 에로스적 욕망에 의해서 파멸의
길에 들어 선 인물의 이야기다. 가난 때문에 어두운 삶을 살아야 했
던 그녀가 매달리고 싶은 것은 행복한 결혼이다. 그녀는 살아가는
것, 혹은 살아남는 법이 문제인 것이며 그것은 자연히 결혼에 매달
리게 되고, 남편이 그토록 원하는 아이를 갖는 것이다. 벚꽃이 약속
이라도 한 듯 한꺼번에 수억의 꽃으로 피어나듯 주인공 수민이도
그렇게 자신의 활짝 핀 꽃으로 피어나고 싶은 욕망을 가지고 있는
인물이다.

언제나 풀냄새를 품기며 그녀가 운명하던 서점을 찾아오는 애니
메이션을 한다는 남자를 만나고는 더욱더 그 꿈이 절실했다. 그들의
사랑은 무르익었고 그들은 결혼했다. 남편의 아이에 대한 절실한 욕
망 때문에 수민은 남편을 놓치고 싶지 않기 때문에 아이를 갖는 것
이 단 하나의 꿈이 되었다. 과거 아이를 낳을 수 없을 때, 계속적인
임신과 반복적인 중절은 생명의 힘이 필요로 할 때 기능을 잃게 된
것이다. 그토록 원하던 아이를 가지려고 할 때 그녀는 불임증환자인

것을 알게 된다. 과거 가난 때문에 집착했던 사랑에 의한 에로스적 욕망은 결국 수민이의 생명의 샘을 고갈시켰던 것이다. 생명을 잉태할 수 없거나 거부하는 것으로의 자궁, 이는 생명력이 부재한 죽음 같은 것이다. 생명의 소중함과 사랑의 절실함을 깨달았을 때 생명은 죽음으로 변했고 사랑은 멀리 사라져버렸다. 그녀는 절망했고 그 잘못된 에로스적 욕망의 끝이 죽음이었음을 깨닫는다.

「모래 바람」에서 여자의 메마르고 권태로운 일상을 탈출시켜 준 남자는 댄스 교사이다. 「모래 바람」에서는 무미건조한 일상으로부터 벗어나려는 자유와 일탈에의 꿈을 그리고 있다면 「마지막 잎새를 달다」에서는 그럴 수 없다는 현실의 힘이 팽팽하게 줄다리기를 하고 있다. 이것이 김선주 소설에서 보여주는 인물들의 갈등적 상황이다.

「모래 바람」의 인물은 '그 사람을 떠올리는 것만으로도 가슴이 울렁거리며 얼굴이 확확 달아오른다.' 독선적이고 우악스럽고 모래 알처럼 깔깔한 남편과 함께 살면서 시도 때도 없이 찾아드는 우울증은 그녀의 일상을 건조하고 지루하게 할 뿐이다. 따뜻하고 정이 깊은 남자는 정에 목 타는 주부들의 구세주다. 그들은 남자가 요구하는 모든 것을 주어도 아깝지 않다. 주부를 농락하고 희대의 사기꾼으로 잡힌 댄스 교사를 어느 누구도 욕하지 않는다. 그것은 그들의 욕망, 그들의 애타는 그리움을 채워주었고, 목이 마르도록 절실한 생명욕을 불태우게 해주었기 때문이다. 나른한 일상에서 배어있는 무력감은 바로 죽어감의 징후이다. 이들의 생명에의 갈구를 채워주는 댄스 교사의 손은 생명을 일깨우는 마력의 손인 것이다. 여기에서 드러나는 성 혹은 사랑은 불륜일망정 일상을 움직이는 이기적 욕망에 대응하는 생명의 원리인 원초적 생명력이다.

「마지막 잎새를 매달다」에서는 중풍환자인 시모에 매일 시달리며, 남편과는 형식적인 부부관계를 유지하는 건조하고 메마른 일상을 살아가는 인물을 그린다. 그러다 결국 일상을 유지하기 위해 사랑을 가장한 거짓으로라도 남편과의 화해를 모색하는 이야기이다. 일상은 천지가 개벽되지 않는 한 유지, 반복되어야 하는 속성을 가지고 있다. 시어머니의 지긋지긋한 병구완도 귀찮지만 어쩔 수 없는 것이고, 남편과의 관계 또한 형식적인 관계를 유지할 수밖에 없다.

주인공 인물은 중년 여성의 자아 찾기를 그린 일본 영화 <다마모에>를 보고, 영화에서의 남편의 가짜 사랑에 속아서 인생을 허깨비로 산 주인공 도시코의 인생에 충격을 받는다. 또 남편의 취중의 말 '우린 가짜란 말이야'에 다시 충격을 받는다. 태워 없애버리고 싶은 일상의 그물에서 벗어나기 위해 집을 빠져나온다. 겨울에 피지 않는 벚꽃 타령을 하는 시모를 위해 인조 벚꽃을 사며 자신을 추스르기 시작한다. 그리고 일상을 유지하기 위한 연기, 남편과의 사랑을 가장한 거짓 사랑으로 살기로 작정한다.

이 작품은 위의 두 작품과는 달리 에로스적 사랑은 일상을 유지하기 위한 연기에 불과하다. 일상을 유지하기 위해 인내가 필요하듯이 가짜 에로스적 사랑에 의해 평온을 가장한 일상이 필요하다. 비록 거짓이라 해도 에로스적 사랑에 의한 화해의 몸짓이다.

3. 투쟁과 정복의 논리와 원초적 생명력

「순지를 생각하며」, 「나무꾼이 선녀를 만났다네」에서 작품 속 인물들은 부모의 왜곡된 욕망에 의해서 자신들의 자유로운 삶의 의지를 훼손당한 인물들이다. 이들의 부모들이 투쟁과 정복의 논리에 의해서 움직이는 폭력적 세계라고 한다면, 이 인물들은 소유되거나 얽매이지 않고 자신들의 자유의지에 의해서 살고 싶은 원초적 생명력을 중시하는 세계에 속한 인물이다.

「순지를 생각하며」의 초점인물은 부모의 기대와는 달리 멀리 떨어진 지방 모 대학에 입학했지만, 처음으로 부모와 떨어져서 하는 자유로운 생활에 오히려 편안을 느끼는 인물이다. 처음 경험하는 고적하고 조용한 시골의 새로운 세계에 대한 경이로운 체험들은 그를 행복하게 했다. 그러나 부모들은 시골 대학 학벌로는 안 된다고 강제로 미국으로 유학을 보낸다. 그는 미국에서의 생활에 적응 못하고, 외국 친구들의 놀림과 시골 대학에서 만난 '순지'에의 그리움으로 정신착란을 일으키고 구속된다. 자신을 보석에서 풀려나게 해준 필립 장의 집에 머무르는 동안 필립 장과 아버지가 한통속이라는 생각으로 억압적인 세계, 필립 장의 집을 피해 달아난다. 부딪치는 모든 것이 아버지의 환상이 되어 나타남을 견디지 못해 달아나다 결국 물속에 익사하고 만다.

이 작품에서 부모의 이기적 욕망에 의해서 자행되는 분열과 갈등이 죽음의 세계라고 한다면 밝고 순수한 이미지를 가진 '순지'의 세계는 생명의 세계다. '순지'와 같이 있을 때면 인정스럽고 순박해서 함께 있으면 더 없이 편하고 즐거운 생명의 환희를 느끼는 생명의 세계다.

「나무꾼이 선녀를 만났다네」 역시 「순지를 생각하며」와 비슷한 구조를 가진 작품이다. 단지 서술의 중심이 「순지를 생각하며」는 분열과 갈등이 중심에 있는 죽음의 세계에 있다고 한다면 「나무꾼이 선녀를 만났네」는 생명력과 환희의 세계가 서술 중심에 있다. '그'와 헤어지게 하기 위해 그녀의 부모님들에 의해서 미국으로 강제 출국시킨 사라져버린 '혜리'를 추억하기 위해 한때 같이 봉사를 했던 보육원을 찾는 것은 혜리만을 위한 것이 아니다. 거기에는 어린 아이들이 가지고 있는 생명력과 움직임과 따뜻한 이야기가 생성되는 생명의 장소다. '그'는 보육원 아이들에게 동화를 이야기해주며 '혜리'가 돌아올 것을 꿈꾸고 환상을 품는다. 이야기는 언제나 새로운 이야기를 낳는 창조의 세계이면서 새로움을 잉태하는 생명의 세계다.

두 작품에서 드러나는 성 혹은 사랑은 일상을 움직이는 갈등과 투쟁의 원리에 대비되는 생명의 원천이며, 인간의 이기적 욕망을 이겨내는 힘으로 작용한다. 원초적 생명력의 복원은 언제나 벚꽃 수사학을 동반한다.

> 그는 벚꽃 아래를 걸으면서 눈을 가느스름하게 뜨기도 하고, 아예 감기도 하면서 두 팔을 활짝 펴고 걷는다. 이 길이 바로 아득한 저 세상으로 이어지는 꿈길이라고 생각한다. 그는 암수의 눈과 날개가 하나씩이라서 짝을 짓지 않으면 날 수 없다는 비익조가 되어 혜리와 함께 올라가고 있다.
>
> — 「나무꾼이 선녀를 만났다네」, 193면

> 나는 찬란한 봄 햇살에 활짝 웃고 있는 벚꽃에 한껏 취했고, 참을 수 없는 향수에 푹 젖어 있었고, 배시시 웃으면서 다가오는 여자에게서 순지의 모습을 보았던 것이다.
>
> — 「순지를 생각하며」, 134면

이 작품들에서 벚꽃은 원초적 생명력을 복원하고 삶에 향수를 주기도, 삶에 에너지를 주는 환상의 수사학으로 등장한다. 작가는 동물의 세계인 이기적 욕망의 세계에서 자유와 열정과 꿈을 주는 식물의 세계로의 전환을 벚꽃을 통해서 드러낸다.

4. 벚꽃, 삶에 대한 알레고리

김선주는 탐스럽게 만개한 무리지어 핀 벚꽃의 환상을 즐긴다.

실린 아홉 작품 모두가 벚꽃의 환상으로 채워져 있다. 그것은 삶에 대한 알레고리로 사용하고 있다. 작품 속에 그려진 주인공의 삶들은 누군가의 왜곡된 욕망에 의해서 훼손된 삶을 그리고 있다. 그들은 꿈속에서라도 벚꽃의 환상을 즐기지 않으면 숨을 쉴 수 없다. 언젠가 이루어 질 꿈, 만개된 벚꽃 마냥 자신들도 활짝 활개를 피고 살아갈 날들을 꿈꾸며 벚꽃의 환상을 즐긴다.

인간은 누구나 자신이 가진 잠재적 능력을 가지고 있다. 그런데 자신의 왜곡된 욕망이나 다른 사람들의 이기적 욕망에 의해서 그 잠재적 능력을 찾기도 전에 좌절되거나 억압을 당한다. 그것은 인간을 사물화 시켜 죽음에 이르게 한다. 그러기에 작품들의 인물은 벚꽃의 환상을 즐긴다.

김선주의 『그대 뒤에서 꽃 지다』의 작품들은 일상의 흐름 속에서 자연스럽게 제 길을 가야 할 인간의 자유와 마음껏 발휘되어야 할 열정이 왜곡된 욕망에 의해 차단, 환상을 통해 새롭게 복원하고자 하는 이야기들이다. 작품마다 활짝 핀 벚꽃의 이미지가 지겹도록 수사를 통해서 나타나는 것은 바로 이 안타까움 때문이다. 그러나 시시때때로 자유와 열정을 가로 막는 뱀의 허물을 뒤집어 쓴 인간의 육신에 의해서 자행되는 왜곡된 욕망, 자유와 열정의 샘이 말라 마른 모래 바람이 서걱거리는 일상, 그것이 바로 접하고 사는 우리의 현실임을 강조하고 있다. 그것을 통해 우리의 마른 모래 바람으로 서걱거리는 일상의 흐름 속에서 잃어버렸던 꿈, 열정과 자유에 대한 새로운 인식을 일깨우고 있다. 김선주는 벚꽃의 수사학을 통해 왜곡된 것, 사라져 버린 것, 붕괴되어 가는 것, 일그러지고 뒤틀린 일상 속에 숨어 있는 환상을 일깨우고 싶은 것이다

04

삶의 근본적인 질문들
― 주수자의 『붉은 의자』

1. 들어가기

주수자의 두 번째 창작집 『붉은 의자』(2009, 송이당)에는 10편의 작품이 수록되어 있다. 그중 네 작품은 이미 첫 창작집 『버펄로 폭설』에 실린 작품이고, 여섯 편의 작품만이 새로운 작품이다. 『버펄로 폭설』에서 이미 필자의 평론을 실었기 때문에 이번에는 언급되지 않은 작품을 대상으로 하겠다.

주수자는 오랜 이민 생활의 경험 때문인지 소설 소재를 다루고 있는 작가 의식의 폭이 상당히 광범위하다. 그러나 폭넓은 의식을 다루고 있음에도 주수자가 머무르는 곳은 두 지점이다. 인간의 생명의지라 할 수 있는 자유의지와 사회규범 사이에서 끊임없는 시소를 타고 있다. 그중 가장 많은 소재를 다루고 있고, 애착을 가지는 소재는 차별에 관한 것이다. 인간의 편견에서 파생되는 인종 차별, 가진 자와 못 가진 자, 남녀 차별 등 수많은 차별을 다루고 있다. 주수자는 '세계 어느 곳에도 차별이 없는 것은 없다. 그것이야말로 인간이 처한 조건'이라고까지 말한다. 그러나 그 차별을 직접적인 소재로 차용하지는 않는다. 차별에서 비롯된 성적 관계 「붉은 의자」, 인간 소외 문제 「하관」, 「새」, 「연어와 들고양이」, 「버펄로 폭설」, 「복류」 등으로 치환해서 다루고 있다.

이번 창작집 『붉은 의자』에서 드러난 뚜렷한 특징은 삶에 대한 근본적인 질문을 제기하고 있다는 것이다. 「하관」이 첫 창작집의 작품들의 특징들을 그대로 보여주고 있다면, 「열다섯 시간의 묵음(默音)」, 「그림자에게 길을 묻다」, 「새」, 「붉은 의자」, 「초록 불꽃」 같은 작품들은 인간의 자유의지와 우리가 살기 위해서 지켜야 하는 사회규범 사이의 갈등을 통해 삶의 근본적인 문제들을 제기하고 있다. 「다섯 시간의 묵음」에서는 삶의 성실성에 관한 질문을, 「그림자에게 길을 묻다」에서는 오직 주 하나님만을 섬기라는 기독교 교리와 나약한 인간이기 때문에 부딪칠 수밖에 없는 우상 숭배 사이에서의 갈등을, 「새」에서는 자유의지로 인한 불꽃같은 삶이 주는 참혹함을, 「초록 불꽃」 역시 꿈이 있기 때문에 또 다른 미래를, 「붉은 의자」에서는 인간에 대한 사랑과 윤리적인 갈등 사이의 흔들림을 서사를 통해서 보여주고 있다.

2. 「붉은 의자」의 이중의 목소리

두 번째 창작집에 해설을 쓰고 있는 김혜련은 이 작품에 대해 다음과 같이 서술하고 있다.

> 어느 작가이건 작품을 통해 자신의 목소리를 내는 것은 당연하겠지만, 픽션 안에서 픽션 아닌 저자의 목소리를 생생하게 듣는 듯한 경험은 어떤 의미에서 상당히 낯설고 그로테스크하기까지 한 경험이다.
>
> — 작품집, 266면

위의 인용문에 의할 것 같으면 「붉은 의자」는 작가라고 하는 작품 속의 내포작가와 작품 주인공의 목소리가 겹쳐서 드러난다는 것이다. 대부분의 작가는 작중 인물의 한 인물에게 자신의 세계관이나 자신의 의식을 입혀서 그 작중 인물을 통해서 작품 속에 작가의 의도를 관철시킨다. 그러나 이 작품에서 핵심 인물인 상현과 작가는 서로 겹쳐 있으면서 서로 다른 목소리를 내고 있다.

핵심 인물인 상현은 다분히 감상적인 인물이면서 피해 의식의 소유자이다. 피해 의식은 엄마와 아버지의 관계에서 비롯된 것이다. 폭력적 가부장적 아버지 밑에서 인내로 견디며 살았던 어머니의 굴

종의 삶은 상현에게 닮고 싶지 않은 삶이지만, 같은 여자로 태어났기 때문에 닮을 수밖에 없는 삶이다.

이런 서사 과정은 미국 유학 와서 첫 도움을 받은 브레이크 교수와의 관계에서 오는 갈등을 통해서 그대로 드러난다. 교수와 조교와의 관계를 떠나 상현이 브레이크 교수와의 성적인 관계는 강한 윤리적인 반발 뒤에서 은근히 드러나는 에로스적인 측면 이중적인 관계를 묘하게 보여준다. 브레이크 교수는 이 점을 예리하게 간파하고 있다.

> "갑자기 왜 이러는 거지? 더 이상 차갑지 않은 네 두 발… 너도
> 알고 있잖아."
> 상현의 눈빛이 흔들린다. 사실이다. 조금은 가라앉은 몽유병,
> 그러나 그녀는 공격의 칼날을 놓고 싶지 않다.
> "당신의 정부가 되려고 온 건 아니에요."
> —『붉은 의자』, 49면

위의 인용문에서 드러난 것처럼 어머니의 삶을 닮고 싶어 하지 않는 상현은 브레이크 교수와의 굴욕적인 관계에 반발하고 싶어 한다. 그러나 상현의 몸은 브레이크 교수를 받아들이고 있는 것이다. 아버지와 어머니의 관계로 인해 발생한 몽유병은 브레이크의 성적인 관계로 치유되고 있다. 몸으로는 받아들이고 싶어 하는 상현과 윤리적으로 받아들 수 없는 상현은 작중 인물과 작가와의 갈등이기

도 하다. 상현은 알코올 중독자인 브레이크 교수의 허무주의적 태도, 몸으로 확인되는 것 외의 '모든 것은 사라질 뿐인데'를 잘 알고 이해하고 있다. 그러나 내포 작가는 상현에게 윤리적인 질문들을 강요하고 있다.

결국 상현은 흑인이면서 페미니스트인 제니스의 도움으로 브레이크 교수를 학생회에 교내 성폭력으로 고발한다. 교수 회의에서 해명을 요구 받은 브레이크 교수는 심리적 압박감에서 헤어나지 못하고 과중한 술로 인한 심장 파열로 결국 죽게 된다. 상현은 자신의 고발이 빚은 브레이크의 죽음으로 인해 또 다른 갈등 속에서 새로운 해답을 제시하고 있다. 내포 작가는 마지막 문장에 '상현이 브레이크 교수의 집을 향한다'는 서술을 끝으로, 앉고 싶은 의자, 즉 자신의 욕망이 원하는 삶, '붉은 의자'에 왜 이 인간은 제도의 굴레를 뒤집어 씌어 갈등하게 하는지를 질문하고 있다.

3. 「열다섯 시간의 묵음」, 「그림자에게 길을 묻다」
역설의 미학

이 두 작품은 삶에서 당연히 진리라고 믿었던 교리적 믿음을 역설적으로 뒤집어엎음으로써 절대적인 진리는 없다는 것을 보여준다. 「열다섯 시간의 묵음(默音)」에서는 우리 삶에서 보편적 가치라고 하는 것, 성실, 헌신, 인내 같은 것에 대한 새로운 물음을 제기하고 있다. 이 작품은 화자가 쇼핑 중 쓰러져 뇌수술을 받기 전과 받으면서 혼수상태에 빠진 후의 의식의 전 과정을 기록한 글이다.

이 작품에서 화자가 어려운 형편의 홀어머니 밑에서 자라 어머니를 봉양하고 가족에게 헌신하며 쓸데없는 시간을 낭비하지 않고 살았다고 자부한다는 것은 지금까지 그렇게 사는 것이 옳다고 생각해 왔기 때문에 그렇게 산 것이다. 그러기에 수술 중의 혼수상태에서 나타난 저승사자들에게 자신은 성실하게 살아왔다고 자부심을 가지고 말할 수 있는 것이다. 그러나 저승사자들은 이러한 화자의 삶을 전면 부정한다. 화자를 충격과 혼란에 빠뜨리는 것은 화자의 살아온 생애를 점수로 환산하자 빵점이 나왔다는 것이다. 저승사자들은 새로운 인생을 살라는 뜻으로 화자에게 백지를 준다. 의식이 되살아오면서 화자가 처음 부딪친 것은 기쁨에 찬 응얼거리는 노래 소리다. 화자는 자신의 내면의 깊은 곳에서 나오는 욕망을 느낀다.

이 작품에서는 자신의 욕망을 죽이고 타인을 위한 삶만이 거룩하고 훌륭한 삶으로 인식해 온 기존의 삶의 가치를 부정하는 것이다. 이 작품에서는 자신의 욕망을 죽이고 자신으로 살지 못한 삶, 쓸데없는 시간을 낭비하지 않은 삶은 감각으로 느낄 수 없는 윤리적이고 관습적인 것이다. 윤리적이고 관습적인 것은 생명을 충족된 에너지로 불타오르게 하지 않는다. 이 작품에서 작가는 삶의 매 순간이 충족된 에너지로 화한 삶, 기뻐 저절로 노래를 흥얼거리는 삶을 이 작중 화자를 통해 역설적으로 드러내고 싶은 것이다.

「그림자에게 길을 묻다」 역시 비슷한 구도의 작품이다. 하나님 외에 우상을 숭배하지 말라라는 기독교적 믿음은 진리이다. 그러나 실제 삶에서 매순간 부딪치는 인간적 흔들림은 인간을 나약하게 한다. 이 작품의 화자는 새로 부임한 원주 가톨릭 신부다. 화자는 신부방에서 이런저런 책을 뒤지다 책 속의 메모를 통해 자신이 부임하기 바로 직전의 신부의 행적을 읽게 된다. 그전 신부의 의문에 쌓인 죽음을 추리하는 것이 이 작품의 서사과정이다. 여러 가지 경로를 통해 추적을 하는 과정 중에 그전 신부가 점성술을 믿었다는 것을 알게 된다. 여기서 그전 신부가 믿었다는 점성술은 하나님 외의 다른 것에 대한 믿음의 상징으로써 우상 숭배나 미신과 같은 것이다. 신부가 성당의 신도들과의 관계에서 괴로운 일이 있을 때는 점성가를 찾았다는 것이다. 여기서 점성가는 인간적인 흔들림을 잡아주고 자신이 가야 할 길을 잡아주는 구도자와 같은 인물로 이미지화 되어 있다.

또 여기서 점성가 외에 신부를 단속하고 신부의 모든 행동을 감시하는 수녀가 있다. 여기서 수녀는 율법주의자나 교조주의자의 상징이다. 신부가 인간적으로 흔들릴 때는 반드시 수녀가 나타난다. 수녀는 인간의 오만과 편견, 독단을 상징하는 인물이다. 수녀는 한국의 가부장적 시대의 유물, 가부장적 의식을 내면화한 같은 여성을 억압하고, 자신 속의 타자를 억압하는 독단과 편견을 상징하는 한국의 할머니와 같은 인물로 이미지화된다. 이런 인물은 또 다른 작품

「하관」에서도 똑같은 형상으로 이미지화되어 나타난다.

인간이기 때문에 매 순간 부딪치는 인간적인 갈등은 하나님의 뜻을 기다리기에는 인간은 너무나 나약하다. 그러기에 순간적으로 우상 숭배나 미신에 빠져들게 된다. 이것이 과연 하나님의 뜻을 기다리지 못한다고 단죄할 수 있는가라는 작가의 의도를 읽을 수 있다. 나약한 인간이기에 빠져들 수밖에 없는 독단과 편견, 이것이 바로 우상 숭배나 미신이 아니겠는가를 작가는 역설적으로 보여주고 있다. 마지막 문장에서 수녀가 동역자인 자신을 두고 점성가를 찾는 신부를 용서할 수 없었다는 수녀의 말 역시, 인간의 나약함이 아니겠는가. 두 사람의 그림자가 함께 얽힌다는 것은 인간은 누구나 자신의 독단에 빠질 수밖에 없음을 보여주는 것이다.

4. 「새」, 자유의 혼

이 작품에서는 위의 두 작품과는 달리 생명의 에너지가 충족한 삶, 자유만을 갈구한다는 것의 말로가 어떤지를 보여주는 작품이다. 이 작품의 작중 화자는 크리스마스를 즈음하며 뮤지컬을 기획하고 있는 제작자다. 무대 장치를 맡은 친구가 데려온 안무가는 연출부터 기획팀장, 제작자인 화자까지 매료시켰다. 그 안무가는 기존의 음악이 아닌 생소한 음악에 자신의 몸의 리듬을 맞추며 안무를 했다. 안무가는 매혹적인 안무 외에는 실제 삶에서 갖추어야 하는 격식, 예의 모든 것을 무시하고 제멋대로 사는 인물이었다. 안무가와 화자와의 불협화음이나 안무에 대한 연극 단원들의 감탄과 혐오 사이에서 갈팡질팡 끝에 겨우 뮤지컬을 올리기로 한 전날, 고사를 지낸 뒤풀이에서 제일 마지막에 남았던 안무가가 끄지 않은 전기히터의 불이 가열되어 무대를 태우고 뮤지컬은 결국 못 올리게 된다. 제작자인 화자는 빚더미에 오르고 남편의 유업을 망치게 된다.

실제 삶에서 필요한 격식, 예의 등을 무시하고 자신의 생체 리듬에만 맞춰 살아가는 안무가의 삶은 결국 타인들에게 불편을 주고 스스로의 생존조차 불가능하게 됨을 서사 과정을 통해서 보여준다. 이 작품에서 새는 자유의 혼을 쫓는 인물의 상징이다.

5. 나오기

주수자 작품에서는 몇몇 작품을 제외한 대부분의 인물들 특징은 가부장적 가족 관계 속에서 오는 소외의 경험으로 자신 스스로를 타자화 하고 타인들과 관계를 단절시킨다. 「열다섯 시간의 묶음」의 화자 역시, 자신이 홀어미의 아들이고 가족을 부양해야 한다는 의무감으로 스스로부터 자신을 소외시키는 인물이다. 그러한 소외는 다른 가족에게도 이어진다. 아무리 성실한 삶을 살았다 하더라도 자신으로부터의 소외나 타인들과의 단절된 삶은 의미가 없다.

「붉은 의자」의 주인공 역시 어머니 아버지의 왜곡된 관계에서 오

는 피해의식에 젖어있는 인물이다. 「하관」, 「그림자에게 길을 묻는
다」 주인공들 역시 가부장적 의식이 내면화된 할머니로부터 소외된
경험을 가진 인물들이다. 이와 같이 주수자의 관계성은 주로 가족관
계로부터 온다. 그런 가족과의 관계로부터 소외된 경험은 끝까지 극
복되지 못하고 가족의 삶을 그대로 반복하는 것으로 나타난다.

「붉은 의자」나 「하관」에서처럼 딸은 어머니의 운명을 그대로 이
어받는다. 인물들은 스스로의 운명의 그늘에서 벗어나지 못한다. 이
러한 특징은 작가의 의식이 상당히 동양 사상 중, 특히 불교의 업고,
인연설과 맥이 닿아있다는 것을 보여준다. 그래서 주수자의 인물들
의 대부분은 의식이 복잡하다.

주수자 작품 플롯의 특징은 처음 서사과정에서 도입부의 서술이
마지막 사사에서 막음을 함으로써 플롯의 완성도를 보여준다. 즉 텍
스트의 시간이 「열다섯 시간의 묶음」에서는 넘어져 뇌를 다친 직후
부터 수술 후 끝이 나는 시각까지이다. 「하관」에서는 할머니의 부고
를 듣고 상가(喪家)에 도착해 하관(下棺)하기까지의 시각이다. 물론
스토리 시간은 전 생애를 다루는 경우가 많다. 그래서 주수자의 작
품은 이야기 요소가 많아 다른 작가들보다 분위기가 무겁다. 물론
다루는 소재 또한 가벼운 소재가 아닌 철학적인 것을 다루고 있기
때문이기도 하다. 그러나 어려운 소재를 다루고 있음에도 서사 과정
을 성실하게 보여주려는 작가의 노력으로 인해 어려운 소재를 다룰
때 빠지기 쉬운 함정인 관념적으로 흐르지 않는다.

05

원로 소설가 송원희와의 대담

〈〈문학예술〉, 2002년 겨울호)
대담자 : 평론가 이덕화 / 장소 : 경복궁 옆 진선북카페

송원희는 1955년 김이석(金利錫)에 의해 추천을 받아 「화사(花蛇)」, 「식민지」를 『문학예술』에 발표함으로써 작가의 길로 들어선다. 그 이후 10여 권의 장, 단편 창작집을 발표, 꾸준한 창작 활동을 하였으며, 대부분의 작가들이 창작활동을 접는 현재 70세가 넘은 연령에도 의욕적인 창작욕을 보이는 작가이다.

송원희는 여성작가들에게는 찾아보기 드문 사회의식과 민족의식을 보여주어, 역사적 구체성을 통하여 강렬한 주제의식을 보여주는 작가로 정평이 나 있다. 이번 대담을 통하여 작가 송원희에게 작품의 원동력이 되는 민족적 정체성의 의미를 되짚어보고, 여성이면 누

구나 겪는 작가로서의 개인적 사생활에서 오는 갈등에 대해 이 자리를 빌어 한번 이야기를 나누어 보도록 한다.

진선북 카페의 정원은 온통 낙엽으로 뒤덮였고, 마침 우리가 앉으려는 2층 창가의 테이블에는 막 서산으로 넘어가려는 석양빛이 붉게 물들이고 있었다. 창문 너머에선 겨울을 재촉하듯 경복궁의 담장 안에 있는 단풍들이 한 잎 두 잎 간격을 가지며 담장 밖으로 떨어졌다. 마침 비발디의 사계 중에서 가을을 지나 겨울이 흘러나오고 있었다.

이) 선생님 안녕하세요? 발아래 구르는 낙엽을 보니, 가을을 느끼지도 못하고 벌써 떠나보냈구나 하는 아쉬움이 드네요. 단풍 구경이라도 다녀오셨는지요?

송) 내가 사는 곳이 우이동 자락이라, 나는 매일 아침 등산을 하며 세월을 느끼죠.

이) 대략 하루에 몇 시간 정도 등산을 하는지요? 선생님 까마득한 후배인데 말 놓으셔요.

송) 그럼 그럴까, 좀 더 친숙하게. 하루 한 시간에서 한 시간 정도 그리고 이메일 확인과 아침 신문을 보면 오전은 다 가버리지.

이) 그럼 창작은 대략 몇 시에 시작해서 몇 시간 정도로 하시는지요?

송) 특별한 약속이 없을 경우, 대략 오후 2시에서 5시까지, 저녁 식사준비 시간까지 하는 셈이지.

이) 집의 가사는 직접 돌보시는지요?

송) 일주일에 한 번 정도 파출부 아줌마가 오지만, 대체적으로 내
가 다 하는 셈이지. 가사 노동도 하나의 생활 질서 속에 넣어
버리면, 그것 자체가 하나의 질서가 되어버리니까.

이) 현재 가족은 남편과 선생님, 두 분? 자녀분들은 어떻게 되는지
요?

송) 세 명인데, 위로 딸 둘, 아들 한 명인데, 막내인 아들이 얼마
전에 박사학위를 받았고, 둘째 딸은 박사학위를 받아 교수를
하고 있고, 첫째 딸은 결혼 해, 연구원 생활을 하며 자식들 기
르다 박사학위 공부 중이지.

이) 딸들도 엄마를 따라 모두 자기실현에 열심이시네요. 저는 여
성들이 자식들에게 환상을 가지고 치맛바람을 날리는 것보다
자신의 일을 가지고 자식들을 객관적으로 바라볼 수 있는 눈
이 필요하다고 생각해요

송) 그것 아주 중요한 지적이네. 안에서가 아니고 바깥에서 자신
을 보는 눈, 그래서 외국 여행을 하면서 제가 많이 객관화되
고, 안에서 느끼지 못했던 민족의 동질성을 나 자신 속에도 느
낄 때가 있지.

이) 그래서 그런지 여행을 자주 다니시는 것 같아요

송) 작년에 황하유역을 여행했고, 이번에도 터키 여행을 24일 동
안 다녀왔어. 여행은 작품의 의식을 확인하는 작업이라 할 수
있지. 일 년에 세 번 정도는 가지. 국내든 국외든.

이) 부럽습니다. 자유롭게 여행을 하시고, 또 그것을 창작과 연결
시키고 보통 여행은 혼자 다니시는 것 같은데?

송) 나는 내가 원하는 여행 목적에 맞추어서 해야 하기 때문에, 다

른 사람과 함께 맞추기가 힘이 들지.

이) 그러고 보니, 이번 작품집 『탈옥수와 노인』의 「아사달 아버지를 찾아서」에서 보면, 고조선의 도읍지 아사달을 찾아서 중국 동북 지방의 완달산(完達山) 녕고탑(寧古塔)을 찾아가는 이야기가 나오는데, 실지 여행을 통해서 민족의 정체성을 찾아다니는 것을 보면, 선생님은 작품의 소재를 정해 놓고 그것을 다시 확인하기 위해 여행을 하는 것 같군요.

송) 물론 그렇기도 하고, 아직 뚜렷하지 않은 의식을 확인하기 위해 여행도 하지.

이) 선생님은 다른 여성작가들과는 달리 정체성을 개인의 정체성보다는 민족의 정체성에 더 많은 비중을 가지고 다루고 있는 것 같은데, 그런 계기라도 있는지요?

송) 내가 문학을 시작하게 된 계기와 관련되어 있는데, 대학 2학년 철학 개론 시간에 충격처럼 와 닿은 칸트 이야기 때문이야. 그때 강사 선생님이 누군지 이름은 기억이 나지 않지만, 그때 선생님은 이런저런 칸트 이야기를 하다가, 칸트가 학생들을 가르치는 강의실에 어떤 학생이 한 손을 주머니에 집어넣고 강의를 들었대. 그래서 칸트가 그 학생에게 왜 주머니에 손을 넣고 강의를 듣느냐고 물었더니, 그 옆 학생이 팔이 없다는 대답을 하자, 민망했던 칸트가 말하기를 나는 없는 학설을 만들어내기도 하는데, 없는 팔 좀 내민다고 큰일 날일 있냐는 일화를 전했을 때 내 가슴이 찡해오면서, 나의 삶의 목표가 희미하게나마 떠오르더군, 그래 난 잃어버린 것을 찾자, 살아가면서 내 속에서 잃어버린 것, 우리 민족이 잃고 있는 것, 잃어버린 것을 찾는다는 것도 더 강력한 창의성이라는 생각이 칸트의 말속에 있지 않은가 하는 생각이 들었어. 그런 것을 글로 쓰자는 생각이 들었지.

또 하나는 어릴 때 체험이었는데, 일제시대, 우리 가족은 독립운동을 하시는 아버지를 따라 상해에 잠시 거주를 한 적이 있었는데, 그때 김구를 비롯한 독립운동가들의 여러 활동을 옆에서 지켜보면서, 어린 나이에도 나라 잃은 백성으로서 민족적 아픔 같은 것을 느낀 것 같아. 지금까지 민족의 정체성을 찾는 것은 곧 민족적 자긍심을 찾는 것이라는 생각이 들거든.

이) 「아사달 아버지를 찾아서」를 보면서 선생님의 장인정신이 대단하다는 생각이 들었어요. 민족의 자긍심을 찾기 위해서 오지라고 할 수 있는 중국의 완달산 녕고탑을 단신으로 찾아가신 것을 보면서 저도 멋모르는 희열 같은 것을 느꼈어요. 사실 우리나라 사람들에게 부족한 것은 장인정신이라는 생각이 들었거든요. 이번 노벨화학상을 일본의 일개 회사원이 받는 것을 보면서, 일본 사람들은 조그마한 일에도 장인정신을 가지고 살아간다는 생각이 들었는데, 선생님의 작품을 보면서도 그런 것을 느꼈거든요.

또 「대붕(大鵬)이라는 이름의 새」에서는 선생님의 작가적 삶의 자세 같은 것이 엿보였는데, 어느 산골의 전설 이야기를 장자의 대붕이야기와 접맥, 비록 자신의 삶이 작은 치어로 그친다고해도 대붕의 꿈은 잃지 않고 살겠다는 자세, 자신의 잇속만을 따라 살아가는 각박한 현실에서 참 소중한 삶의 자세인 것 같아요.

송) 그렇게 이해해줘서 고마워. 나 스스로 문학적 재주라든가, 소
질 같은 것을 확신할 수 없기에 성실한 자세로 밀고 나가고
있지. 그러다 보니 초기 작품을 발표하고 작품평이 여성의식
보다는 민족의식을 가진 작가로 고정되다 보니, 계속 밀고 나
간 것 같아. 시간이 지나면서 처음에 희미하고 막연하던 것들
이 차츰 분명한 의식을 가지고 또 선명해지기도 하고, 또 확신
도 생긴 것 같아.

이) 여성의식을 말씀하시니까, 짚고 넘어갈 것이 있어요. 여성평론
가들 중에는 선생님의 작품 속에는 여성의식이 없고, 오히려
남성의 가부장적 의식이 내면화되어 있다는 평을 하는 평론가
들도 있던데. 그 부분에 대해서는 어떻게 생각하는지요. 혹 가
정에서 주부로서, 며느리로서, 어려움은 없으신지요. 혹 몇째
며느리신지?

송) 넷째 며느리지. 그러나 한국 며느리라는 게 다 그렇지 뭐.

이) 그래도 맏며느리보다 가부장적 가족 구조에서 어느 정도 비껴
나 있는 셈이잖아요.

송) 물론 처음 결혼해서는 대단했지. 나는 결혼하기 전부터 전통
적 가족제도의 희생자는 되지 않겠다는 생각은 철저했는데,
그래서 작품 쓰다 명절이다, 제사다 하는 집안 행사에 늦게 가
는 경우가 허다했지. 그러면 제일 맏동서가 다른 동서들과 단
합을 해서 나를 미워하고 싫어했지. 그래서 나도 결혼 초기는
무척 괴로워했고 남편과 이혼 위기까지 갔었어. 그때 사실 남
편까지 이해를 못한다면 이혼할 각오를 가지고 있었어. 남편
이 가족 행사에 며느리로서의 도리를 강요하고 나오자, 전 아

예 못하겠다 하고 손들었지. 그리고 이혼할 각오를 했고 남편이 일주일 만에 백기를 들며, 대신 우리 아이들 양육문제나 우리 가정은 소홀히 하지 말라고 당부를 했고, 나 또한 결혼을 승낙한 만큼 그 부분에 관해서는 책임을 져야한다고 생각했기 때문에 동의를 하고 그 이후 문제가 완화됐지. 결혼 초기는 그 때문에 갈등이 많고, 동서들이나 시어머니에게도 죄의식이 많았어. 그러나 성경말씀에 마리아와 마르다 말씀을 보고, 마리아가 할 일이 있고, 마르다의 할 일이 따로 있다는 생각을 하면서 죄의식이 사라졌어.

이) 누가복음에 나오는 이야기 말씀이죠, 예수님을 청해 놓고 바쁜 언니 일은 도우지 않고 예수님의 발아래 앉아 예수님의 말씀을 경청하던 동생을 언니가 불평하자, 예수님께서는 '마르다야 마르다야 네가 많은 일로 염려하고 근심하나 그러나 몇 가지만 하든지 혹 한 가지만이라도 족하니라 마리아는 이 좋은 편을 택하였으니 빼앗기지 아니하리라'는 말씀이죠. 저도 이 말씀에 있는 혁명적인 선언이 마음에 들어 무척 좋아하는 구절이라 외우다시피해요.

그렇지만 어디까지나, 가정에서는 인간과 인간의 위계질서 문제라든가, 남편의 입장 등 복합적인 문제가 많으니까, 그렇게 간단한 문제는 아닌 것 같아요. 자신의 신념과 상관없이 가족의 이해가 없으면, 사사건건 부딪치는 문제가 바로 가족 문제인데, 남편과 시댁 식구들이 너그러우신가 봐요. 사실 가부장적 가족제도가 여성들에게는 하나의 족쇄인데, 그런 것을 벗어나 살아갈 수 있다는 것은 행운이죠.

송) 나는 우리 가정에 대한 엄마로서의 성실성, 아내로서의 성실
성, 그리고 작가로서의 성실성을 지키며 살아가려고 노력해.
그 나머지는 나의 역량 밖이라고 생각해.

이) 선생님께서 소설작가가 된 계기라도 있으신지요?

송) 내가 어릴 때, 친정어머니가 계모 밑에서 자란 이야기를 해주
었어. 외할머니가 일찍 돌아가셨는데, 계모 할머니가 새로 들
어와서, 그때 진명여학교에 다니고 있던 어머니를 학교에 못
다니게 하고 아이를 보라고 했다는 이야기를 들었어. 어릴 때
「소공녀」, 「소공자」, 「백설공주」 같은 책을 읽으면서 어머니의
고통을 생각하고는 얼마나 울었는지 몰라. 그때 문학감수성이
길러진 것 같아.

　어릴 때 친정어머니의 이야기에서 계모 할머니를 통해 인간
의 이기적인 면을 생각하게 되었어. 그런데 살다보니 그런 인
간의 이기적인 본성이 나에게도 있다는 것을 알고는 절망했고
허무주의에 빠진 적도 있었지. 그 이후 종교를 통해서 극복이
됐지만. 또 칸트 이야기에서 용기를 얻고 문학을 시작하면서
문학을 통해 치열한 나와의 전쟁을 한다는 생각으로 시작했지.

이) 선생님의 데뷔작인 「화사(花蛇)」를 보면, 예술 활동에 정진하
려는 작가가 아내로서 주부로서 느끼는 갈등이 잘 드러난 것
같아요. 사실 이혼한 남편은 화가인 주인공의 예술 정신을 이
해 못하는 것보다, 인간적으로 덜 성숙한, 파렴치한 남자 아니
에요? 은행돈을 공금횡령하고 그 뒤치다꺼리를 하기 위해, 아
내가 국전에 출전하려는 그림을 윗사람에게 바치겠다고 몇 번
달라는 것은 예술 이전에 인간적인 문제라는 생각이 들어요

그러나 이혼 후의 생계비 해결과 그동안의 못했던 그림을 더 열심히 그리기 위해, 아이에 대해 무성의 해져 결국 아이가 폐결핵으로 죽음에 이르는 것은, 아이의 죽음을 통해서 생계비를 책임져야 하고 또 자녀를 보살펴야 하는 독신녀의 2중 3중 역할 속에서 예술 창작생활을 한다는 것의 어려움을 나타내는 것 같아요. 사실 이런 소재는 90년대 여성 작가들이 많이 사용하는 모티브죠. 공지영의 『무소의 뿔처럼 혼자서 가라』에서도, 공선옥의 작품 여러 곳에서도 자주 사용되는 모티브죠. 그런데 선생님은 이미 30년 전에 이런 모티브를 가지고 글을 썼군요.

이 작품에서는 아이가 죽은 후, 여러 갈등 끝에 예술 정신을 통하여 자신을 극복하는 과정이 잘 그려진 것 같아요. 1950, 60년대 여성 작가들의 작품에서는 대부분이 모성회귀 아니면, '완전 가족 로망스' 환상을 가지고 현모양처의 꿈을 실현하기 위해 가정으로 돌아가는 결론을 보여주는데, 이 작품에서는 여성으로서의 꿈보다는 자기의 길을 실현하기 위해 정진하겠다는 결론이 90년대식 결론인 것 같아요.

송) 결혼한 여성으로서, 직업여성이든 전문직 여성이든 누구나 가족생활과 예술 활동 사이에 끊임없는 갈등을 하게 마련이지. 그것을 여성들이 어떻게 극복하느냐가 중요한 데, 나의 갈 길이 분명했고, 남편의 이해가 우선되었고, 대부분의 시간을 가정생활과 작품생활에 투자할 수밖에 없었어. 가정생활은 나의 결혼에 대한 책임이고, 작품생활은 앞에서도 이야기했지만, 나 자신 속에 잃고 지내는 것, 우리가 살아가면서 잃고 지내는 것을 찾는 것이고, 그것은 바로 나 자신을 알고 우리 민족을 이해하는 것이라 생각하지. 우리 민족의 미래지향적 특성이라 생각해. 그리고 외부 활동은 최소한의 범위 내에서 하고

이) 주로 선생님은 여성문인회 활동 외에는 문단 활동보다는 창작 활동에 주력하는 것 같아요. 여성문인회 회장도 하셨죠?

송) 그렇지, 2년에 한 번씩 이사들의 추대로 돌아가면서 하는데, 92년에서 93년까지 회장을 했지. 그때 여성문인회 이름이 「한국여류문학인회」였는데, 내가 회장으로 일하면서 「한국여성문학인회」로 바꿨지. 그때 여성문인들 중에는 반대하는 사람도 있었는데, 나는 여성들의 단체에 남성들이 부쳐준 '남성'의 아류의 개념으로 사용된 '여류'라는 말을 사용하는 게 어쩐지 스스로 못났네 하는 기분이 들더라고

이) 여성들의 의식 속에는 우리가 알지 못하는 이율배반적인 것이 많은 것 같아요. 남성들도 마찬가지지만, 선생님의 작품 중 66년에 발표된 「분단」이라는 작품을 보면, 거기에서도 여성들의 이율배반적인 의식을 잘 보여주는 것 같아요. 가족을, 남편을 너무 사랑한다는 명분으로, 남편조차 자신의 주관적인 입장에서만 받아들여 결국 자신을 구속하고 억압하는 요인이 되는 거죠. 자신과 가장 가까운 어머니나 남편이 분단의 아픔을 지녔음에도, 그들의 입장을 이해하려는 생각보다는 남편을 전유하려는 의식 때문에 전전긍긍하는 자신을 억압하게 되는 거죠. 가족이기주의는 결국 이 작품에서 보여주듯이 민족을 부정하고, 자기 가족 외에는 인간 자체를 부정하는, 그래서 결국 자신을 억압하게 됨을 보여준 것이라 생각됩니다. 여성들이

딸, 아들 낳고 남편과 단란한 가족을 이루어 행복한 가족의 꿈을 이루려는 '완전 가족 로망스'는 결국 주위 사람들뿐만 아니라, 민족의 아픔도 뒤로 하고, 통일도 원치 않는 편협한 이기주의의 모습을 보여주게 되는 거죠. 현실적으로 우리나라 사람들의 순수 혈통을 지키기 위해 아이를 낳지 못하는 부부라도 입양을 꺼려, 해외 입양아가 늘어나는 추세와 같은 거죠.

이 작품과 관련되어 1970년대 선생님의 작품들에 산업화와 관련되어 여성들의 극단주의적 이기주의 형태의 여성상들이 나타나는데, 이런 여성상들은 산업화 시대에 남성은 산업화의 현장에, 여성은 가정에서라는 공/사 분리에 의해서 여성들의 의식을 사회화하지 못했기 때문에, 혈연 가문주의에서 자본주의의 가치가 합쳐 극단적 이기주의가 된 것은 아닐까요?

송) 나도 한때 우리나라 사람들의 폐쇄적 태도에 절망한 적이 있지. 그러나 곧 우리나라의 역사적 굴곡으로 인해 생긴 민족성이고, 이는 나 자신 속에도 있다고 생각을 했습니다. 나 자신 알게 모르고 기득권을 가진 특수층이고, 나의 불이익에 대해서 불편해하고 싫어한다는 것이지, 또 하나는 1980년대 광주 사건 이후 불같이 일어난 민중의식에 대해 이해는 하지만, 자신과 일치하기는 힘들다는 것이고 그래서 더 자신에게 절망하고.

그래서 현실이 막막하고, 바위 덩어리가 앞을 막을 때, 현실에서 절망해도, 나는 고개를 가로 저으며 절망을 희망으로 바꾸고 길을 걷다보면 또 다른 길이 보이더군. 결국 문학을 통해서 극복하고 또 다시 나 자신과의 싸움을 반복하고 이) 저는 선생님에게 많은 것을 배웁니다. 언제나 바쁘다보니, 하루하루 견딘다는 생각으로 살고 있거든요. 저도 이제는 인생을 긴 안목으로 설계하고 생각해야겠다는 생각이 들더군요.

한 가지 또 궁금한 것은 초기 작품에서는 선생님께서 절실했던 문제를 작품화해서 그런지 작품의 구체성에 있어서, 갈등이 분명하고, 주인공의 심리적 내면이 예리하게 포착되고, 세부적 진실을 통해 주제가 전달되는데, 이번 『탈옥수와 노인』(2002, 한국문학도서관출판)에 실린 작품들을 보면 민족의 정체성 같은 다소 추상적인 주제를 다루어서 그런지, 작품 자체의 현실성이 부족하고 선생님의 의식을 전달하기 위해 쓰여진 것 같다는 생각이 들었습니다. 작품을 읽다보면 선생님께서 할 이야기가 참 많으시구나 하는 생각이 들던데, 선생님 생각은 어떠신지요?

송) 아마, 좀 추상적인 주제를 다루다보니 그렇고, 또 아무래도 현실적 거리감 때문에 그런 것이겠지?

이) 저는 선생님을 보면서 저의 미래상을 꿈꾸게 되었어요. 저에게 너무나 소중한 기회를 주어서 고맙습니다. 한 가지 또 여쭈어 보고 싶은 것은 요즈음, 몇몇 반짝이는 작가가 아니면, 소설 발표하기도 힘들고, 출판도 자비로 감당해야 하는 어려운 현실 속에서, 선생님의 연세까지 지금껏 창작 의욕을 가지고, 꾸준히 열심히 글을 쓰시는 것 보면, 존경하고 싶습니다. 의욕이 아무리 많다하더라도 현실이 받혀주지 않으면, 대부분 용기가 꺾이는 것을 보았거든요

송) 경제적인 것이 그나마 나의 문학생활을 지탱해주고 있고, 다

른 지출은 최소화하고, 근근이 이어가고 있지. 또 그동안, 자녀들 교육이다, 주부로 메이다 보니, 여유 있게 작품 생활을 못했지 뭐, 지금에서야 마음껏 내가 써보고 싶은 것을 써보자는 생각이 들어요. 아직 10년은 열심히 쓸 생각이어요. 작가의 성실은 현실로부터 자유로워지는 한 방편이니까. 자유를 위해서 성실을 택했다고 할까.

이) 정말 선생님은 여성문인의 귀감이 되신다는 생각이 들어요. 저는 선생님의 높고 기개 넘치는 장인 정신에 감복했어요. 후배 여성문인들에게 한마디하고 싶은 말은 없으신지요

송) 여성 작가들은 자신의 삶에 따라 의식의 발전 흐름이 있기 때문에, 내가 어떻다고 말할 수 없는 것 같아. 자기에게 가장 절실한 문제를 글로 쓰니까, 그것을 잘되었다 잘못되었다 할 수가 없지. 다 성숙해가는 한 과정이라고 생각해. 많이 생각하고, 넓게, 깊게 생각해서 자신이 비약적으로 의식의 발전을 한다는 생각이 들 정도로 치열한 작가정신이 필요하겠지.

이) 장시간 감사합니다. 저는 선배 작가에게 많은 것을 얻었다는 생각이 듭니다. 앞으로도 많은 지도 편달 부탁드리겠습니다.

송) 이 교수야말로, 학생들 가르칠라, 글 쓰랴, 바쁘게 사는 사람 아니야. 나는 요즘 사람들의 작품도 대체로 읽으려고 노력하는 편인데, 이교수의 작품에서 내가 겪는 심리적 갈등을 예리하게 표현되어 있어 공감하는 점이 많았어. 오늘 고마워.

이) 선생님 좋은 시간 되었습니다.

장장 3시간 이상의 대담을 마치고 10시가 넘은 시간 우리는 까페

를 나왔다. 우리는 안국역까지 걸어서 가기로 하고 길을 나섰다. 길을 나서자 찬 공기가 얼굴에 부딪쳐 상쾌했다. 가을의 낙엽을 밟으며 길을 가로 질렀다. 그러자 선생님은 다시 이야기를 시작하셨다.

"어느 가을, 설총이 절에서 공부를 마치고 원효대사 앞에 나타나자, 얼마나 공부가 되었는지, 실험하기 위해 원효대사가 앞마당을 쓸라고 시켰어, 그런데 설총이 아무리 쓸어도 낙엽이 떨어지고 떨어지고 하더래, 그래서 설총이 아버지에게 아무리 쓸어도 낙엽이 없어지지 않습니다, 했대. 그랬더니 원효대사가, 이 녀석아 가을 마당에는 낙엽이 있게 마련이지, 아직 공부가 덜 되었구나 하며 가을 하늘을 쳐다보았대."

"우리 조상들의 상황 논리 같은 것이 엿보이는 재미있는 이야기네요."

둘은 서로 너무나 충족된 분위기, 일심동체가 된 기분으로 머리 위로 떨어지는 가을을 보내고 있었다.

06

원로 소설가 한말숙과의 대담

(『월간 문학』 2003년 11월호 특집)

한말숙 선생님의 북아현동 댁으로 향하는 언덕길 위에는 전날 바람 덕분인지 낙엽들이 마치 나를 마중이라도 하듯 즐비하게 깔려있었다. 초행길에다, 약속 시간에 늦을까봐 노심초사 헐레벌떡 이리저리 헤매다가 마지막 꼭대기 지점, 하얀 3층집이 우뚝 눈앞에 서있는 것을 발견했다. 직감적으로 이 집이 선생님 댁임을 간파, 초인종을 눌렀다. 노래 가사처럼 '그림 같은 집을 짓고'에 나오는 집처럼 영화 속에서나 볼 만한 하얀 집이 거대한 몸체를 드러내며 대문이 열렸다.

언제나처럼 해맑은 웃음의 선생님 모습이 현관 앞에 나타났다. '휴우'하는 안도의 한숨을 쉬며 선생님께 인사를 하며 안으로 들어

섰다. 현관 안에는 며칠 전에 '은관 문화 훈장'과 '방일영(전 조선일보 회장) 국악상'을 수상하신 선생님의 부군 황병기 선생님의 축하 화분이 즐비하게 줄을 서있었다.

"정말 축하드립니다. 당일은 축하 전화로 너무 바쁠 것 같아, 인사 못 드리고 이제야 축하를 드려야겠네요."

"고마워, 그것보다 어렵게 찾아오느라고 수고가 얼마나 많아." 하며 손을 맞잡으신다.

"아니에요, 그렇게 힘들지 않았어요."

"우선 차 한잔 하시지, 뭘로 할까?"

"네, 찬 것으로 한잔 부탁드릴게요."

사실 나는 감기 끝에다, 산행(?)을 한 덕에 목이 상당히 말랐다. 일단 쭉 집을 훑어보았다. 거실에서는 서울 시내가 눈 아래로 내려보았다. 그러자 눈치 빠른 선생님은 집에 관한 설명을 하시기 시작한다. 그러는 사이 황병기 선생님이 안방인 듯한 방에서 나오셨다.

"안녕하세요? 수상 축하드립니다."

"고맙습니다."

황병기 선생님은 쑥스러운 듯 현관 밖으로 슬슬 몸을 피하신다. 그러자 한 선생님께서 지나치지 않고 한 말씀 하신다.

"지난번에 한 번 같이 만난 적 있죠? 식사 같이 한 적 있잖아요?"

"그렇지."

머리를 긁적이시는데, 잘 기억은 못하시는 것 같다.

"그때 만났을 때, 스페인 영화 <그녀에게>라는 영화얘기 드렸을
때, 재미있어 하시면서 다음 날 저한테 다시 전화까지 하시지 않으
셨어요?"

그제야 기억이 나시는 것 같다. 예의 쑥스런 소년 같은 미소를 지
으며 머리를 긁적이신다. 황 선생님은 2층으로 올라가시고 우리는
본격적인 대화에 들어갔다.

1. 황병기 선생님과의 만남

이) 선생님의 삶과 작품을 연관시키면서 토론하기로 하겠습니다.
   우선 두 분 선생님께서 만나시게 된 경위를 말씀 좀 해주십시
   오.

한) 대학 3학년 때부터 국립국악원에 가야금 강습을 다녔었는데,
   그때 스승이셨던 김영윤 선생님께서 황 선생 이야기를 여러
   차례 하셨지. 그때 황 선생께서는 경기고등학교를 다니며 역
   시 국립 국악원에서 가야금을 배우고 있었고, KBS 콩쿠르에
   서 대상을 탔기 때문에 이미 많이 알려져 있었지. 그런데 우연
   히 같이 할 기회가 있었는데 인상이 아주 좋았어. 사람이 겸손
   하고, 윤택한 집 자제같이 보이더군. 그 이후 8년 매일 거문
   고 · 가야금, 혹은 단소 강습을 받으러 같이 다녔지.

이) 그러면 누가 먼저 좋아하시고, 프러포즈는 어느 쪽에서 하셨
   는지?

한) 그런 것도 없어, 매일 같이 다니면서 서로 좋아한다고 눈치를

채고 있었지만, 특별히 말로 어떻게 한 것은 없었던 것 같아.

이) 집에서도 반대는 없었나요?

한) 우리 어머니도 황 선생을 좋게 보셨고, 황 선생 집에서도 나를 환대하셨지.

이) 지금 이야기에서, 선생님의 작품에서 나타난 선생님의 애정관의 한 면모가 엿보이는데요. 일테면 『아름다운 영가』에서 주인공 유진이 대학 때 친했던 기철이나, 나중 사랑하게 된 장 박사와의 관계가 막연하고 애매한 관계로 처리되거나, 결국 장 박사는 죽음으로 끝내는 것을 보고, 선생님의 애정관이 다른 여성 작가들과는 다르다는 생각이 들더군요. 또 「한 잔의 커피」에서도 주인공 혜영이 구애하는 남성들에게 뚜렷한 태도를 보이지 않다, 한 잔의 커피를 통하여 자신만의 시간을 가지고 싶다는 것으로 결말을 맺어버리는 것을 보고, 선생님의 인간관 같은 것을 느꼈어요. 누구에게 집착도 하지 않고, 사랑하는 관계에서도 분명한 태도를 보이지 않음으로써 뭔가에 대한 아쉬움을 남기고, 그로 인해 더 큰 그리움을 불러일으키는 여운의 미학 같은 거요. 이번 여성 문인회에서 수덕사를 다녀오셨는데, 김일엽을 비롯한 나혜석 김명순의 제1기 신여성의 불행에 대해서 어떻게 생각하시는지요?

한) 빅토르 위고가 '인간의 운명은 환경과 성격이 좌우한다.'고 했는데, 시대와 환경 때문에 불행한 삶을 산 것이지. 그렇게 재주 있고 똑똑한 여자들이었는데.

이) 그럼, 결혼한 나혜석이 다른 외간 남자와의 연애가 공개된 데에 대해서는 어떻게 생각하는지요?

한) 요즈음 그런 일 많잖아. 아는 사람 중에 나혜석과 같은 비슷한 경우의 일을 남편이 당했는데도 아무 일 없이 잘 살고 있어. 그런데 남녀 연애 관계에서 섹스 관계까지 가면 끝장이잖아? 아까 이야기한 대로 아쉬움을 남겨놓아야, 계속 타오르지, 섹스를 하게 되면 숯검정이 되는 거지. 얼마 전에 신문에서 본 이야기인데, 남녀 관계에서 성적 긴장을 가지는 것은 고작 1백 80일 정도밖에 되지 않는다는구먼. 그 이후는 인간적인 신뢰 혹은 정 때문에 관계를 유지하는 것이래. 난 황 선생 보고, 혹시 끌리는 여자가 있으면 내가 데려다주겠다고 하지. 그런데 아직 없나봐.

이) 참 대단하시네요? 선생님의 작품을 통해서 상당히 삶에 대해 관조적이다는 것을 알았지만, 인간에게조차 그렇게 관조적이라고는 생각 못했어요. 그렇다면 한 가지 의문이 드는데요. 지난번 『한국 문인』 잡지에 실린 '가상 유언장'에 쓰신 '아빠의 재혼은 안 된다.'고 하신 것과는 약간 다른데요?

한) 그것에 사람들이 관심이 많은 것 같은데, 연일 그것 때문에 잡지사 인터뷰가 쇄도하는데, 어디까지나 그것은 황 선생 자신이 알아서 할 일이지. 식사 같은 뒤치다꺼리를 위해서는 재혼이 필요 없고, 자식 중에 누가 옆에서 조금씩 돌봐주기만 하면 된다고 생각한 것이고, 남자가 재혼 후 새엄마 한 사람으로 인해 집안 분위기가 달라지고 거기에 적응하기 위해 자식들이 너무 큰 고통을 감내해야 할 것이 걱정이 되는 거지.

이) 그럼, 황 선생님께서 가령 연애를 하신다면요?

한) 그럼 각자 자신의 생활 영역을 훼손시키지 않는 범위 내에서 연애를 하면 되지, 구태여 재혼할 이유는 없지.

이) 황 선생님은 뭐라 그러세요?

한) 그건 본인이 알아서 할 일이지, 그것까지 간섭할 권리가 없다
는 식이지.

2. 경제적 독립권

이) 애정 문제에서 다음 문제로 넘어갈까요? 선생님의 인간관에
관련된 것인데요. 선생님의 작품 중에 1985년에 출판한 『모색
시대』를 보면, 황 선생님의 자취를 읽을 수 있는 인물 '시학'
이라는 시아버지에서 상당히 비슷한 면모가 많이 보이던데,
혹시 그 작품이 나오는 인물들이 선생님의 주변 인물이신지?

한) 그건 우리 시댁이야기를 쓴 것이지. 그 소설은 어디서 봤어?
창피해서 그 소설은 내놓고 싶지 않았는데…….

이) 왜요? 저는 그 소설을 참 재미있게 읽었고 의미 있는 작품이
라고 생각했는데, 박정희 정권 시절 1인 독재 시대에 대기업
을 제대로 운영한다는 것이 얼마나 어려우며, 또 견실한 기업
정신을 갖는다는 것이 얼마나 힘든가를 보여주는 작품이라고
생각했는데…….

한) 그때 참 어려웠지. 황 선생이 대학 3학년 때 서울대 음대 학장
이신 현제명 선생이 찾아와서 졸업하고 서울 대학 국악과에
나와서 강의를 좀 해달라고 부탁을 받았지. 꼭 4년만 해주겠
다고 하고, 대학 졸업하자마자 국악과 강사를 했지, 그때 나도
가야금 실기를 4년 간, 필수인 국어와 문학 개론을 14년 간 강

의했지. 그러다 황 선생은 4년 후 제1기 졸업생이 나오자 그
만두고 시아버지가 하던 사업을 도왔지. 그 후 시아버지는 야
당을 도와주시다가 이승만 대통령 때 혼나고, 박정희 대통령
때 또 한 번 된서리를 맞았지. 그때 어려웠던 이야기를 소설화
해 본 것이지. 그 작품의 '시학'이라는 인물은 우리 시아버지
가 모델이야.

이) 전 그 시아버지가 상당히 매력적인 인물이라고 생각을 했어요.
회사의 재정을 파탄지경으로 내몬 장본인 오 부장을 처리하는
과정에서 경제 논리보다는 끝까지 부하 직원에 대한 인간적인
점을 고려하는 것이 상당히 마음에 들었어요. 이것도 『모색
시대』에 나온 것인데요, 작품속의 둘째아들인 동욱의 처 영애
라는 인물에 대해서 이야기를 나누었으면 좋겠어요. 그 작품
에서 영애는 남편 사업이 힘들 때, 남편이 자금 유통을 위해
패물이라든가 영애의 돈을 융통해서 쓰자고 제의했을 때 과감
하게 거절하는 장면이 나오는데, 혹 선생님의 평상시 생각과
연관이 있는지요?

한) 저는 철저히 분리해야 한다고 생각해요. 사업하는 돈과 가정
경제가 분리되지 않으면, 사업이 망했을 때 가정도 똑같이 훼
손되는 경우가 대부분인데, 사업이 망해도 가족은 살아가야
하기 때문에, 주부가 그것을 분리시키지 않으면 가정을 지킬
수가 없어요.

이) 그렇다면 지금도 그렇게 황 선생님 돈과 분리되어 있는지요?

한) 지금은 남편이 사업을 안 하니까 그렇지는 않지만, 황 선생은
내 돈에는 일체 관심이 없어요. 생활의 모든 것을 남편이 맡아

서 하고 있어요. 남편이 있어 좋다는 게 뭐겠어? 옛말에 평양 감사 세 번에 두 번째가 제일이라는 말이 있어. 부모 자식의 권력이나 금력보다 남편의 권력과 금력이 제일이라는 말이 아니겠어.

이) 그게 여성들의 인내와 희생의 대가는 아닐는지요.

3. 언니 한무숙과의 관계

이) 언니 한무숙 선생님과는 문학적 경향이 상당히 다른 것 같아요. 혹 한무숙 선생님의 작품은 좀 읽어보셨나요?

한) 다는 안 읽었어. 나를 끌어 들이지 않는 작품은 잘 안 읽어. 끝까지 읽을 수가 없어. 재미있는 것은 얼마든지 몇 번씩 지금도 읽는데 눈에 들어오지 않는 것은 억지로 못 읽어.

이) 그럼 어떤 작품들을 재미있게 읽어요?

한) 셰익스피어 작품들이나 세계 명작 같은 것들은 몇 번씩 읽어도 지루하지 않아. 이덕화 씨의 「소낙비 쏟아진 날」 같은 작품을 끝까지 읽었다는 것은 재미있었기 때문이야. 거기다 내가 전화까지 걸어준 것은 흔한 일은 아니야.

이) 어휴, 영광입니다. 그때 전화하셨을 때 전 예의로 그러시는 줄 알았는데……, 부끄럽습니다. 다시 본론으로 들어가서 한무숙 선생님과는 몇 살 차이죠?

한) 열세 살 차이, 무숙이 언니는 바로 위에 큰언니와 한 살 차이로 자랐고, 난 네 살 차이인 묘숙이 바로 위의 언니와 둘이서 같이 자랐지. 그러니까 내가 일곱 살 때 무숙이 언니는 시집을 갔기 때문에 함께 살던 때의 무숙 언니에 대한 기억은 거의 없어. 뒤의 두 언니는 몸이 약해, 언제든지 갖은 보약에 간식이 항상 옆에 있었지. 바로 위의 언니, 묘숙이 언니도 몸은 약했지만 나는 건강했어. 그래서 언니들이 먹지 못하는 언니들 간식을 훔쳐 먹었었지. 무숙 언니랑 13살 차이이기 때문에, 자라온 시대적 분위기도 많이 달랐지. 우리 아버지는 일제 때조차 창씨개명을 하지 않은 분이야. 흔히 막나갈 때 사용하는 말로 '성을 갈겠다'라는 표현을 하잖아. 그런데 어떻게 막돼먹은 집도 아닌데 '성을 갈겠나'며 성을 갈지 않았지. 일제 때 아버지는 30년 이상을 군수 생활을 하시면서, 아버지는 유교 관념에 철두철미한 분이셨지. 두 위의 언니들은 그런 엄격한 분위기속에서 자랐고, 밑의 묘숙이 언니와 나는 해방된 후에 교육을 받았기 때문에 상당히 개방적이셨어. 갑자기 해방을 맞아 대부분의 우리 민족 사람들이 충격을 받았잖아. 우리 아버지도 그래서 그런지 우리 두 명에게는 개방적으로 그냥 내버려 두시더만.

이) 예, 자라오신 환경은 같은데도 시대적인 배경과 또 신체적인 조건이 달라 상당히 개성이 달랐겠어요. 문학 작품에서 나타나는 것도 전혀 다른 것 같아요.

한) 무숙이 언니는 시집을 가서도 고생바가지였어, 무숙 언니 시집은 김시습 후옌데, 그 집 아버지와 우리 아버지가 서로 친구간이라 혼사가 성사되었는데, 그 시댁에서 무역을 하다가 아주 곤란한 지경에 있을 때 결혼을 한 거야.

이) 선생님은 풍족한 집에 시집을 가셨고요 그 점 때문에도 두 선생님이 문학을 접근하는 태도도 상당히 많이 달라요. 한무숙 선생님은 고된 시집살이와 힘든 일상을 견뎌내기 위해서는 작품을 쓰지 않으면 자신의 존재 의미를 찾을 수 없었던 거죠. 작품을 쓰는 순간만이 자신으로서의 존재감을 확인하는 거죠. 작품을 쓰지 않으면 정신 분열증이 되거나 지옥 속에서 헤매게 되는 거죠. 그런데 선생님의 경우, 경제적으로 풍족해서 일하는 사람들이 있었기 때문에 일상의 고달픔도 없으셨고, 또 황병기 선생님 역시 합리적이고 자상하셔서, 선생님께서 스스로의 존엄성을 지키기 위해서 기를 쓰고 작품에 매달릴 이유가 없으신 거죠.

또 자녀들 또한 스스로의 길을 찾아 열심히 살고 있고, 자족 상태라 할 수 있죠. '나의 등단 이야기'에 쓰신 것처럼 '작가로서 명성을 날리는 것보다는 평범하고 평화로운 일생이 훨씬 낫다고 생각한다.'는 선생님의 말씀이 이해가 가요. 한무숙 선생님의 작품은 다른 여성들의 작품과 마찬가지로 자기를 찾아가는 탐색 과정이라 할까요, 자신의 존재 의미를 찾는 작품이라고 할 수 있죠. 그 과정 속에는 자신의 열등감, 삶의 의미를 탐색하고 자신 속에 들어있는 무수한 타자를 찾아 밝혀내고 자신의 정체성을 찾는 이야기죠. 그러나 선생님의 경우, 여성 작가들에게 누구나 드러나는 탐색 과정이 나타나지 않고 자신을 타인과 철저히 분리시키고, 자신과 무관한 타인의 삶을 그릴 때는 냉혹할 정도의 관조적 태도를 보이고, 자신에 관한 자전적 작품을 쓸 때는 삶에 대한 애정이 엿보여요. 그것은 인간의 의지에 의해서 운명이 결정되는 것이 아니라 보이지 않

는 어떤 힘에 의해 우리의 삶이 결정되는데, 단지 우리는 그냥
그 운명대로 살아가고 있는 것이라는 생각 때문에 무엇에든
집착할 필요가 없다는 의식 때문이죠.

4. 알쏭달쏭한 것은 무엇이든 객관적으로 미화

이) 선생님의 작품 중, 선생님의 주변이야기를 쓴 자서전적 소설
　　이나 장편을 제외한 단편 소설에서는 다른 작가들 더구나 여
　　성 작가들에게 잘 드러나지 않는 삶을 관조하는 분위기가 많
　　이 드러나는데, 그것은 선생님의 전공인 언어학과 관련이 있
　　지 않나 하는 생각이 드는데요.

한) 글쎄, 전공하고 관련이 있는 줄은 모르겠지만 내가 등단하기
　　전까지는 한국 문학을 한 편도 읽은 적이 없었어, 1956년 단
　　편 「별빛속의 계절」을 김동리 선생님이 추천 『현대문학』에 실
　　렸을 때, 그때서야 부랴부랴 김동리 선생님의 소설을 읽어보
　　았지. 그 이전에는 주로 세계 명작들을 주로 탐독했지.

이) 그렇다면 선생님은 감수성이 예민한 소녀 시절에 세계 명작
　　소설을 통해서 문학적 감수성을 키웠다면, 역시 서구적 심미
　　안을 통해서 작품을 보고, 작품을 써왔다고 할 수 있네요.

한) 우리 집의 엄격한 유교적 가풍 속에서 서양 문화의 향기를 맡
　　으며 자랐죠.

이) 그래서 그런지 선생님 작품에서는 다른 작가들과 구분되는 몇
　　가지가 있어요. 흔히 우리가 문학에 대해서 말할 때 정서적 반
　　응이라는 말을 많이 하는데, 선생님의 작품에서는 정서적 반

응보다는 인간에 대해 냉혹하다고 할 정도의 관조적 태도가
엿보이는 것 같아요. 일테면 「神話의 斷崖」나 「장마」, 「老婆와
고양이」, 「방관자」 등에서 나타나는 인물에 대한 철저한 객관
성을 유지하는 것은 특이한 체험이어요. 1930년대 김남천이라
는 카프 작가가 현실적으로 노동자 경향의 문학을 더 이상 견
지하기 힘들다고 판단, '관찰 문학론'이라는 비평론을 내놓으
면서, 자신의 소시민적 주관은 철저히 숨기고 현실을 관찰함
으로써 자신의 소시민성을 극복하자면서 관조적 태도를 보이
는 몇몇 작품을 발표한 적이 있습니다. 그때 발표한 김남천의
작품도 선생님의 작품만큼 철저한 객관성을 유지하지는 못했
거든요. 선생님의 그런 문학적 견해를 엿보게 하는 작품, 빌리
와일더 감독의 영화 『선셋 대로』(Sunset boolevard)를 절찬한
작품 「안개」에서 두 인물 간의 대화에서 몇몇 대화가 선생님
의 문학관을 피력한다는 생각이 들어요. 두 인물 중 정화라는
인물이 특히 선생님의 입장을 대변하고 있는 것 같아요

한) 난 쓰는 것보다는 좋은 예술을 읽고 듣고 보는 것이 더 좋거
든? 그것은 순수한 환희야.

난 알쏭달쏭한 것은 무엇이든 객관적으로 미화해 버리기로
했어.

미적 충동도 없이 오로지 사명감만으로 쓰는 것이 어째서
문학이지?

이) 앞의 세 대화 속에 선생님의 문학적 견해가 집약되어 나타난
다고 생각되는데요. 쓰는 것보다 보고 듣는 것이 좋다, 미적
충동이 일어나지 않으면 쓰지 않는다, 알쏭달쏭한 것은 객관

적으로 미화해서 표현한다. 이 세 가지를 통해서 미루어 본다
면 철저할 정도의 관조적 태도가 드러나는 작품 「神話의 斷崖」,
「장마」, 「老婆와 고양이」, 「상처」, 「방관자」, 「사시도」('파충류
의 환무'에서 개명) 「순자네」, 「Q호텔」 등은 결국 선생님의
생활과 직접적인 관계가 없는 사람들이 이야기들이라는 분석
이 가능할 것 같아요. 실제 선생님의 자서전적 소설에서는 방
관자적인 태도, 혹은 관조적 태도가 드러나지 않거든요. 분명
한 자기의식이 드러나거든요. 그리고 이런 작품에서는 문장도
건조체고, 선생님께서 미적 충동을 느끼는 때는 언제인가요?

한) 「안개」에서 쓴 것처럼, 병든 것을 숨겨가며 광부 일을 하는 아
들과 할머니의 운명을 받아들이는 태도에서 난 감격을 받았어.
그때 난 그 선량함이 아름다워서 눈물을 펑펑 쏟았어. 이럴 때
이런 것을 작품으로 써야지 하는 생각이 들지.

이) 네, 그런 점도 역시 선생님의 작품 세계와 맞닿아 있어요. 너
무 이야기가 길어지니, 다음은 단·장편에 대해 조금 이야기
를 나눌까요. 선생님은 단편을 쓸 때와 장편을 쓸 때는 상당히
문학적 경향이 다르게 드러나는 것 같아요. 어쩌면 이것은 양
식이 다르기 때문에 당연히 달라야 하겠지만, 대부분의 소설
가들에게는 일치되는데 선생님은 양식의 구분이 분명하게 드
러나는 것 같아요. 일테면 『아름다운 영가』처럼 장편의 경우
선생님의 삶에 대한 총체적인 인식이 드러나는데 비해, 위에
서 말한 대로 선생님의 자전적인 소설을 제외한 단편에서는
삶에 대한 관조적인 태도와 건조한 문체가 어우러져 인물을
건조하게 만드는 것 같아요. 이에 대해 평론가들이 선생님의

작품을 '자기와 무관한 다양한 소재에 치중, 인생이나 인간에 대한 냉혹한 방관자적 자세'라든가 '문제 추구의 깊이가 부족'하다는 평을 듣게 되는데 이것은 앞의 선생님의 작품 중에 나온 근본적인 선생님의 삶의 자세와 일맥상통하는 것이기도 하지만, 또 한편으로는 양식이 가지고 있는 한계와도 관련이 있는 것 같아요. 사실 선생님의 단편을 통해서 드러나는 삶에 대한 철저한 관조적 태도는 우리나라 작가들에게, 특히 여성 작가들에게 잘 드러나지 않거든요. 장편에서는 삶에 대한 관조적 태도 이면에 숨어있는 선생님의 인간에 대한 총체적 인식이 드러나서 좋았다는 생각이 들었어요. 선생님의 추천 작품 「神話의 斷崖」에 나오는 진영 역시, 자신의 장난스런 손짓 때문에 끌려가는 기피자에 대한 동정도, 심리적 갈등도 없이 기피자가 주고 간 하룻밤 화대 30만 원으로 호화 호텔에 들어가 프라이드치킨을 먹고, 오버와 구두를 사고, 행복에 도취되는 인물상도 운명론적인 관점에서 인간을 바라보면 이해가 가네요. 또 「방관자」 역시 친구의 죽음이 나와 무슨 상관에 있겠느냐고 외치는 k의 절규 역시 같은 맥락으로 해설할 수 있겠는데요. 선생님의 작품 속에 나오는 인물의 이름에 대한 호칭에 관한 것인데요. 흔히 친구 간의 관계나 대등한 관계에 있을 때는 보통 이름으로 호칭하지만, 관계를 통해서 시아버지 혹은 시어머니로 지칭되는데 선생님의 작품에서는 모두 이름으로 호칭되는 게 특이하게 느껴졌어요. 이런 것은 서양에서 서로 독립된 인격체라는 것을 드러내기 위해 누구든지 이름으로 호칭되는 것인데, 동양인으로서 시어머니의 이름이나 며느리, 혹은 사위의 이름을 부르지는 않죠.

한) 우리 집에는 일찍 개화가 되어서 그런지, 그대로 이름을 불러.

이) 그 부분에서도 선생님의 의식이 상당히 서구적이라는 생각이
들어요.

5. 세계 속에 한국 문학심기

이) 한말숙 선생님과 언니 한무숙은 한국 문학 작가들 중 가장 국
제적인 활동을 많이 한 작가입니다. 한무숙 선생님은 일본, 미
국 등지에서 개최한 세미나에 참석, 문학 강연도 많이 하셨고
또 국제 펜클럽에 참석, 강연 등 국제적인 활동을 많이 하신
것으로 알고 있습니다. 선생님의 작품이 세계의 무대에 서게
된 경위를 말씀해 주시겠어요?

한) 내가 결혼하기 전, 안채와 내가 살고 있는 바깥채가 상당히 멀
었는데, 오빠가 안채에서 전화 왔다고 부르는 거야. 그래서 달
려가 전화를 받았더니, 자신은 서울사대 교수 김동성이라면서
자신이 번역한 「장마」가 뉴욕의 BANTAM BOOKS 출판사의
세계 명작선에 수록되게 돼있는데 계약서에 사인을 해달라는
거야. 그때 어찌나 좋았는지, 그 작품이 아마 나의 다섯 번째
작품일 거야. 1958년 『사상계』에 쓴 거지. 그로 인해 「장마」는
영역, 뉴욕의 가장 권위 있는 출판사 중의 하나인 '밴텀북스'
의 세계 명단편 문학 전집에 수록된 것으로 시작이 되었지. 그
때 내 소설이 번역되어 해외 전집에 끼인다는 생각은 상상도
못했던 시절이라 대단히 흥분했지. 그때는 생각도 못한 일이

었죠, 우리나라 작품이 번역된 작품이 전무한 시대였죠.

한) 또 1968년 백낙청 교수가 번역한 「행복」은 미국 시애틀 KRAB 방송국에서 전문이 다 낭송되었지. 1987년에는 무서웠던 동구권의 나라 폴란드 바르샤바 대학 조선어과의 하리나 오가렛 교수가 나의 중편 소설 「상처」를 번역했는데, 다시 장편 『아름다운 영가』를 번역하도록 허락해 달라는 편지를 보내왔어요. 오하렛 교수는 김일성대학에서 조선 문학을 전공하면서 영역본 『아름다운 영가』를 읽고 감동을 받아 폴란드어로 번역하겠다는 것이었어요. 그때도 무척 흥분했었지. 또 1981년 출판한 장편 『아름다운 영가』는 영어·프랑스어·폴란드어·체코어·중국어 등 7개 국어로 번역되어 현지에서 출판되고 특히 1993년 폴란드 판이 출간되었을 때는 폴란드의 신문·잡지 등에서 크게 보도하였을 뿐만 아니라, 라디오 골든아워에서 3주간이나 중·단편 2권을 명배우가 특별 낭송, 각광을 받았지. 또 중국어판이 나왔을 때는 '인민일보'에서까지 대서특필했다고 했어.

이) 대단하시네요, 제가 알고 있기는 이 작품은 1993년 국제 펜클럽 한국 본부에서 노벨 문학상 후보작으로 올렸다고 하던데, 이 작품이 세계무대에서 각광을 받게 된 것은 역시 물론 작품의 완성도와 관련이 되겠지만, 우선 무엇보다도 처음 한국 문학 진흥 재단에서 영어 번역판을 냈기 때문에 가능한 것이 아니겠어요?

한) 물론이지. 그렇지만 아무리 번역을 해놓아도 그렇게 여러 나라에서 각광을 받았겠어? 샌프란시스코의 한 신학 교수는, 독창적인 언어며 작품속의 인물에 매료되어 밤을 새워 작품을 읽고 흥분했대. 그 책을 읽은 학생을 데리고 와서 '96년 여름 이화여대에서 작가와의 대화의 시간도 가졌지. 또 학생들에게 이 작품을 교재로 쓸 수 있게 해달라고 부탁할 정도였다니까.

이) 세계 7개 국어로 번역된 작품, 『아름다운 영가』를 한번 집중적으로 토론해 볼까요. 이 작품은 그렇다면, 인간에 대한 새로운 종교적 해석을 소재로 한 책이기 때문에 우리 일상 세계에서 많이 듣던 이야기이고 또 탄탄한 소설적 구조를 통해서 드러나기 때문인지는 모르지만 약간 작품이 작위적이라는 생각도 들었는데, 이 작품을 쓰게 된 동기라도 있으신지요? 작품 서문에 쓰신 것처럼, '꿈에서 죽은 사람들과 대화를 하고, 어떤 사람은 앞날에 일어날 일을 꿈속에서 상징적으로 혹은 역력히 볼 수 있어 그것이 이상했기 때문이다.'는 평소 가졌던 생각이 직접적인 동기가 된 것 같은데요?

한) 주위 사람들은 죽고, 죽은 후 여전히 살아있는 사람들과 관계를 맺고 있다는 생각과, 항상 눈에 보이지 않는 그 무언인가가 우리를 돌보고 있다는 막역한 생각들을 글로 표현해보고 싶었지.

이) 현실 속에서 풀리지 않는 의문 중의 하나는, 착하고 성실하게 살아가는 사람 중에 현실적으로 불운이 반복되는 박복한 사람들이 있지 않습니까. 그런 사람들을 볼 때마다 참 안타깝다는 생각이 들고는 했는데, 이 소설을 읽으니 이해가 되는 것 같아요. 작품 속에 나오는 석규라는 인물이 참 매력적이더군요. 어린아이의 순진함이 그대로 인간의 맑은 영혼을 보는 것 같았

어요. 그런데 마지막에 나무에서 떨어져 죽는 것을 보고 얼마
나 슬프던지 눈물이 다 나더군요.

한) 이 소설은 1970년부터 구상한 작품이지만, 결국 1979년에 첫
펜을 들었으니, 9년을 묵히고 2년 걸려 쓴 소설이죠. 그만큼
애착을 가지는 작품이죠. 나도 석규를 죽이는 장면에서는 무
척 가슴이 아팠어요. 지금도 그 장면을 생각하면 눈물이 나요.
이번 새로 교정판을 내기 위해 한 번 다시 읽으면서도 계속
줄줄 눈물이 나서 견딜 수가 없었어.

이) 이 작품에서 주인공 유진의 가족은 그렇게 큰 역할을 하는 것
같지 않아요. 주요 인물은 유진·석규·강·노인·기철·장
박사·정임·오 도사인 것 같아요. 유진이 외할아버지의 첩,
정임이를 피하려고 아무리 해도 결국 정임이의 피로 얼룩진
재산을 받지 않을 수 없게 작품을 설정한 것도 인상 깊었어요.
결국 인간의 의식을 판단하는 선악의 개념이 과연 의미가 있
는가하는 생각이 들었어요. 정임도 자신의 운명 안에서 열심
히 살려고 노력한 것뿐이라는 생각이 들더군요. 그런데 석규
를 죽인 것에 대해서는, 결국 삶과 죽음은 다른 것이 아니고
공존하는 것이다를 말씀하시고 싶은 것이었나요?

한) 그렇지, 결국 육체라는 것은 인간의 영혼을 담고 있는 도구일
뿐 아무 것도 아니라는 것을 말하고 싶었어.

이) 선생님 작품 중에 남녀 간의 사랑이 불타오르는 장면이 거의
나타나지 않는데, 이 작품에서 유진과 장 박사의 연정이 끓어
오르는 장면을 보고 상당히 흥분되었었는데, 대절정의 만남의
순간에 장 박사를 자살하게 만드셨군요. 이것도 역시 앞에서

이야기하신 사랑에는 아쉬움이 남아있어야 한다는 선생님의 지론과 관련이 있으신지요. 유진의 대학 때의 남자 친구 기철의 죽음은 심장마비니까 급작스러워도 상관은 없지만, 장 박사의 죽음은 자살로 처리하면서 그 사전 복선이 없이 처리된 것도, 결국 죽음조차도 인간의 의지와 상관없이 운명적인 것이라는 것을 말씀하시는 것인지요?

한) 거기에 대해서는 아직 확신할 수 없지만 『아름다운 영가』에서 나타난 것처럼, 주위 사람들 중에서 상당히 지적 능력도 있고, 성실하게 살아가는 사람들인데도 느닷없이 불행이 닥치는 것을 보면 인생은 참 알 수 없는 것이라는 생각이 들지. 인간의 성격이 운명을 좌우하는지, 아니면 운명이 사람의 성격이며 마음을 좌우하는지도 분명하지 않지만, 인간의 힘으로 어찌할 수 없는 부분이 있다는 것은 분명해.

이) 선생님의 작품이 번역되어 각광을 받듯이, 우리나라의 많은 작가들의 작품이 번역되어 세계 각국에 읽혀져야 우리의 문학을 세계에 알리게 될 것이라 생각됩니다. 우리나라 작품 중에서도 우리의 민족적 정서를 살리면서 인간의 보편적 정서를 서술한 많은 작품이 있는데도, 번역이 되고 있지 않는 것 같습니다. 펜클럽 한국 본부의 활약상의 기대를 걸어보는 수밖에 없습니다. 앞으로 선생님께 기대를 걸어봅니다. 선생님은 작품 활동 외에도 국제 여학사협회 한국 본부장 · 펜클럽 부회장을, 지금은 한국 여성 문인회의 회장을 역임하시면서 작가들의 권익과 친선을 위해 노력하고 있는 것으로 압니다. 앞으로도 한 개인의 작가로서가 아니라, 한국 문학의 짐을 짊어진 원로 작가로서 작가들게 자극을 주는 더 큰 거목이 되시길 기도드립니다. 또 작가들의 권익과 복지 차원에서도 작가들의 어려움을 해소하는, 더 발전적인 활동을 기대해 봅니다. 오랜 시간동안 감사했습니다.

　한) 이덕화 교수도 수고했어.

장장 2시간의 토론을 끝내고 사진을 찍으러 온 협회의 송세희 시인의 카메라 앞에서 포즈를 취했다. 그리고 부군 황 선생님의 생활 공간인 2층으로 올라갔다. 방 2개 사이에 거실이 있는 2층은 가야금 박물관을 방불케 하는 10개 이상의 가야금이 세워져 있었다. 황 선생님의 『깊은 밤, 가야금소리』에 의하면, 가야금은 모두 유래 있는 가야금으로 가야금의 명장들이 이런저런 사연으로 황 선생님게 가야금을 넘겨주셨다고 한다. 2층에서는 더욱더 서울 시내가 막힌 데 없이 훤하게 내려다보였다.

부엌에서 준비한 맛있는 잔치국수와 고기를 대접받고 바쁘게 다음 스케줄 때문에 발걸음을 옮겼다.

6. 한말숙의 가족사

한말숙은 아버지(한석명, 韓錫命)과 장숙명(張淑命, 집의 이름은 金植)과의 사이에 태어난 넷째 딸로 막내딸이다. 부부는8) 외아들 복(宓, 변호사), 이년 후 첫째 딸 정숙, 둘째 딸 무숙(작가)을 연년생으로 낳고, 10년 만에 세 번째 딸 묘숙, 사년 후 네 번째 딸 말숙을 1931년 12월 27일 낳게 된다.[9] 한말숙은 인, 의, 예, 지, 신의 철저한 유교 정신과 서양문화도 적극 받아드린, 가문의 체통을 중시하는 집안 분위기 속에서 유복하게 자랐다.

> 나의 친정은 두드러진 갑부도 아니고 권력을 휘두르는 집안도 아닌, 그러나 평화롭고 그늘 없고 좋은 책이 많은 집이었다고 할 수 있겠다. 아버지 쪽은 종로구 옥인동 토박이 소론가문이고, 하동, 사천, 동래에서 30년간 군수로 재직하셨다. 어머니 쪽은 종로구 통의동 토박이로 노론 가문이셨다. 부리는 종이 80명쯤 있었다던가? 어릴 때 가문 얘기를 귀 따갑게 들었으나 내게는 아무런 흥미도 없었다.[10]

위의 인용문에서 한말숙은 극히 겸손하게 자신의 집안을 소개하고 있다. 그러나 위의 인용문에서 볼 수 있는 것은 학벌, 집안, 어디 하나 빠질 것 없는 한말숙은 의도적으로 겸손한 체 하는 것을 알 수 있다. 그러나 결국 한말숙은 막내둥이의 참을성 없는 성격 때문에 모든 것을 다 털어 놓고 만다. 한말숙의 집안이야기에서 빠지지 않는 단골 메뉴는 큰아버지 이야기와 변호사였던 오빠 이야기이다.

---

8) 오인문, 「여류 작가 한무숙, 말숙 어머니」, 『주간여성』, 1987.10., 121-122면.
9) 한무숙, 「신부처럼 곱게만 사신 어머니」, 『열 길 물속은 알아도』, 을유문화사, 1992, 81면.
10) 한말숙, 「나의 삶 나의 문학」, 『경향신문』, 1994.10.21.

어릴 때 나는 아버지가 몽매에도 잊지 못하시는 백부의 얘기를
많이 들었었다. 그것은 우리 집의 신화 같은 것이다. 아버지 3형제
가 19세기 말에서 20세기 초 해외 유학을 하고 있었는데 맏이인
백부는 항일투쟁을 하시다가 일본관헌에 모진 고문도 당하셨고,
러시아로 탈출하셨는데 소식이 감감하던 중 일본군에 의해 암살
당하셨다는 말을 한참 후에 들으셨다. (…중략…)

어느 날 후손이 없는 큰댁과 우리 집의 공동 외아들인 오빠는
그 무렵 민족의 지도자였던 신익희(申翼熙) 선생님을 찾아갔었는
데 생면부지인 청년을 비서들이 면회를 시켜주지 않았다. 오빠는
혹시나 하고 "그러면 한길명(韓吉命)의 아들이라고 해주시오"라고
했더니 그 소리를 듣던 신익희 선생님은 방에 계시다가 버선발채
로 뛰어나오셔서 오빠의 손을 덥석 잡으시며 첫마디가 "그 천재의
아들이냐?"고 하셨다 한다. 신익희 선생님도 백부의 죽음에 대해
서는 우리들이 아는 것과 같은 것뿐이었다.11)

한말숙의 오빠는 이 천재라는 백부의 양아들로 입양되었고, 불행
히 홀로 된 큰 어머니는 한말숙 소설의 소재가 되었다.12) 그 다음은
오빠 이야기다.

언젠가 일본 여행 중, 오빠의 무사시노(武藏野) 고교와 동경제
대 법과 동창생인 일본의 저명인사를 만났었는데, 늘 수석을 하던

---

11) 한말숙, 위의 글.
12) 한말숙은 단편 「노파와 고양이」, 장편 『하얀 도정』과 『아름다운 영혼의 노래』에서
    큰어머니를 소설적 소재로 삼았다.

오빠를 자기는 존경했었다고 했다. 오빠와 그의 우정은 노후까지 변함이 없었다. 사랑에 국경이 없듯이 우정에도 국경은 없는 것을 알았다.13)

위의 백부 이야기에서나 오빠 이야기에서 공통적으로 한말숙이 강조하는 것은 '천재', '수석'이라는 말이다. 한말숙은 자신의 집안을 세도의 집안이나 부자의 집안으로 위치 지워지기보다는 천재 집안으로 알려지기를 바라는 의중을 읽을 수 있다.

언니들 소개 중 다른 언니들에 대한 소개는 없고 유독 첫째 언니인 한정숙(丁淑)을 소개하고 있는데 그것도 그녀의 천재적인 기억력을 강조하기 위한 것이다.14)

> 70년대 후반에 미국으로 이민 간 큰언니(丁淑)도 수필집을 두 권 냈었는데(『그렁저렁 한 세상』, 1987, 『그래도 한 세상』, 1988), 기억력이 남달랐던 언니는 학창시절에 배웠던 수많은 당, 송의 한시며, 일본의 와카(和歌), 하이쿠(俳句)를 줄줄 암송도하고 세계문학이며 최근의 한국문학에 대해서도 시간 가는 줄을 잊고 재미있게 나하고 얘기했었는데, 국제 전화료가 많이 나가니까 요금할인이 되는 한밤중에 했었다.15)

---

13) 한말숙, 위의 글.
14) 한무숙 언니에 대한 소개를 제외시킨 것은 이미 한무숙이 문단에 알려진 작가였기 때문에 구태여 소개를 필요로 하지 않았을 것이다.
15) 한말숙, 위의 글.

한말숙은 유독 자신의 집안의 천재성을 강조하고 싶어 한다. 이
것은 한말숙의 친정에서 유래된 듯하다.

친정에서 자랄 때는 누가 얼마나 두뇌가 좋으며, 누구의 가문은
어떠한 것인가 하는 말이 어른들의 화제에 곧잘 올랐다. 지(知)와
덕(德)과 체통을 지키는 게 가풍이었다.
결혼을 하고 보니 시댁 어른들의 화제는 누가 얼마나 식사를 잘
하며, 얼마나 건강하며, 또 얼마나 인후(仁厚)한가가 주가 되어 있
었다. 내가 아이를 낳고 주부가 된 오늘 우리 집의 가풍은 친정과
시댁의 것이 혼합되어져 있는 것은 당연한 일이다. 첫째 건강할 것,
둘째 덕을 쌓을 것, 셋째 동료, 상, 하의 신의를 얻을 것, 이 세 가지
를 갖추면, 즉 몸과 정신이 건강하면 성공은 저절로 온다.16)

위의 인용문대로 친정은 누가 더 머리가 좋으냐에 관심이 있었다
고 하면 시댁은 건강에 더 관심이 많았다. 그러니까 친정의 영향 때
문으로 한말숙의 천재 예찬론은 여러 글에서 나타난다.

나는 천재라는 것에 너무 주려서 어떻든 한번 보고 싶다. 그리
하여 눈을 씻고 싶고, 귀도 한번 싹 씻고 싶고, 한번 무릎을 치며
감탄해 보고 싶다. 한번 감동에 떨며 흐느껴 보고 싶다. 너무 너무
그러고 싶어 학수고대한다. 구세주를 그렇게 고대하는 사람도 많

16) 한말숙, 「아끼고 존중하며」, 『삶의 진실을 찾아서』, 샘터, 1988, 141면.
　　한말숙, 「나의 자녀 교육」, 『사랑할 때와 헤어질 때』, 솔과 학, 2009, 227면.

은데, 나는 예술의 천재를 고대한다.17)

그 분야에서 최고나 천재가 아니면 삶에 아무 의미가 없다는 의식은 한말숙이 대학을 선택하는데도 영향을 끼친 것 같다. 그 당시 여성들이 대학 간다는 사실도 흔치 않았는데, 서울 대학을 선택했다는 것 자체가 친정 분위기 때문인 것 같다.

그때(1950년)만 해도 구시대라, 여자가 대학 가는 것을 반대하는 가정도 많았다. 특히 남녀공학에다가 경쟁률이 심한 문리대에 응시하는 것은 대체로 심사숙고가 필요하다. 그러나 나의 경우 내 생각도 그랬으나, 가정에서나 학교에서 '가려면 서울대 문리대에나 가라'고 해서 대학선택을 하는 데 망설일 것은 없었다. 그 무렵은 좀 더 어리석어서 누구는 수재라고 칭찬하며 의심 없이 그런 줄만 알았다.18)

1931년 12월생인 한말숙은 1950년 서울대 언어학과에 입학한다. 이후, 1956년 12월 「별빛 속의 계절」을 김동리의 추천으로 『현대문학』에 발표, 이어 1957년 「신화의 단애」를 발표, 작가로서의 생활을 시작한다. 한말숙은 1953년부터 국악원에서 가야금, 단소, 한국 무

---

17) 한말숙, 「천재를 보고 싶다」, 『삶의 진실을 찾아서』, 샘터, 1998, 112면.
   한말숙, 「나의 자녀 교육」, 『사랑할 때와 헤어질 때』, 솔과 학, 2009, 259면.
18) 한말숙, 「나의 대학 시절」, 『삶의 진실을 찾아서』, 샘터, 1998, 168면.

용 등을 배운다. 대학 3학년 때 국립국악원의 가야금 스승이셨던 김영윤 선생님의 소개로 현재 국악계의 원로인 황병기를 만난다. 황병기는 경기고등학교 학생이었으며, 당시 재벌 수준의 유명한 사업체(태흥산업) 집안의 3대 독자였다.[19] 한말숙의 첫눈에 윤택한 집 자제 같이 겸손하고 외양이 단정했다고 한다.[20] 두 사람은 오랫동안 거의 매일 가야금을 같이 배웠고 결국 1962년 5월 27일 다섯 살이나 연하인 황병기와 결혼하게 된다.[21] 한말숙은 1960년 4월부터 『현대문학』지에 『하얀 도정』 연재를 시작하면서 동시에 서울대 음악대학에서 가야금 실기(4년)와 필수 국어와 문학개론을 14년간 가르치는 강사가 된다.

결혼 후에는 1962년 장녀 혜경(惠敬), 1963년 장남 준묵(準默), 1965년 차녀 수경(秀敬), 1968년 차남 원묵(源默)을 출산한다. 장녀 혜경은 이화여대와 대학원을 나와 문학박사학위를 받고 모교의 강사로 있다가 남편(재경부 근무) 따라 미국에 가서 수년간 체류, 일남 일녀를 낳고 귀국했다. 차녀 역시 이화여대 사학과를 졸업하고 대학원에서 교육학 석사, 위스콘신 대학원 사회복지학과에서 수학했다. 현재는 동국대 禪학과 강사로 있으며 사회활동을 활발히 하고 있다. 아

---

19) 한말숙은 결혼 후의 생활은 대단한 풍족한 생활이었다고 한다. 집의 하녀들이 평균 6명 이상이 되었고, 한말숙은 부엌일은 커녕 집안의 모든 일은 하녀들이 했다고 한다. 전화 인터뷰(2008.9.26).
20) 이덕화, 「세계에 한국문학심기」, 『월간문학 418호』, 2003.12, 26면.
21) 이 부분은 한말숙의 수필에서 정확하게 서술되어 있지 않아 전화 인터뷰를 통해 확인한 내용이다.

들 둘은 모두 서울대 물리학과를 나왔다. 큰 아들은 물리학과를 졸업할 때 총장상을 탔다. 졸업과 동시에 하버드 대학원에서 4년간 전액 장학생으로 선발, '복소수 기하학'으로 학위를 받았다. 현재는 고등과학원 교수로 재직 중이다. 블로그에서 큰아들 황준묵을 치면 다음과 같은 소개가 나온다.

수학의 핵심 분야인 기하학 분야에서 15년간 미해결이던 공간 사이의 변환에 관한 라자스펠트 예상을 1999년 증명하였으며, 40여 년간 미해결 문제였던 변형불변성의 증명을 1997년부터 2005년까지 9년에 걸쳐 총 100페이지가 넘는 네 편의 논문을 통해 완성하였다. 이러한 공로로 국제 저명 학술회의와 세계 유명 대학에서 수십 회에 걸쳐 초청 강연을 하였다. 특히 2006년 수학계 최고 권위를 가지는 국제 수학자 회의(ICM) 강연 초청을 받음으로서 국제 수학계에서도 널리 인정을 받았다. ICM에 대한민국의 수학자가 수학 연구와 관련하여 초청된 것은 최초의 일이었다. 그는 SCI 국제 학술지에 33편의 논문을 발표하였다. 2006년 대한민국최고과학기술인상을 수상하였다.[22] 2009년 과학 부문 '호암상'을 탔다.

차남 황원묵 역시 대학졸업과 동시에 보스턴대학 전액장학생으로 선발되어 물리학으로 박사학위를 받고, 현재 텍사스 A&M 대학의 생명공학 교수로 재직 중이다.[23] 그는 4남매 중, 부친의 음악성을

---

22) 이것은 DAUM 블로그에서 소개된 황준묵에 관한 글이다.

이어 받은 유일한 자식이다. 그는 기타와 가야금 연주도 상당한 수준급이고 작곡도 즐기고 있다고 한다. 장남은 유학 중 석사장교로 입대해서 육군 소위로 제대, 차남 역시 유학 중 입대해서 3년간 육군사관학교에서 물리학을 가르치고 육군 중위로 제대했다.

위의 한말숙의 가족사를 보면 한 사람 한 사람이 그 분야에서 천재성을 보이는 특출한 인물들이다. 4남매가 모두 과묵, 겸손하다는 정평이 있다. 특히 둘째 딸 수경은 어린 소녀 때부터 불우 이웃 돕기에 힘쓰고, 지난 10여 년간 계속해서 재소자를 위해 봉사하고 있다.

한말숙은 1957년 데뷔 후 2년 만에 쓴 단편 「장마」가 59년에 영역되어 뉴욕 밴탐 북스에서 펴낸 세계명작 단편집 'The Language of Love'에 수록됨으로서 당시의 한국의 현실로서는 대단한 쾌거라 아니 할 수 없고, 9개 국어로 번역 출간된 장편 『아름다운 영혼의 노래』의 불역판은 UNESCO 파리 본부 출판부에서 출판되고(1995) UNESCO 대표선집에 수록 되었다. 이 소설은 국제 PEN 한국 본부에서 노벨문학상 한국 후보로 추천되기도 했다.

참으로 잘난 여성은 직업과 가정의 일을 다 해내는 여성일 것이다. 퀴리 부인이나 마거릿 대처 수상이나, 간디 수상 정도일까, 그 쯤 못되면 차라리 평범한 어머니가 훨씬 훌륭하다고 생각한다.

---

23) 위의 글은 한말숙, 「나의 삶 나의 문학」, 『경향신문』, 1994.10.21.과 「나의 자녀 교육」, 수필집 『사랑할 때와 헤어질 때』 참고

　　소위 평범해서 못난 어머니, 못난 여성이라고 생각하는 그들이야
　　말로 가족을 위해서 헌신하는 정말 존경받을 만한 존재다.[24]

　한말숙의 최고나 천재에 대한 의식은 결국 그 당시의 남성 위주
의 사회에서 여성들이 최고가 된다는 것은 불가능하다는 것을 인식
하여 자녀를 위한, 혹은 가족을 위해 헌신하는 어머니야말로 '훌륭
한 어머니'라는 생활 철학을 가지게 되지 않았나하는 생각이 든다.
한말숙은 데뷔한 1957년 이후 1985년까지 매해 2~3편의 단편과
장편 연재를 계속하다, 1985년 이후에는 일체의 작품 활동을 하지
않았다. 2002년『덜레스를 떠나며』를 발표하며 소극적인 작품 활동
을 재기한다.

　이것은 바로 그 시기가 네 자녀들의 교육에 전념할 시기였기 때
문이다. 한창 공부할 자녀들의 정서적 안정과 건강을 위해서 엄마의
역할이 절대적으로 필요한 시기였던 것이다. 수필을 통해서 유추하
건대 한말숙은 작가 자체에 연연해하지 않는 작가이다. 그렇기 때문
에 자녀들의 건강과 정서적 안정을 챙겨야 하는 것이 우선인 시기
에 꼭 작품을 쓰는 일로 자신을 괴롭히고 싶지 않았을 것이다. 여성
작가 중에도 자신의 성취욕이 강한 작가는 작품을 쓰지 않는 자체
가 스트레스가 되는 작가도 있지만, 한말숙의 경우에는 자녀들에게
신경 써야 할 시기에 그렇게 중요하게 생각하지 않는 작품 활동을

---

24) 한말숙, 「잘난 어머니」, 『삶의 진실을 찾아서』, 샘터, 1998, 54면.

그만두는 것이 오히려 자연스러웠을 것이다. 그러기 때문에 자녀들의 교육이 중요한 시기에는 작품 활동이 지지 부진했다.

이덕화

연세대학교를 졸업하고 동 대학원에서 문학박사학위를 받았다. 여성문학학회, 한국문학
연구학회 회장을 역임했다.『김남천 연구』로 박사학위를 받았다. 저서로『박경리, 최명
희 두 여성적 글쓰기』,『여성문학에 나타난 근대체험과 타자의식』,『한말숙 작품에 나
타난 타자윤리학』, 공저로『페미니즘과 소설비평』근대편, 현대편,『페미니즘은 휴머니
즘이다』,『디아스포라와 한국문학』등이 있다.

이덕화 문학평론집
나 속의 '너', 너 속의 '나', 타자 찾기
ⓒ 이덕화 2013

초판 발행 2013년 6월 14일

지은이 이덕화
펴낸이 최종숙
책임편집 이태곤 | 편집 임애정 권분옥 이소희 박선주
디자인 안혜진 이홍주 | 마케팅 이상만 박태훈 안현진 | 관리 이덕성
펴낸곳 글누림출판사
출판등록 제303-2005-000038호(등록일 `2005년 10월 5일)
주소 서울 서초구 반포4동 577-25 문창빌딩 2층(우137-807)
대표전화 02-3409-2055 | 팩스 02-3409-2059 | 전자우편 nurim3888@hanmail.net
누리집 http://www.geulnurim.co.kr
정가 15,000원
ISBN 978-89-6327-226-9   93800

*이 도서의 국립중앙도서관 출판시도서목록(CIP)은 서지정보유통지원시스템 홈페이지(http://seoji.nl.go.kr)와
  국가자료공동목록시스템(http://www.nl.go.kr/kolisnet)에서 이용하실 수 있습니다. (CIP제어번호: CIP2013007995)